媒體好評

兩分迸發的腎上腺素加上一分醫學驚悚，弔詭的故事「砰」一聲開場，腳步未曾稍緩。書中充滿個性特異的人物、詭譎的波折和譏諷的幽默，有趣的閱讀歷程，證明了作者極具明日之星的架勢。

——《圖書館雜誌》*Library Journal*星級評鑑

極具娛樂性的驚悚小說……節奏猶如連發砲彈。

——《出版人周報》*Publisher Weekly*

緊張刺激，不忍釋手……情節雖然弔詭，但也可能成真。

——《克斯科書評》*Kirkus*

又是一本節奏快、幽默、內容豐富的作品。這是讀者有幸，因為作者似乎不知何謂放慢腳步。

——《書單雜誌》*Bookist*

精彩好讀。故事冷硬足以敲碎核桃，情節險峻更勝雪橇賽。

——《費城詢問報》*Philadelphia Inquirer*

《金髮毒物》挾帶獨創的狠勁一路往前衝。曲折的劇情以連珠砲的方式隨著時間展開，營造出毫不鬆散的緊張情節……絕無冷場的瘋狂故事。

——《休士頓紀事報》*Houston Chronicle*

《金髮毒物》是今年最大膽、爆笑，最讓人迷戀的作品。

——《推理新聞》*Mystery News*

史維欽斯基擅長寫作刺激的黑色喜劇。從第一頁到最後一頁，《金髮毒物》都能讓讀者保持高昂的興致。

——《推理現場》*Mystery Scene*

最好、最精純的黑色喜劇，名列今年最精彩的作品。盡快與《金髮毒物》取得聯絡。

——凱文·波頓·史密斯（Kevin Burton Smith），《一月雜誌》*January magazine*年度最佳犯罪小說書單

名人推薦

《金髮毒物》我一讀就傾心。技術性的說法應該是：她「在我的飲料裡下了毒」。這本精彩的傑作讓人無法放下。史維欽斯基這位年輕的作家在犯罪小說中大刀闊斧開創出獨特、與眾不同的風格，沒必要與他人比較，讀者也不必白費工夫去研究怪異的組合，例如，如果X娶了Y然後喝下Z毒藥是否會生出類似金髮毒寶寶。《金髮毒物》自成一格，太完美了。

敘事筆觸令人著迷，頗有後現代冷硬龐克搖滾的風格。史維欽斯基塑造出一名幽默、清新、凶狠且快速的殺手。本書節奏精準，筆觸亮眼，極具娛樂價值。

——蘿拉・李普曼（Laura Lippman），
愛倫坡、安東尼、夏姆斯、阿嘉莎推理大獎得主

——格雷格・魯茨卡（Greg Rucka），埃斯勒獎得主

在杜安・史維欽斯基的小說中，《金髮毒物》有名模的精瘦、蛇蠍的狠毒、噴射機的速度。讀來真是痛快。這傢伙絕對是犯罪小說最搶手的新人，我好久沒有讀到這麼精彩的犯罪小說了。

——喬・藍戴爾（Joe R. Lansdale），愛倫坡獎得主

我很少看到有人在書評上表示「鍾愛」某本作品。我「鍾愛」這本小說。故事打從頭就十分亮眼，有黑色的罪惡，以及讓人想要以狂笑來抒解的緊張情節。精彩的對話簡直是千金難換，人物安排超乎尋常。黑色喜劇的新境界，純熟的寫作技巧更增添了色彩。我得承認我愛上了金髮毒物，並且隨時歡迎她在我的飲料裡下毒。

——肯・布魯恩（Ken Bruen），夏姆斯獎得主

史維欽斯基繼我在二〇〇五年最喜歡的一本書：《跑路男》之後的新作。這本驚悚小說節奏快，寫作技巧聰明簡潔，充滿想像力，刺激懸疑。書中的角色讓人耳目一新，節奏獨特又流暢，主題極為有趣。

——亞倫・古斯立（Allan Guthrie），《*Hard Man*》作者，
愛倫坡獎提名候選人、皮庫里爾犯罪小說獎得主

異乎尋常的原創作品。這本快節奏的懸疑小說高潮迭起，緊張到讓人喘不過氣。幾可和電影《捍衛戰警》（*Speed*）相比擬，只不過，這個故事的發生地點是大腦。

——查爾斯．阿爾戴（Charles Ardai），《*Hard Case Crime*》編輯

《金髮毒物》無疑是二十一世紀最純、最黑暗的一波腎上腺素，讓我猶如遭到痛毆，留下滿身瘀傷，暈眩困惑，變傻成痴。而我只不過讀了這本書而已！想想看，要真是書中的角色會有什麼感覺。杜安．史維欽斯基寫作的方式就像手執導筒的山姆．畢京伯（Sam Peckinpah），同樣以狂熱的精力來激發手中的題材。《金髮毒物》夠猛！

——泰瑞．李．藍克福特（Terrill Lee Lankford），《*Earthquake Weather*》、《*Blonde Lightning*》作者

史維欽斯基懂得如何帶動故事，保持快速的節奏，一邊讓人倒抽一口氣，一邊告訴讀者如果搭訕出了差錯，會有什麼狂暴刺激的故事。風趣的對白加上幽默的領悟，為讀者帶來一趟極有意思的歷程。

——法蘭克．巴斯康（Frank Bascombe），《*Ain't It Cool News*》電影情報網站

瘋狂、超現實、血水四濺的作品，直探人性黑暗面，從我們自我中心的夢境直達扭曲的迷思和怪癖。《金髮毒物》是一本狂暴、快速、引人入勝的大膽作品，震撼性的讀物。

——保羅．艾倫（Paul Goat Allen），邦諾書店書評

The Blonde

by DUANE SWIERCZYNSKI

金髮毒物

杜安・史維欽斯基 著

蘇瑩文 譯

臉譜小說選 5
金髮毒物 *The Blonde*

作　　者　杜安・史維欽斯基　Duane Swierczynski
譯　　者　蘇瑩文
封面設計　朱陳毅
文字排版　李宜芝
特約編輯　林婉華
主　　編　朱玉立

業　　務　陳玫潾
行銷企畫　陳彩玉
總 編 輯　劉麗真
總 經 理　陳逸瑛
發 行 人　涂玉雲

城邦讀書花園
www.cite.com.tw

出　　版　臉譜出版　台北市民生東路二段141號2樓　02-25007696

發　　行　英屬蓋曼群島商家庭傳媒股份有限公司城邦分公司
台北市民生東路二段141號2樓
讀者服務專線：02-25007718；02-25007719
服務時間：週一至週五9:30～12:00；13:30～17:00
24小時傳真服務：02-25001990；02-25001991
讀者服務信箱E-mail：service@readingclub.com.tw
劃撥帳號：19863813 書虫股份有限公司
英屬蓋曼群島商家庭傳媒股份有限公司城邦分公司
城邦讀書花園網址：www.cite.com.tw
臉譜推理星空網址：www.faces.com.tw
臉譜出版臉書網址：www.facebook.com/facesread
臉譜出版部落格：facesfaces.pixnet.net/blog

香港發行　城邦（香港）出版集團
香港灣仔駱克道193號東超商業中心1樓
電話：852-25086231／傳真：852-25789337
email：hkcite@biznetvigator.com

馬新發行　城邦（馬新）出版集團
Cite (M) Sdn. Bhd. (458372 U)
11, Jalan 30D/146, Desa Tasik, Sungai Besi,
57000 Kuala Lumpur, Malaysia
電話：603-9056 3833／傳真：603-9056 2833
email：citekl@cite.com.tw

初版一刷　2011年2月9日

定價 280 元（本書如有缺頁、破損、倒裝，請寄回更換）

國家圖書館出版品預行編目資料

金髮毒物 / 杜安・史維欽斯基（Duane Swierczynski）著；蘇瑩文譯. -- 初版. -- 臺北市：臉譜出版：家庭傳媒城邦分公司發行，2011.02
面；　公分. --（臉譜小說選：5）
譯自：The Blonde
ISBN 978-986-120-565-6（平裝）

874.57　　99026794

獻給Sunshine——我生命中的另一名紅髮人士

目錄

中毒

那是個金髮女郎。一個讓主教為她踹破彩繪玻璃窗的金髮女郎。

——雷蒙．錢德勒（Raymond Chandler）

晚上九點十三分

費城國際機場，自由酒吧

「我在你的飲料裡下了毒。」

「什麼？」

「你聽到我的話了。」

「嗯，我應該沒聽到。」

這名金髮女郎舉起手上的柯夢波丹[1]致意，說：「乾杯。」

但是傑克並沒有舉杯回應，仍然握住啤酒杯。他稍早才喝了威士忌，目前手上這個玻璃杯已經陪伴他度過了十五分鐘，裡面還剩下兩吋高的啤酒。

「妳剛剛是不是說在我的飲料裡**下了毒**？」

「你是不是費城人？」

「妳下了什麼毒？」

「你就不能客氣點，好好回答女士的問題嗎？」

傑克環顧機場酒吧，裡面的裝潢讓人彷彿回到殖民時代的老酒館，只不過這裡用的是酷爾斯淡啤酒（Coors）的霓虹燈管做為裝飾。酒吧裡的一座方形吧檯與幾張侷促地塞在四周的小桌占據了兩個登

1 cosmopolitan，調酒名，另有譯為「大都會」。

機門的空間。坐在吧檯邊的客人正對著霓虹招牌的背面，入眼只見黑色的金屬、燈管和灰塵，除此之外，就是凹痕遍布的小冰箱、塞了紅色塑膠注酒嘴的馬蹄鐵龍舌蘭（Herradura）、絕對檸檬味伏特加（Absolut Citron）、帝王威士忌（Dewar's），還有印著「美式調酒—傑克可樂」[2]的塑膠紙巾盒。

對於必須在機場久候的旅客來說，這個酒吧是唯一的去處。這些人總不可能花整個晚上的時間來購買印有自由鐘[3]或洛基[4]的T恤吧？因此，酒吧永遠高朋滿座。

令人驚訝的是酒吧裡似乎沒別人聽見她的話。那個站在金髮女郎身邊的灰西裝男人沒聽到，那個身穿黑背心、白襯衫將袖子捲到手肘的酒保也沒聽到。

「妳在說笑。」

「你是指關於你是不是費城人的那個問題嗎？」

「我說的是妳在我的飲料裡下毒這件事。」

「你還在問這個？我鄭重地再告訴你一次，是的，我在你的飲料裡下了毒。當你忙著打量那個一頭棕髮，用手機聊個不停，還一邊搔首弄姿的翹臀爆乳妹時，我在你的啤酒裡滴了一些無味無臭的液體。」

傑克仔細想了一下。「好吧。滴管在哪裡？」

「什麼滴管？」

「妳用來在我的啤酒裡滴毒藥的滴管。妳總要有工具吧。」

「那好，我讓你看滴管。但是你得先回答我的問題。你是不是費城人？」

「這有什麼關係嗎？妳剛剛才在我的啤酒裡下了毒，我馬上就要死在費城，所以啦，我猜，從這一刻起，我永遠會是費城人了。」

「如果有人把你的遺體運回老家，你就不是。」

「我說的是我的魂魄。我永遠是費城魂。」

「你相信鬼魂嗎？」

傑克忍不住笑了出來。這雖然詭異，但著實有趣。他一直在拖延無法避免的行程——跳上計程車，穿越陌生的城市，住進乏味的商務旅館客房，在隔天早上令人膽寒的會議之前稍微養精蓄銳。

「我們來看看滴管吧。」

美麗的金髮女郎微笑以對：「你先回答我的問題。」

就回答吧，反正他也沒什麼好損失的。假如這稱得上搭訕，那麼這可能是他聽過最奇特的台詞。他猜想，這應該是一樁複雜詐騙遊戲的開場白，專門針對機場酒吧裡疲憊不堪的商務旅客量身打造。沒事的。傑克知道，如果這番對話接下來的發展是要哄他掏出皮夾或說出社會福利號碼，那麼他會立刻喊停。開開玩笑無傷大雅。

「不是，我不是費城人。」

「好耶，我討厭費城人。」

「我猜，這表示妳是費城人囉？」

「我不是。但是你要當我是也無所謂。」

---

2 JACK & COKE，以美國Jack Daniel威士忌加入可樂的調酒。

3 Liberty Bell，賓州政府於一七五一年向英國訂製的大鐘。初次敲響的日期為一七五三年第一次對大眾宣讀《獨立宣言》之時。

4 電影《洛基》（*Rocky*）是以費城做為故事背景。

「妳還真不客氣。」

「費城有什麼好？」

「比方說，有自由鐘？」

「真好玩，你竟然會提起自由鐘。我才在機上雜誌讀到自由鐘的介紹。雜誌最後面有篇文章，每個月——或是說，在每一期雜誌上——都會介紹美國的歷史建築。總之，我要說的是：自由鐘在第一次敲響的時候，就敲出了裂縫。」

「那是一七七六年[5]。」

「**錯**。朋友啊，你真該讀讀這篇故事的。**長久以來**，費城人一直濫用這個謊言。第一次敲鐘的時間根本不是在一七七六年。而且更惡劣的是，那口鐘是在英國鑄造的。聽過這個國家吧？就是我們當年起義抵抗的國家。」

「妳毀了費城在我心裡的形象。」

「甜心，我還沒正式動手呢。」

傑克帶著微笑，將杯裡剩下的啤酒一飲而盡。反正他不趕時間，大可再點一杯——不過，這回得省去威士忌。他已經喝下兩輪威士忌和啤酒，卻一點幫助也沒有。過去幾個月的戲劇化經歷仍然盤據在他的腦海中。他最好還是放慢步調，觀察機場裡的旅客。這些人的生活有目標，知道自己要走向何處，要做什麼。

傑克．艾斯里接下來要面對的是商務旅館的一夜住宿，以及隔天早晨八點的會議。兩者都不是他急於趕赴的約會。

金髮女郎看著他的手。一開始，傑克以為她是盯著他的結婚戒指看。他仍然蠢頭蠢腦地戴著婚戒。但是他隨後發現她的目光焦點其實是他手上的玻璃杯。

「你把啤酒喝光了。」她說。

「妳的觀察力真不是蓋的。妳要再來一杯嗎？」

女郎靦腆地笑了。「怎麼著？難道你非但不計較我在你的啤酒裡下了毒，還打算請客？」

「算是一點微薄的心意。妳喝點什麼？馬丁尼好嗎？」

「這你就別操心了。不管怎麼樣，我想，我還是應該告訴你接下來的發展，大致說明一下。」

「從無色無臭的液態毒藥開始說。」

「對。」

「我洗耳恭聽。」

「藥效會有幾個階段。一開始……」她瞥向戴在手腕上的銀色手錶。「嗯，從現在開始大約一個小時左右，你會開始胃痛。接下來，我希望你距離廁所不遠，因為那時候你會開始反胃作嘔。」

「聽起來很不錯。」

「假想一下你最慘烈的宿醉經驗。比方說，一邊坐在家裡浴室冰冷的磁磚上，祈求上帝大發慈悲憐憫你被酒精纏身的靈魂，一邊還為自己鑄下的錯誤向天主懺悔，保證絕對、絕對不會再被任何一滴魔鬼蘭姆酒誘惑，你知道吧？嗯，這種經驗與這種毒藥發作的痛苦相比，可能還抵不上它的十分之一。然後，你在十個小時之內就會蒙主恩召。」

5 當年在費城舉行的「大陸會議」，於一七七六年七月四日正式通過「獨立宣言」。

傑克知道——他當然知道——不過他的大腦裡卻開始唱起了反調。但是，該死的，他的胃偏偏就在這個節骨眼上抽了一下。哈，這印證了「暗示」的力量。「死亡暗示」的力量。

好吧，這女郎是個他媽的神經病。對於這種人，他現在可是避之唯恐不及。

「嗯，我可不可以請教一下，妳為什麼要在我的啤酒裡下毒？」

「可以，你當然可以問。」

「只是妳不會說。」

「也許晚點再說吧。」

「如果我到時候還活著的話。」

「有道理。」

如果這是場騙局，那麼金髮女郎的操作手法未免太詭異，光說到毒藥，就足以嚇跑大多數的人，詐騙集團不可能希望引起這種反應。畢竟，他們會想要的是，騙局能夠繼續發展。

所以，她在玩什麼遊戲？難不成這真的是搭訕？

「好，妳對我下了毒。」

「你終於抓住重點了，反應可真快哪。」

「妳有沒有解藥？」

「謝天謝地！我以為你永遠不會問。有的，我有解藥。」

「如果我好言相求，妳願不願意把解藥給我？」

「那當然，」她說：「但是我必須找個安靜的地方交給你。」

「這裡不行嗎？」

「不行。」

「那要到哪裡？」

「你的旅館房間裡。」

這下子拍板定案。這是場騙局，是某種仙人跳的變化版。先是性致高昂，把這女人帶回旅館，接著醒來時就會發現自己躺在裝滿污臭冰水的浴缸裡，出現腎臟不翼而飛等等諸如此類的情節。不管最後的結局是什麼，光是期待能在機場旅館裡享受個草率的口交服務，就足以讓人毀於一旦。

「這個提議的確很吸引人，」他說：「但是我寧願冒著蒙主恩召的危險。」

傑克收起散放在吧檯上的一張十塊和兩張一塊美金的鈔票，彎腰提起放在腳邊的旅行袋。

「祝妳的下毒事件有個好發展。」

「謝啦，傑克。」

一秒鐘之後，他才突然反應過來。

「等等。妳怎麼知道我的名字？」

女郎轉過身，背對著他翻找皮包裡面的東西，拿出一支塑膠製的眼藥滴管放在吧檯上。接著她抬起頭，轉過來面對他。

「你不是要走了嗎？」

「我說，妳怎麼知道我的名字？」

她把玩眼藥滴管，把它放在桌面上轉動。他靠近了些。

「告訴我，否則我會帶機場警衛來找妳。」

「到時候我已經離開了。就算他們找到我，我們對下毒這回事，也是兩造雙方各執一詞。到時候不管他們怎麼問，我一律當作聽不懂。」她噘著嘴，揚起眉毛。「什麼毒藥、解藥有的沒有的？」

「我們等著瞧。」他轉身離開。

「還有，傑克！」

他停下腳步，轉過身來。

「你的名字就寫在行李袋的名條上。」

他低頭看著手上的袋子。

「你很神經質，是嗎？」

他幾乎可以感覺得到胃部的糾結。這不是病痛，而是憤怒。

離開機場酒吧之後，傑克順著指標來到行李提領處。他沒有托運行李，不管外出旅行幾天，他一向刻意只帶一個旅行袋，因為處理遺失的托運行李實在太麻煩。根據機場網站資料，計程車招呼站設置在行李提領處的左邊，這個資料果然沒錯。網站上同時還說明搭車進費城的市中心統一定價計費，費用是二十六塊二五美金。他坐進第一輛空車裡，盡可能不去想酒吧裡那個奇怪的女郎。

別去想了。

酒吧裡那個奇怪的漂亮女郎。

還好他沒理會她，他明天早上可是和妻子的離婚律師有約。

想毒害我？

甜心，我還真希望如此。

晚上九點五十九分

費城南區，亞德勒街和克利斯堤安街路口

只要輕輕一按，就會出現一片難以收拾的狼籍景象。

但這不是邁可．寇瓦斯基的問題。這些日子以來，甚至連警察都管不著。不，這個榮幸屬於犯罪現場清潔人員。每小時花個十五塊美金，他們會沖洗血跡，抹淨骨頭和皮肉碎屑，讓一切回歸正常。或者該說：盡可能恢復正常。在費城，犯罪現場清潔這個行業可說是日漸蓬勃。這——至少有一部分——要歸功於寇瓦斯基這種人。

而現在呢，他透過夜視鏡瞄準目標的頭部。沒錯，這絕對不好清理。

事實上，子彈撞擊和爆裂的方式，可以為費城南區這一帶的工作人員帶來額外的加班費。

里奇蒙港歸戴達克兄弟這群高大魁梧、滿頭金髮的波蘭裔壯漢負責。這陣子以來，他們清理了不少由寇瓦斯基製造出來的現場。說來也怪，他們竟然會在費城南區工作，這個地區本來是義大利人的大本營，現在則充斥著來自各地的移民，以及趕時髦又負擔不起市中心房價的二十啷噹青壯族。

管他的，寇瓦斯基樂於見到自己人[6]分杯羹。Sto lat[7]！

他要來個腦漿四濺，特別為戴達克兄弟製造的。

6 寇瓦斯基（Kowalski）為波蘭姓氏。
7 波蘭語，有「萬歲」或是「長命百歲」的祝賀之意。

再見啦，胖子。

職業殺手瞄準了這傢伙的腦袋，而他一點都沒有察覺，仍是專心地一邊吃披薩——嘿，蠢蛋，讓你發胖的是麵糰和起士，不是醬料——一邊用吸管喝法奇那橘子汽水（Orangina）。

朋友啊，好好品嚐最後一口清爽的飲料吧。

穩住。

他的食指扣住扳機。

設定角度，確認可以造成血流成河的效果。

還有……

寇瓦斯基的大腿開始震動。

一支超薄手機綁在寇瓦斯基的大腿側，只有一個人——一個組織——知道這個號碼。那是「CI－六」負責管理他的人員。他們打電話來，往往代表他得中止某項制裁行動。他一感覺到震動，會立刻停下手邊的動作，就算他的刀刃正切入某個可憐渾蛋的皮肉之間也不例外，即使他的指頭開始在扳機上施加壓力也一樣。

但是，這次的制裁行動純屬個人行為。沒什麼中止不中止的。只有他能夠決定是否中止。

這是個復仇行動。

然而，腿邊的震動還是讓他感到不安。CI－六有人找他。如果他置之不理，麻煩會更大。他得大費唇舌解釋，這並非好事，因為他這時應該是在休假期間，沒有任務在身，不必去制裁任何人，什麼事都不必做。寇瓦斯基這種外勤操作人員最不該做的舉動，就是解釋自己為什麼要逐一消滅費城南區的義大利黑幫分子，這無異是嚴重地偏離任務宗旨。

國土安全部一向反對手下的幹員——包括寇瓦斯基這種極機密人員——利用自己所受的訓練和火力對付平民百姓，私自進行復仇行動。

他們也許會在暗地裡喝采，欣賞這些行動，但是要他們正式同意？門都沒有。

那好，好。媽的。**中止行動**。

胖子，算你今天走運。我稍晚再來找你算帳。在那之前，多加點配料，好好享受！

放下槍，脫掉手套，轉個身抽出大腿邊的手機。

「是。」

發話人給他另一組手機號碼。寇瓦斯基按下按鍵結束通話，在新號碼的每個數字前加上六，然後撥號。一個男性的聲音說：「現在才早上七點，你就這麼渴？」

寇瓦斯基說：「天氣又乾又熱。」

哇！好久沒有傳遞員使用**犀牛**這個暗號了。寇瓦斯基差點忘了該怎麼回答。

聲音的主人給他另一組號碼，寇瓦斯基先在每個數字之前加上數字七這個個人號碼，然後背了下來。他整理行裝，把裝備藏妥，然後從屋頂上下來，走過六條街才搭計程車。他花了三塊四美金的車資來到最近的便利商店，在這家7-Eleven買了三張二十塊面額的電話預付卡。他不知道接下來的電話要打多久。

寇瓦斯基走出便利商店，找到個公共電話。他先按下卡片背後的免付費電話號碼，然後才撥打默記下來的號碼。只要他用預付卡和公共電話，沒有人追蹤得到埋藏在美國境內無數通電話裡的這一通，還沒人有這種技術，連CＩ—六這個登不上檯面的國土安全部分支機構都無計可施。

一個女性的聲音要他搭飛機到休士頓去，寇瓦斯基立刻認出了這個聲音。是**她**。他的前任管理員。他們有好幾個月沒有一起工作了，兩個人不合。但是看來他們又被分派在同一組了。命運哪！

寇瓦斯基覺得自己該說些話來化解尷尬，但是她沒給他機會。

一個姓曼契特的大學教授在當天一大早死了，寇瓦斯基的雇主想確認一些事。她要寇瓦斯基去帶回生物採樣。

「皮膚？」

「不是。」

「血液？」

「不，不是。我們要他的頭。」

「整顆腦袋？」

廢話。可惜寇瓦斯基不認識任何休士頓的犯罪現場清潔人員。對他來說，這是個新的城市。可惜事情沒發生在費城，否則少了一顆腦袋的現場，絕對可以讓戴達克兄弟忙上一整天。

「我們還需要別的東西。」

「隨妳吩咐。」寇瓦斯基說完話立刻後悔。

公歸公，私歸私，別混為一談。

「我們得找到一個名叫凱莉·懷特的女人。要我告訴你怎麼寫嗎？」

「懷特的寫法是白色（white）的拚法嗎？」

「對。」

「我需要知道她的什麼資料？」

「在過去四十八小時內，她可能接觸過曼契特教授。我們想確認是真是假。」

寇瓦斯基表示了解，並想要邀管理員在他回來之後共進晚餐。就算是敘舊吧。他想說：「嘿，我現在可沒和任何女人定下來。結束了，情況和幾個月前不同了。」

而且我也不打算當爸。

但是他沒說出口。

寇瓦斯基搭上另一輛計程車，要司機載他到費城國際機場。車子的藍色座椅是尼龍材質，裡面的味道聞起來就像是有人將成打的柳橙切片泡進汗水裡一樣。儀表板還亮著紅色的「檢查引擎」警示燈。

「我沒辦法算你定價。」司機說。

「什麼意思？」

「只有從市中心出發才是用定價計費。我們離市中心還有十二個街區，你得照錶付費。」

「但是費城南區比市中心更靠近機場，所以應該更便宜。」

「不能算定價。」

寇瓦斯基考慮是否該叫司機載他回戴達克兄弟的地盤，然後把他推到牆邊，轟掉他的腦袋，給這幾個波蘭好男孩找個清潔工作。老兄，你不知道自己惹上了費城南區屠宰手，是吧？儘管如此，還是不該冒太大的險。寇瓦斯基得盡快回到這個城市，他不該節外生枝。報紙上已經開始報導有個瘋子拿著長槍獵殺幫派分子的故事了，他得在被逮到之前結束這整件事，並且做些好事。

「你知道嗎？我才不管什麼定價不定價的，我們走吧。」

晚上十點三十五分

里頓豪斯廣場東側，喜來登酒店，七〇二號房

在浴室裡狂吐一番之後，傑克終於願意承認了，好吧，也許他**真的**被下了毒。剛開始，他還拒絕相信，認為這不過是神經緊張，純粹是想像力作祟，因為費城的這趟行程讓他滿腦子都是謎團。特別是針對他和唐納文．普拉特的晨間會議。

傑克蒐集了一些關於普拉特的資料。一份當地雜誌票選他是費城「最令人膽戰心驚的離婚律師」，並且補充說明：「他毀掉的睪丸數量，比神聖羅馬帝國的皇帝更勝一籌。」好極了！他還在網路上找到了一張黑白照片，這個五十來歲的渾蛋傢伙有雙目光銳利的黑眼睛，鬍子和錚錚發亮的金屬沒兩樣。明天早上八點，傑克就會看到本尊了。

這就足以讓人狂嘔猛吐了，不是嗎？

但是第二次嘔吐來得比第一次還要慘烈，傑克開始明白，這不單純是神經緊張而已。這是火力全開的攻擊。

然而這都比不上第三次衝向馬桶的痛苦。

他的胃裡還有食物嗎？最先吐出來的是飛機上的餐點——油膩膩的波菜和費城披薩包餅。兩相比較之下，他實在不知道究竟是讓人瀕死的嘔吐比較糟，還是親眼辨認出馬桶裡的機上餐點比較噁心。第二次的嘔吐物幾乎全是液體。這回是第三次了……他沒看錯，浮在水面上的是細小的血滴。他的胃部一陣翻騰，幾乎就要爆開來。

真的是**死定了**。

傑克用冷水潑臉，然後看看手錶，時間是晚上十點三十六分。他在九點半離開機場酒吧，之後的第一次嘔吐約莫是在四十分鐘之前。如果女郎的話可信，毒藥藥效的確是準時發揮。

接下來，他會在十小時之內死亡。

打電話報警應該是明智之舉。但就算他真的撥了電話，又該怎麼說？說有個女郎在機場對他下毒，而他當時回應是，「嘿，謝啦！我們稍晚再聚聚？」當初他為什麼沒有立刻報警？是因為她美得過頭，所以不值得認真看待嗎？

夠了，這會兒他應該靜下來**思考**。

也許他可以對警方大略描述一下，但是他一向不善於判斷身高、體重，現在想想，他連那女人的眼睛是什麼顏色都不記得。他最多只能有把握地說：她的美胸豐滿。是囉，這的確足以縮小調查範圍。

顯然他得回到機場，自己去找這個女郎，要她說出她在他的啤酒裡滴進了什麼毒藥，然後才能尋求協助。他發誓，再也不在機場的酒吧喝酒了。

或者，他應該到醫院去洗胃——這真是太噁心了——讓專業人士判斷哪裡出了問題，然後繼續過日子。

但如果毒藥已經進入他的血管，那又另當別論。醫生得花多久時間才能找出癥結所在？他可能在護士還來不及在他的嘴裡塞進溫度計之前，就在候診室的塑膠座椅上一命嗚呼了。此外，他需要的不只是解藥。他還得找出這個女郎，弄清楚她為什麼要對他下手。也許她下手的對象不只他一個人。

這就是你必須打電話報警的理由，傑克。

夠了。現在就跳上計程車回到機場去找出那名金髮女郎。把東西留在旅館裡，只拿皮夾和手機就好。動身吧。

等等。

現在是晚上十點三十八分。下一次嘔吐時間應該在五分鐘之後。

他怎麼熬得過搭計程車的這段路程？他從機場到里頓豪斯廣場上的喜來登酒店至少花了二十分鐘。難不成他要叫司機在半路上靠邊停下來？

那就想清楚。對，趁你還有機會找到她的時候，**現在**就動身。

否則你再也看不到你的女兒。

他突然有種強烈的感覺，想要留在旅館裡打電話回家，聽聽她的聲音。雖然現在不過才九點半，但是卡麗在一個半鐘頭之前就已經上床睡覺了。

不。他得找出那個金髮女郎。

傑克搭電梯下到旅館大廳，坐進在門口排班的計程車。這個時間的費城已經是一片死寂。他聽過一個老掉牙的笑話，說這個城市的人會在夜裡捲起人行道收好，可悲的是，這的確是實情。就算今天是星期四，但這裡畢竟是美國的第五大都市的市中心。難道這個地方不該有人潮，搶著在餐廳或酒吧裡虛擲生命嗎？

「到機場，麻煩盡快。」

「幾點的飛機？」

「我不是要趕飛機，只是有急事要趕到機場去……」

「出境還是入境？」

哪個才對？

傑克想了想，然後說：「入境。」因為他不久前才剛抵達費城，可以回溯他的腳步從機場酒吧開始找人。

「哪個航廈？」

「啊？」

「哪個航廈？機場安檢很嚴格，我不能像無頭蒼蠅一樣亂逛——」

「大陸航空是在哪個航廈？」傑克搭大陸航空來到費城。

「C航廈。有沒有人告訴過你，到機場是定價收費？」

接下來，司機要傑克繫上安全帶，他似乎還想下車來檢查傑克是否確實扣上扣環。

「我趕時間。」

司機沒說話，把車子開上十八街，經過里頓豪斯廣場、市場街和接下來的甘迺迪大道，然後經過一處工地。過去他從來沒到過費城，但是他之前研究過市中心的地圖。他的旅館離索菲特旅館只有三個街區，隔天早上，他就是要在那裡和唐納文．普拉特碰面。他懷疑自己是否能赴約，也許……**哈！**到時候他早就死了。

這是說，如果他**真的**被下毒的話。

幾分鐘之後，計程車就開上了九十五號州際公路朝南走。他們經過縮在黑暗中構造相仿的幾排房子，然後是兩座外觀新穎的體育館，接著是煉油廠的工業廢地，還有——

喔，大事不妙，又來了。

「抱歉，麻煩你靠邊停一下。」

「我以為你在趕時間。」

「**拜託**。」

一定是他絕望的聲調發揮了作用。司機二話不說，變換車道之後慢慢靠向路肩。傑克來不及挪到車子的另一側，手忙腳亂地打開後座左側的車門，才一踢開車門，立刻就就是一陣狂吐。

這回，血絲更多了些。

晚上十點四十六分

九十五號州際公路南下方向，吉拉波德大橋附近

寇瓦斯基看著一個男人從黃色計程車上探出身子，對著九十五號州際公路的柏油路面狂吐。他媽的醉漢。這傢伙難道不能幫幫忙，拉開另一側的車門吐嗎？就去面對費城西南側景色優美的煉油廠那一側嘛！這下子，他整晚都會想到這個景象了。真是的，現在才不過是星期四晚上。看來大家都在為週末打拚。

寇瓦斯基訂了機位，要在凌晨一點飛往休士頓。如果運氣好，他可以即時抵達登機口，還有足夠的時間通過安全檢查。他會在凌晨三點抵達休士頓，然後到德州接駁車公司的接待櫃檯去領取信封。信封裡裝有停屍間的地址。他不會有時間租車，所以得再次搭計程車。到目前為止，他只能計畫到這一步。在飛機上他會想出三、四個潛入停屍間的方法，接著拿走他要的東西後離開，前往交貨地點。

人頭。他們要曼契特教授完整的頭顱。

不管怎麼說，這都不是他的問題。但是這代表的是一連串運籌帷幄上的挑戰。比方說，要怎麼提著一顆腦袋走出停屍間。寇瓦斯基至少會需要一個運動用品袋和一把鋼鋸。

他可以在機場找到袋子。休士頓的喬治．布希國際機場有好幾條行李輸送帶，在上面挑個袋子就好了。如果有人大驚小怪地抗議呢？只要推說行李袋太像，道歉就成了。接下來，繼續物色合適的樣式。黑色或深藍色的最好，這兩個顏色最常見。從來沒有人會想到去買個顯眼的行李箱，這些人總是等到自己真的排隊站在行李協尋的隊伍當中，才會悔不當初——怎麼不買個螢光粉紅色的新秀麗旅行箱呢。

是啊，然後在離開行李協尋櫃檯之後，悔恨的情緒跟著煙消雲散，這個念頭也跟著被拋到九霄雲外。不會真的有人想拉著一口該死的螢光色皮箱走在路上。

鋼鋸呢？停屍間裡可能會有一整箱鋼鋸。另外，他還需要和運動用品袋配合使用的塑膠袋。

在最理想的行動中，工具通常會自行出現。

寇瓦斯基只需要穿好衣服，帶著手機，就可以走進現場。衣服容易丟棄，可以燒掉。而他的手機配備了酷炫的自動銷毀裝置——他用他老爸的社會安全號碼當作序號，這表示這組號碼總有一天會派上用場——在逃脫時可以做為分散注意力的利器。再說，就算他在鋸斷大學教授那個死腦袋時被逮個正著，主管單位能對一個光著身子的瘋子怎麼辦？

絕對無計可施。

等到他的指紋被輸入指紋和DNA資料庫的時候，他所屬的組織早就準備好文件，讓他立刻釋放。他也許得做個報告或挨頓罵，但沒什麼大不了的。然後他可以回到費城，最晚在下星期四之前，就可以繼續他的個人復仇任務。

何況，這些都是**最糟**的狀況。

接政府單位工作，真是再好不過了。

寇瓦斯基的計程車停在C航廈，車資是四十二塊三。如果按照統一定價計費，無論如何也不必花這麼多錢。他從西裝外套的內側暗袋裡拿出旅行用的皮夾。稍晚，等他抵達休士頓之後，會把外套塞進寄物箱裡。他掏出兩張二十塊和一張五塊面額的鈔票，要司機不必找零。這算不上大方，但也不寒酸。沒必要讓計程車司機記得他。

他推開旋轉門，踏進大陸航空公司的專用航廈，走向電子機票櫃檯辦理手續。他把信用卡插入櫃員機，信用卡上的名字和旅行用皮夾裡的德州駕駛執照姓名相同。

行李件數？電腦列出問題。

寇瓦斯基按下「0」。

回程可能就不同了。如果他沒辦法把貨遞送出去，也許他會把曼契特的項上人頭運回費城留個幾天，帶「它」去看看自由鐘。

哇哈！

凱蒂一定會覺得很有趣。

櫃員機列印出他的機票。

在前往大陸航空登機口的手扶梯上，寇瓦斯基感覺到腿側傳來的震動。他抓起手機，掀開機蓋。

「喂。」

對方給寇瓦斯基一個電話號碼。他在號碼的每個數字前加上數字六，接著走到登機口另一側的公用電話撥打這個新號碼，這次，他用的是第二張預付卡。這就是他一次買三張預付卡的道理。

「不要離開，我們認為貨在費城。」

「那個教授？是他整個人，還是有人瞥見他的腦袋滾到飛機跑道上？」

他的管理員沒理會他。

「一個小時之前，有人在機場酒吧裡使用了一張屬於凱莉．懷特的信用卡。」

「我現在就在機場。」

「已經過了一個小時，但是她可能還在酒吧裡。你去查查看。」

「能不能稍微描述她的長相？」

「我傳照片到你的手機上。她在一個星期前入境，之後改變了外貌。」

「沒動整形手術吧？」

「沒有。」

「那麼，我應該還是可以認出她來。」

寇瓦斯基已經收到了郵件，標題寫著：「生日快樂！」

「收到了嗎？」

「有。」寇瓦斯基盯著螢幕上的照片看。「知道她長得像誰嗎？那個演員，叫——嘿，該死，我才剛看過電影的……」

「如果你找到她，發個簡訊回覆剛才那個號碼，寫『真高興你還記得』。如果沒有，寫『晚賀總比不說好』。」

寇瓦斯基掛掉電話。好耶，如果他不用離開費城就可以完成這次的任務，就不必把時間浪費在旅途上，耽誤自己的計畫。

好了，午夜時分，辣妹通常都會在機場的哪些地方閒逛？

晚上十點四十九分

「還好你沒吐得滿車都是。」

傑克說不出話，只能咕噥作聲。

計程車繼續沿著九十五號州際公路駛向機場，但是他胃部糾結得難過，實在沒心情觀賞風景。最後這波嘔吐顯然喚醒了他腦子裡某種操控「死亡可能性」的原始部位。大腦中這個尚未開發的部位比「死亡」快了一步，率先啟動身體的某些反應，比方說升高體溫、釋放腎上腺素和汗水。他的身體好像終於接收到了指令：**沒錯，我們似乎被下了毒。你的身體正在採取對應的反制措施來排除毒素。老伙伴，祝你好運啦。好，現在再試一次，別退縮！**

他還不打算撇下自己這副臭皮囊。

他打算找出那名金髮女郎，強迫她交出解藥。

「大部分的人都不會有這種好心腸的。但容我說句實話：你實在不該去機場，應該去急診室才對。」

「不，」傑克低聲說，「去機場。」

「你說了算。」

據他自己的推測，到下一次嘔吐之前，他大概還有十分鐘。還好，他們離機場不太遠了。他約莫有七、八分鐘的時間可以衝過登機門跑到機場酒吧，然後拚老命祈禱她還在——

該死！他要怎麼通過登機門進到裡面的酒吧？有機票的旅客才能進去。只要一走出來，沒機票是不能再進去的。

他的回程機票放在行李箱，留在旅館房間裡。泰瑞莎在網路旅行社訂了折扣票，然後寄到他的新住處去。自從一切脫序之後，自從泰瑞莎雇用了該死的唐納文．普拉特擔任她的離婚律師之後，這是幾個月以來，她唯一良心發現的舉動。唐納文是泰瑞莎母親的舊識，也是她們的家族老友。

回程機票現在可派不上用場。他要怎麼進去機場？

「到了。統一定價二十六塊二五。」

他拿出皮夾，掏出一張二十塊、一張五塊和兩張一塊美金的鈔票，穿過隔開駕駛座和乘客座的玻璃縫隙把錢遞出去。

「喔。」司機看著鈔票。

這傢伙期待什麼呢？一張五塊錢鈔票當小費嗎？也許應該要有一條法律：正在打離婚官司的男人不必付小費。不管是計程車、餐廳或脫衣舞俱樂部都一樣。如果這男人馬上就要被剝掉一層皮，有關小費這件事，就姑且放他一馬，當作是兄弟相挺好了。

傑克走進入境大廳。如果要買票，他得到離境大廳去。沒別的辦法了。傑克看看時間，再過幾分鐘就是午夜，他離開酒吧裡的金髮女郎已經超過兩小時了。說不定，她早就釣上另一個可憐的傢伙了。

等一下。

傑克走向大陸航空公司的旅客服務櫃檯。「你好，我想廣播找人。」

「對不起，我們不提供這項服務，請您去找機場安全警衛人員——」

「我**真的**有很重要的事。」

「我們**真的**沒提供這項服務。」

傑克知道，一定有其他更好的招數來說服這個活像模特兒、掛著「布萊恩」名牌的傢伙，讓他知道廣播找人有多重要。也就是說，攸關國家安全諸如此類的理由。電影裡都是這樣演的，況且傑克也實在想不出更高明的藉口，他的胃又開始絞痛，加上頭痛欲裂，皮膚發燙，一點也沒心情扮英雄。

傑克離開櫃檯，朝行李提領處的方向走去，接著就是廁所了。他清楚知道再過……嗯，六分鐘左右吧，他絕對用得到這個地方。再過去一點就是計程車排班處。他應該可以找得到提款機，領些錢好搭車回旅館。記得要提早警告司機：他可能要在半路上探頭出去吐血。接著他可以回到房間裡，打個電話給泰瑞莎，把事情經過說出來，還有，也許……

「看吧！他在那裡！傑克！」

是個女人的聲音，是那個在酒吧裡的女人。

那個金髮女郎。

傑克轉過身子。她的身邊還站著一個挺著大肚腩的男人。這個中年男人一邊肩膀上搭著印有「員工」字樣的黑夾克，另一邊背著一只綠色背包。

金髮女郎朝他跑了過來，用雙手環住他的脖子。她低聲說：「配合我演出，否則你死定了。」

「員工」男伸出手，說：「真高興認識你，傑克老兄，你妹妹凱莉真是非同凡響。」

凱莉——這是她的真名嗎？——的雙手仍然緊緊纏著傑克。

「我叫艾德．杭特，稅法是我的專長。凱莉告訴我你是媒體人。」

凱莉用冰冷的手掌貼住他的前額。「寶貝，你好燙。」

「我是啊。」他一次回答兩個人的問題。他既發燙，也是記者。但是這個金髮女郎——凱莉——怎麼會知道？他很小心，在酒吧裡並沒有多說。如果你在酒吧裡說自己是個記者，每個人——加上他們的祖母——都會搶著說故事。不，這種事還是敬謝不敏，才是上策。

「你們準備好了嗎？來享受這輩子最讚的馬丁尼吧！」艾德伸手拉住凱莉。

「艾德想帶我們到一個叫做Rouge的酒吧去。」女郎幫他解釋。

「這個店名是法文，意思是**火紅**。店主破產了，賠掉手上的整個餐飲王國，只留下這間酒吧。他們有一流的馬丁尼，保證你們從來沒喝過。」

「你看來的確該喝一杯，傑克。」她說。

「好啊。」他驚訝地說不出話。這組三人行——感謝老天，沒有人再次施展熊抱——走出自動門，來到計程車排班處。凱莉仍然拉著他的手臂，彷彿擔心他會開溜。不可能的，除非他先拿到解藥。

如果真有解藥。

如果真的有下毒這回事。

艾德一馬當先，走在最前面。

「車資讓我來。從機場到市中心是統一定價，二十六塊二五。對了，所謂市中心就是鬧區啦。」

又是定價。難不成連自由鐘都刻上了這些字？**想要搭計程車去機場嗎？各位朋友，費城提供您一個好價錢。**

司機還沒來得及坐挺身子，凱莉就一把拉開後座的車門。「傑克，你先進去，坐過去。」

傑克順著她的指示，再說，坐進車裡又不難。而且他的胃愈來愈難過，如果他還要吐，他寧可坐在後座邊上，以保有個人空間。凱莉也許對他下了毒，但是傑克仍然要維持自尊，不想在她身上吐血。此外，他也得為艾德著想。

車門還沒關，傑克看到凱莉轉身面對艾德。幹什麼？他探頭去看。

喔。

喔，老天爺啊，他們正熱情地法式舌吻。

酒吧有個法國名字，意思是火紅。

兩人繼續喇舌，他不時聽到吸吮的聲音。司機看著傑克，他只能聳肩表示無奈。嘿，我怎知啊，說不定我的妹子是個落翅仔。

他的胃愈來愈難過了。

晚上十一點十三分

費城國際機場

還好，費城國際機場只有一個計程車排班處，寇瓦斯基不必在不同的乘車處奔走。他只有兩個推測：凱莉．懷特在機場，或是她已經離開。C航廈的酒保記得有個符合她長相描述的女孩在十點半左右離開酒吧。她和一個穿著黑夾克的中年男子一起走的。酒保覺得男人勾搭上她。「兩個人簡直是黏在一起。」酒保這麼說。說不定他們還沒走遠。

好，他同樣有兩個選項。他們如果沒有待在航廈的其他地方，就是搭計程車到某個地方進一步認識彼此。

寇瓦斯基在航廈裡來回仔細搜索了幾次之後，決定要想辦法揪出這兩個人。

他走向大陸航空公司的經理，亮出證件，表明自己是國土安全局的幹員。其實這個說法也有幾分真實性，只差他不是官方正式人員。寇瓦斯基隸屬的CI─六資金來源渾沌不明，並且隱身在複雜難解的組織圖表之下。就連寇瓦斯基也不知道自己老闆的長官是什麼人──假設真有其人的話。他只知道自己的老闆負責管理這個世界。

儘管如此，這張識別證看起來就像真的，上面甚至還有折射防偽的老鷹圖紋。

一分鐘之後，寇瓦斯基聽到尋人廣播。

旅客凱莉・懷特，請前往大陸航空公司服務櫃檯。旅客凱莉・懷特，請前往大陸航空公司服務櫃檯。

凱莉・懷特才不可能到櫃檯報到。如果她真的出現，櫃檯經理會留下她，然後呼叫寇瓦斯基。她的第一反應肯定是直接衝向出口。航廈有一道自動門的外面是計程車排班處，另一道門則通向旅客長期租用的停車場。懷特不是費城人，而且，根據寇瓦斯基管理員的說法，懷特應該才剛下機不久，自己不太可能有車。看來一定是計程車了。

果不其然，她就在那裡。寇瓦斯基看到凱莉和一個穿著黑夾克的中年男子在一起，兩人就在拉開的計程車門邊擁吻……喔，後座還有另一個男人。寇瓦斯基盯著對街橘色販賣箱裡的《新聞周刊》，接著走向前去，彷彿要買份來讀。他伸手到外套裡，一邊用手機發出簡訊：「真高興你還記得」，一邊默記下計程車的車牌號碼。接下來，就看管理員怎麼決定了。

凱莉和那個不知名的男人仍然繼續親吻，寇瓦斯基漫不經心地想，計程車裡的那個傢伙不知是做什麼的。他看不到男人的臉。難不成凱莉提議來個三人行？

這反正沒關係。他不知道自己為什麼要追蹤這個女性目標，但是在ＣＩ－六工作就是這樣，不需要追究動機。他只要有簡單明確的目標就好了，就算工作不能讓他滿意，至少也有可以估計的實質基礎。

這也是他急著想要回到費城，以便繼續執行自己計畫的原因。這一次，純屬個人行為。他知道原因——至少他知道大部分的原因。他也知道每個行動所帶來的影響。總之他只有一個目的，而且當他完成藉以達到這個目標的各項任務時，都能感覺到全然的滿意。

他要為凱蒂報仇。

他在一年前遇到凱蒂，讓她懷了他們的骨肉。不幸的是，凱蒂的哥哥在道上混，招惹到費城的義大利黑幫。黑幫分子經過幾次的出賣和背叛，決定拿凱蒂當作報復，在這個情況下，他們未出世的孩子自然跟著遭殃。

他們殺了她。

接著在她身上塗滿花生醬然後丟棄，好讓老鼠啃噬她的屍體。

寇瓦斯基當時不在城裡。他一回到費城，便直接驅車前往停屍間，用國土安全局幹員的身分辨認她赤裸殘缺的屍體。他讀了所有的報告。當寇瓦斯基將所有的線索拚湊在一起之後，便決定掃盡黑幫。他不急，也沒必要草率行事。於是他好整以暇，一個接著一個幹掉那些義大利肥仔，一個都不留。這個目標既簡單又明確。但是他有**動機**，這讓他十分滿意。

直到他想起凱蒂，或是未出世的孩子——那是個兒子——會是什麼模樣，會怎麼說話，會散發出什麼氣味。

這讓寇瓦斯基有些困擾，因為他不是那種會想到孩子的男人。

口袋裡的手機開始震動。這會兒他沒藉口了，情況進展迅速，他的組織在行動，在計畫。

他一手拿起手機靠到耳邊，另一手拿起一份報紙。頭條新聞講的是啤酒，沒錯，這個禮拜在城裡有個啤酒節。

「你找到她了。」

「她就在我眼前。」寇瓦斯基回答。

「她和誰在一起？」

「有兩個男人，一個是中年人，另一個坐在計程車裡等，我看不到他。」

「好。」

「她和中年男人剛結束一場唇齒曲棍球賽。」

「他們在接吻？」

「錯不了。」

「稍等一下。」

寇瓦斯基看到眼前這對男女終於分開來，媽的，也該是時候了。在喪偶的人面前招搖，也太不厚道了，不是嗎？

等等，這是怎麼回事？

她把蒼白的手搭在男人的胸口，男人的胖臉上出現驚訝的表情。女郎推開他，胖子往後退了一步，女郎自己坐進車裡，然後關上車門。男人拍打著計程車頂，看起來火氣不小。汽車引擎轟隆隆地發動。

「出了狀況。」寇瓦斯基說道。

「怎麼了？」

「凱莉．懷特和第二個男人搭計程車離開，丟下第一個男人，讓他站在人行道上。蜜糖，請妳指示。」

「你待命。」

不然還能怎麼樣？計程車先頓了一下才往前衝，中年男人伸手想拉車門，彷彿這會有什麼作用似地。朋友啊，放棄吧。她還有更重要、更有趣的事要做，也就是坐在他身邊的男人。

「你記下計程車的車牌號碼了嗎？」

「要不然妳以為這是什麼，胡桃嗎？」

這個私房笑話沒能逗她笑出來。曾經，在某個兩人共度的週日早晨，他們按著遙控器轉台，兒童節目《芝麻街》正好播映餅乾怪獸的單元。恩尼問了個蠢問題，餅乾怪獸發起了脾氣，指著自己瞪大的雙眼說：「**你以為這是什麼，胡桃嗎？**」

「傳送加密簡訊，然後跟蹤第一個男人。」

「不是凱莉．懷特。」

「對。盡量跟緊一號嫌犯。」

他毋須多問，因為理由可能有上千個。比方說女郎把毒藥、文件、血清或武器交給了男人。或是說，女郎出局，現在的目標是男人。這全都不重要。現在他得跟蹤男人。寇瓦斯基想到了曼契特教授。再過幾個小時，我是不是得割下**這個**傢伙的腦袋？

啊，這個工作！

晚上十一點二十四分

九十五號州際公路，吉拉波德大橋附近

「司機先生，麻煩你，立刻載我們到最近的轄區警局。」

凱莉翻了個白眼，往後靠坐在深藍色的尼龍座椅上，雙手環胸。

「這裡不叫做轄區，」司機回答：「叫做管區。」

「什麼？」

計程車司機有一頭日漸稀薄的捲曲黑髮。他謹慎又清楚地說：「我對這個地方的分局不太清楚，我大部分時間跑的是費城東北區一帶，剛才載個客人來搭晚班飛機。我現在只是要回到東北區，就這樣。」

「先生，別管我丈夫了。傑克在飛機上喝了太多威士忌。」

「妳不是我老婆，而且我清醒得很。我才不管這裡分轄區還是管區，我就是要找警察，**現在就要**。」

傑克知道這麼做對自己最有保障。他稍早之所以沒到警察局去，是因為他以為金髮女郎是在開玩笑。但是經歷了幾次的嘔吐，他終於知道情況並非如此。證據就噴灑在九十五號州際公路上。事實上，他還可以搭車載警察過來，指給讓他們看。**你們看看！這些就是我胃裡面的東西！還有該死的波菜披薩包餅！**就算警方一開始不相信他的話，還是得留下他們兩個人——這點，他絕對會堅持——直到他們清空他的胃（誰知道裡面還剩下些什麼）、抽血檢驗，或是做了其他的檢查為止。不管如何，他們總是能證明她對他下了毒。如果這得花掉一整個晚上的時間，那就耗吧！明天早上八點鐘和專獵罪丸的唐納文．普拉特的會議延期就是了。反正沒差。

「司機先生，你看著好了，他隨時可能要你停到路邊讓他嘔吐。」

「別聽她胡說。」

「拜託，別吐在我的車裡面。」

「我剛說了，不要聽她胡扯！」

接著，他感覺到柔軟溫熱的指頭接觸到他的下巴，將他的臉往左轉。凱莉看著他。

「你只剩下八個小時。而**不管誰**插手，我都有辦法拖過這八個小時。」

「可是如果我死了，警方就會知道我說的是實話。」

「我相信你一定會覺得很欣慰。」

金髮女郎言之有理。

「告訴司機你住在哪間旅館。你根本不必這麼難過的，全是你自討苦吃。」

司機很不自在，頻頻透過後視鏡往後瞥，顯然，他為車裡深藍色的尼龍座椅憂心不已。東北區的人大概都不會吐吧。

真是見鬼了。傑克感覺到胃部又開始絞痛，應該是緊張使然吧。天哪，這真是讓人難以置信。他難道真的要帶個陌生女郎回到旅館房間去嗎？還偏偏選在今晚！但是，他似乎別無選擇。

「好。到里頓豪斯廣場的喜來登酒店。」

凱莉再次輕鬆地往後靠向椅背，咧嘴一笑。「真高檔。」

司機高興地說：「剛好順路回東北區。」他沒繼續多問。

傑克胃部的絞痛愈來愈厲害，他彷彿腰間裝了超大鉸鍊似地彎下身子。他實在無法控制，腦袋垂到凱莉的腿邊。

她接下來的舉動十分詭異。她拉著他的頭放在自己的腿上，輕柔地按摩他的頭皮。「放鬆，傑克。」

她的指頭帶來奇特的舒適感，讓他分了心，不再注意到腹部猶如刀割的緊繃痛苦。

計程車開上九十五號州際公路，朝市中心揚長而去。

晚上十一點二十五分

長期租用停車場，D段二十二號走道

這傢伙住在費城東北區的索莫頓區，這地方離郡界不遠。過了郡界就是巴克斯郡，許多費城人和**真心**想要離開大都市又不想住在紐澤西的紐約人都湧入了這個富裕的郊區居住。寇瓦斯基不怪這些人，他也不喜歡費城，更厭惡紐澤西。這些地方不是工業區就是風華漸失的郊區，有什麼好？

他盯著男性目標的臉看了好幾分鐘，後者的表情似乎在說：「搞什麼？真的把我丟在路邊嗎？」

寇瓦斯基隨著他走到接駁巴士候車區。怪了，這男人剛剛似乎已經準備和凱莉．懷特一起跳上計程車離開，這下子，他打算到什麼地方去呢？寇瓦斯基跟在他身後上了巴士，找出了答案。男人的目的地是長期租用車位的停車場。原來，這傢伙有輛車停在這裡。他開的是一輛嶄新的深灰色速霸路Tribeca休旅車，內裝黑色皮椅，還配備了為六十到九十磅的兒童所準備的安全座椅。車內地板和後座上散落了幾本雜誌。寇瓦斯基看到一本《男性健康》和一本《經濟學人》。他之所以能看到，是因為他朝車頂丟了塊小石頭，趁男人分散注意力的時候溜上了車。他的力道剛好足以刮傷烤漆，讓這傢伙花了兩、三分鐘咒罵，卻不至於注意到車上多了個乘客。

當然啦，他大可偷一輛長期停放的車子，然後開車跟蹤這個男性目標。但是寇瓦斯基一向喜歡讓行動盡可能單純，工具當然也是愈少愈好。偷車代表他得棄車，也就是留下蹤跡和可供鑑識的證據，這無異是多了一個讓人擔心的物件。所以，他何必費事？躲在車裡，寇瓦斯基還可以沉潛到稍微深一點的心靈層面，為自己重新充電。對他來說，休息個十五或二十分鐘比在溫暖的被窩裡睡上八個小時更能提振精神。他敢說，今天晚上有得忙了。

他的男性目標把休旅車停進位在陡坡頂端的一處雙車位車庫裡。這傢伙走出車外，伸了個懶腰，盯著車頂咒罵，然後拎起放在乘客座上的行李袋，穿過門走進和車庫相連的主屋。一隻黃金獵犬立刻衝上前來歡迎主人。寇瓦斯基一直等到燈光熄滅才走出車外。他掏出一把美工刀撬開通往主屋的門，不出他所料，房子的整串鑰匙就掛在冰箱側面的磁鐵掛勾上。他沒看到狗，這表示狗應該在樓上，睡在主人身邊。但是他還是沒有逗留。他溜回車庫，輕輕轉動車鑰匙，只發動了電氣系統。休旅車有內建的衛星導航系統，透過系統，他找出自己目前所在的位置——費城索莫頓區的愛迪遜大道。國際機場在費城的西南邊上，這裡是東北端。他的目標住在費城的範圍之內，和機場正好是對角線位置。寇瓦斯基熄火，開始等待。

他期待盡快完成工作——包括公務和私事，然後離開這座城市。

寇瓦斯基決定在這些行動全部結束之後到休士頓去，在靠近墨西哥灣的地方租個房子住。房子一定要有後陽台，而且要有果汁機的配電插頭。他可以去買個碳烤架，早、午、晚都吃魚和蔬菜，打果汁喝，恢復荒廢多時的讀書習慣。他還要曬曬太陽，享受潔淨的生活，排掉過去幾個月累積在他血液中的毒素。特別是憤怒。之後，再去想下一步該怎麼走。

下一步有可能是去墨西哥灣邊散步，也可能是吃子彈。但至少他下決定的時候頭腦清醒。

寇瓦斯基坐在車裡，反覆思索這陣子遭遇的事件，又開始感覺到體內的憤怒。當有個人——一個女人——走進屋裡放聲尖叫的時候，他幾乎鬆了一口氣。

晚上十一點五十四分

里頓豪斯廣場東側，喜來登酒店，七〇二號房

「好地方，傑克，」凱莉說，「但是我不太欣賞分成高低兩層的房間，看起來，床鋪好像沉在凹穴裡似地。嘿，你還好吧？」

傑克才不在乎凹穴不凹穴的，他只想上床。還好，房裡有兩張床。別礙著我，讓我摸下樓梯倒在最近的那張床上吧。他頭痛欲裂，視線也模糊不清。如果他運氣夠好，也許可以早點死掉，結束這一切。至少，他明天早上可以不必赴唐納文·普拉特的約。如果他死了，明早的會議也就不重要了。

但是，當他試著朝床鋪走過去的時候，凱莉緊緊地拉住了他的手臂。

「放輕鬆，你這傢伙。」

「我得躺下來。」

「我來幫忙。一下子就會過去了。」

傑克心想：「隨妳怎麼說。」他的胃糾成一團，沒有餘力關心。稍早在經過旅館櫃檯的時候他好不容易辛苦勉強撐住，因為凱莉警告他別引起不必要的注意。好啦，隨便妳。他的胃早就空了，但是這並不表示他不想嘔吐。

「躺下來，放鬆。」她緊握著他的左手安慰他。「最糟的狀況馬上就會過去了。毒藥會進入你的血液，你的胃不會繼續試著去排除異物。」

「別殺我，我有家人，有個小女兒。」

天哪，如果泰瑞莎和卡麗看到他現在這副德行——在旅館房間裡，還有個陌生女郎握住他的

手——不知道會怎麼想。看起來的狀況比實際情形來得重要。過去幾個月發生的事已經夠麻煩了，還要加上這樁！

泰瑞莎的聲音在他腦中響起：我受不了你人在，心不在。你不是想說故事給女兒聽嗎？還是你心裡只有工作？

「噓，沒那麼糟糕。你看起來就像個懂得讓女士在旅館房裡享受好時光的男人。我說得對不對？你是個獵豔高手吧。」

傑克閉上眼睛，開始恍神。對啦，他是獵豔高手。他聽到她用空出來的手——沒握著他的那隻手——摸索他放在床邊的行李時，才又清醒過來。

「妳在做什麼？」

他抽開自己的手。

「我以為你是那種會穿四角內褲的男人。我實在受不了四角內褲，既不是光溜溜，又稱不上普通內褲。怎麼全都是黑色和灰色？傑克小子，你的想像力哪裡去了？既沒紅色也沒有紫色？連最保守的藍色都沒有？」

傑克閉上眼睛。

也許當他再次睜開眼睛的時候，一切都會消失。

行行好吧。

殺手現身

我曾經愛上一名金髮女郎。她開車載我去小酌，這是我最感激她的事。

——費爾德（W. C. Fields）

午夜十二點十分

索莫頓區愛迪森大道

寇瓦斯基摸進主屋，找出尖叫聲的確切位置。位置在二樓，來源是成年女性。尖叫聲中夾雜著啜泣和哭嚎，像極了輪番播放不同響聲的鬧鐘。

時間不多了。雖然這是間獨棟房屋，但是左鄰右舍距離不遠，都聽得到聲響。這個社區相當安靜，鄰居不可能沒注意到。

起居室就在走廊盡頭的左側。寇瓦斯基檢視男性目標住家牆壁上的照片，其中有個應該是妻子的女人，另外兩個大學生模樣的女孩應該是目標的女兒。他推測這兩個女孩可能不在家，因為他只聽到一名女性的叫聲。還好，否則事情就棘手了。

樓上傳來用力關上門的聲響。

樓梯坐落在屋子的正中央。寇瓦斯基身手俐落地跑上樓梯，看到浴室門縫下傳出光線。有個女人靠在門邊，緊緊抓住門把，彷彿在尋求支柱。這時候她已經不再尖叫，而是臉色蒼白，茫然瞪著前方。

「女士，我是來幫忙的。」寇瓦斯基對她伸出雙手，手掌向上。

女人的眼神集中了些，發出一聲急促的叫喊後，從門邊滑坐到地毯上。

「放輕鬆，女士，我是警察。」

他在她身邊跪下。

「你怎麼知道的？我才剛發現他。你怎麼會來？」

反應要快，寇瓦斯基。記著，你沒穿制服，身上也沒有警徽或配槍。

「我是便衣警察，剛值完夜班，開車經過這裡，剛好聽到妳屋裡傳出尖叫。妳的車庫門沒關，我想應該是有人闖了進來。浴室裡有沒有人？」

「我丈夫，艾德。喔，天哪，艾德。」

「艾德還好嗎？」一定要喊名字，這可以讓人放鬆戒備。

「不……不，他**不**……」

「怎麼了？要幫他叫救護車嗎？」

女人豎起手指。走廊的光線雖然昏暗，但是寇瓦斯基仍然看得出女人的手指上沾了血。

「留在這裡，別動。」

寇瓦斯基起身打開浴室門。藥櫃上方裝了四個超大燈泡，刺眼的白光照亮了整間浴室。有些人就是喜歡明亮的浴室。

但這只是讓景象更慘烈。艾德沒有躲藏的餘地，他坐在馬桶上，全身衣著整齊。

或者應該說，他全身是血，而且**滿地**都是血水。

彷彿有人把手伸進了艾德的頭殼裡一把掏出他的大腦，而且還用力擠壓。血水從他的眼窩、臉頰、下巴、頸側、襯衫、雙臂往下滴，只要他手指碰到的地方都是血。

艾德真的死透透了。

寇瓦斯基伸手拿手機。

午夜十二點十五分

喜來登酒店，七〇二號房

傑克嚇了一跳，坐起身來。他一定是昏睡了過去。

「早安啊，太陽曬到屁股啦。」

他呆滯地點點頭，對於自己的平靜不免有些驚訝。這是在激烈嘔吐之後才能感受到的滿足與安詳，他的身體知道自己不會就這樣報銷，而開始將能夠撫慰心靈的腦內啡釋放到流動的血液當中。他的軀體彷彿剛從十八層地獄裡慢慢爬了出來，並驚訝地發現這趟旅程沒要了他的命。

當然，他的身體不過是被耍了，毒藥仍然在他的血管內流竄。

「你看起來好一點了。我實在不想看到你受折磨。」

「那麼妳就不該向我下毒。」

「你講話真是尖酸刻薄。」

「我是說真的，為什麼挑中我？」

「你的臉孔就是能讓人信任。我敢說，一定經常有人向你問路。」

傑克的外表比實際年齡年輕好幾歲，他也從不刻意追求時髦的髮型和衣著，這使得他不容易被人看透，外表也不易受到時空的影響。他看起來就像個順遂長大成人的童子軍或教堂的輔祭男孩。**的確**，大家似乎都信任他。

「我也有這種感覺，」金髮女郎說，「我一看到你，就知道我可以相信你。只要我把原因告訴你，我相信你一定可以了解。你甚至有可能原諒我。」

凱莉開口，接著又慢慢地閉上。她拂去落在額頭上的劉海，環顧房內。

「但是在這之前，我還得請你幫個忙。拜託你忍耐一下。」

「好，隨妳便。是妳下的毒，由妳來發號施令。」

「我得用一下浴室，很急。」

「去那間有白色座椅的房間試試看。」

「傑克，很好笑。但是我要的是，你和我一起進去。」

「聽著，我答應妳，我不會離開。我一點也不想走，因為我得知道妳為什麼要下毒。還有，老實說，我想把妳留在這裡等警察來。」

「不是這樣的，我不能一個人去。」

「怎麼，妳會害怕嗎？我說過了，我會乖乖待在這裡。」

「你得和我一起進去。」

「妳真的瘋了，是吧？」

「傑克，你在幾個小時之前才認識我，但是到現在，你應該知道我不說假話。」

我在你的飲料裡下了毒。這句話的確不假。

配合我演出，否則你死定了。這句話可能也是真的。

我得用一下浴室……我不能一個人去。

好吧，就姑且信之。

「別擔心，」她說了，「我只是上個小號而已。如果是另一種，想到你會看見整個過程，我可能就會上不出來。」

傑克不知道她究竟在說什麼，反正他也不在乎。他要的是答案。所以，如果她要他陪著去上廁所，那就去吧。至少，當他早上和唐納文．普拉特見面時，可以拿這個經驗當作有趣的開場白：「老唐，昨晚有個金髮女郎在我的旅館房間裡。她要我看她撒尿。真是騷啊，你說是嗎？」

凱莉扶著他從床上站起來，他這才發現自己仍然有些頭昏打顫。他蹣跚地跟著她走進浴室。這裡面有典型的旅館浴室配置，浴缸、蓮蓬頭加上梳妝檯，以及經過嚴格清洗的毛巾，他敢說空氣裡還瀰漫著漂白水的味道。傑克坐在浴缸邊看著凱莉解開腰帶和牛仔褲的扣子。她開始拉拉鍊，但突然停下來。

「其實你不必看。」

現在她又要指控他是個偷窺狂。

「抱歉。」

傑克轉開頭，瞪著對面牆上的白色方形磁磚，發現貼磚的工法有些草率。他聽到牛仔褲滑下雙腿的聲音，接著應該是脫內褲的聲響。這絕對是可以讓他老婆抓狂的場景：傑克在旅館房間浴室裡和一個褲子脫到腳邊的金髮女郎獨處。但是他可以據理力爭：「可是啊，親愛的老婆，我一直面對貼滿磁磚的牆壁，我連她是不是天生金髮都不知道。」

她開始解尿，兩人保持著萬分尷尬的沉默。流水聲和胡佛水壩放水時一樣響亮。

「呃……妳這是不是情緒緊張而引起的某種失調？」

「不是這樣的。你說你有家庭，難道你從來沒和老婆一起待在浴室過？」

「能避免就避免。」在她訴請離婚之後更是從來沒發生過。「我們都很注重隱私。」

「我以為男人比較開放一點。我曾經有個男友老是開著門解決，還全身光溜溜地在我住的樓層走來走去，一點也不害臊。不過，他的確有值得驕傲的過人之處。但我懷疑他有暴露狂。」

「嗯，我不是那種人。」

現在想想，唯一在他面前上過廁所的女人是他的女兒卡麗，不過那是當她還在學習自己上廁所的時候。去年，在她滿三歲之後就不曾這麼做了。某天，卡麗對他說：「爸比，我想要隱私。」這逗得他同時大笑又暗自傷心。

凱莉結束了。他聽到她扯下衛生紙和沖水的聲音。當她起身穿上褲子的時候，傑克轉過頭來面對著她。

他告訴自己她一定已經結束，並且穿好了褲子。但是這個念頭一出現，他就知道這是個謊言。這純粹是因為他想看，因為他是個男人。

男人是視覺動物，就算面對不特別吸引自己的女人，也永遠會被女性的軀體吸引。就傑克的處境來說，在他面前的是對他下毒的女人。但是他就是沒法不看。

「嘿！」

傑克還是瞥到了凱莉白晰的皮膚和修剪成窄窄三角形的恥毛。她果然不是天生金髮。接著就看不見了，被一條粉紅色條紋的三角褲藏了起來。

「對不起，我以為妳好了。」

「是啦，」凱莉僵硬地笑，「但是我想，這一眼應該算我欠你的，對吧？畢竟我讓你飽受折磨。」

「妳什麼也不欠我。」

「我欠你一個解釋。你準備要聽了嗎？」

午夜十二點十八分

愛迪森大道

「盡量解釋給我聽。」

寇瓦斯基用手機通話。稍早，他說服了艾德的妻子克勞蒂雅，要她先回到臥室裡稍候，等他呼叫支援人手。他當然不會呼叫援手。再過一分鐘，克勞蒂雅就會發現情況不對。一如往常，時鐘滴答響，他永遠趕時間。

歡迎參觀，這就是殺手的生活。

他走回浴室。老天爺！戴達克兄弟看到這麼多血，絕對會坐立難安的。這至少要花六、七個小時來清理。

接著他拿起手機撥通剛才默記下來的號碼，找到他的管理人，問她該怎麼辦。

她說：「盡量解釋給我聽。」

寇瓦斯基走進浴室，關上門——因為他不想讓克勞蒂雅聽見對話——迅速地形容屍體的狀況。傷口全都在頸部以上，看不到槍傷或是撕裂傷。所有的血水似乎全一股腦地從死者的雙眼、鼻子、耳朵和嘴巴往外噴。這傢伙的腦袋像顆血橙似的，彷彿有某種肉眼難辨的力量伸了進去，在裡面狠狠地攪扭擠捏。

「請你等一下。」

克勞蒂雅又開始啜泣了，雖然隔著牆壁，他還是聽得見。該死，不能拖了。還好，CI－六負責動腦的小子們動作很快，立刻就告訴他的管理人該怎麼回應，下一步該怎麼做。

「我們需要這名目標的頭顱，」管理人說，「包裝妥當，等待交貨的指示。我會再用這支電話和你聯絡。」

寇瓦斯基早就料到了。他媽的。這傢伙的老婆就在隔壁房間裡，這事著實不好處理。他突然靈光一閃：一號目標親吻第二號目標，第二號目標在一個小時後死亡。這是生化武器嗎？還是超級病毒？難道是伊波拉病毒？

「我要不要隔離這棟屋子？目標的妻子在這裡面。」

我也在這裡面。

「沒必要。但是不要讓目標的血接觸到任何開放性傷口、刮傷或黏膜。視同愛滋病毒處理。這樣清楚嗎？我們還要你清理房子。」

寇瓦斯基不需要進一步的詳細說明。所謂「清理」，並不是擦窗戶、洗地毯。

克勞蒂雅還在哭。

浴室裡的這個丑角算是惡有惡報。不管怎麼樣，如果家裡有老婆，在機場親吻陌生女人就算是業障。但是據他所知，這個妻子應該是無辜的。

克勞蒂雅的反應一如常人，正在傷心欲絕地哭泣。

任何正常人都會有這種反應。

寇瓦斯基，別胡思亂想了。先找武器，事情過後再去想這些鳥事。記得嗎，這是你最拿手的：**什麼事**都別想。

他打開藥櫃，不到三秒就找到需要的工具。他仔細看了標籤。對，這就是他要的東西。這東西絕對不會突然繃斷。克勞蒂雅回到浴室，想知道他為什麼耽擱，為什麼屋外還不見為她丈夫而來的警車，老天爺啊，她丈夫的腦袋迸了開來，全世界的人都應該飛奔前來救援，來找出原因才對。總之，寇瓦斯基認定她應該會這麼想。

「你在裡面做什麼？」

他抓住裝牙線的塑膠盒，彈開盒蓋。

在最理想的行動中，工具通常會自行出現。

「妳得過來看個東西，杭特太太。」

午夜十二點二十五分

喜來登酒店，七〇二號房

他們坐在位於房間上層的沙發，從這裡往下走三步階梯，就是下層的臥室。沙發柔軟舒適，深淺不同的棕色交織出和諧的圖案。如果盯著沙發看太久，可能會昏昏欲睡。這種等級的旅館就是想營造這種效果，讓客人在大部分的時間裡都處於無意識的狀態，然後再付錢回家。傑克坐在沙發的一端，凱莉坐在另一端。她脫掉了鞋子，把光腳丫放在沙發上，離傑克只有幾吋遠。

「好，我們開始說吧。首先我要讓你知道我為什麼選上你。」

「這麼說，妳不是隨機挑選。」

「不是。我在由休士頓起飛的班機上選中了你，我坐在你後面兩排的位置。你本來就不可能注意到我。你到飛機後方的廁所去了一次，當時飛機有些搖晃，你還努力保持平衡。記得嗎？」

這是真的。飛機遭遇亂流，傑克在廁所裡差點弄髒自己的褲子。

「我聽到你和鄰座的人說話。他是個律師，你告訴他你是記者。這是真的嗎？」

「是啊，我是記者。我為芝加哥的一份週報工作。妳知道嗎，如果妳這樣做是為了推銷妳的故事，妳可以好好解釋的，我們可以安排個錄音訪問，不管妳碰到什麼問題，我都可以幫忙。何必這麼大費周章？」

「因為如果沒有你，我就會死。」

「是喔。」

傑克頓了一下。

「這是什麼意思？」

「就是字面上的意思。我身邊十呎之內的距離必須隨時有人，否則我會蹺辮子。」

午夜十二點二十八分

愛迪森大道，某屋內地下室

時間到，又要找工具了。寇瓦斯基在廚房抽屜裡找到大型的保鮮塑膠袋，看來，杭特夫婦喜歡把肉品冰起來保存，將近六百公升的富及第大容量冰箱裡有全雞、羊腿、豬排、牛腩排，應有盡有。他們可能是某家倉儲賣場的會員。寇瓦斯基納悶地想，不知道凱蒂會不會要他去加入這種賣場的會員，這和他長期維持的簡約生活方式完全背道而馳。不過話說回來，當時他們正打算迎接新生兒，情況應該會有所不同。事到臨頭才要找尿布，簡直比登天還難，最好還是手邊備好存貨。大家都是這麼建議的。

夠了，別再想這些狗屁倒灶的事。切下腦袋，離開這裡。

拿保鮮塑膠袋來裝人頭，尺寸剛好。

寇瓦斯基在地下室的杉木衣櫃裡挑出一個運動用品袋。他選了一個不起眼但耐用的愛迪達露營包，袋子的正上方有個U字形開口，使用方便，很好拿取東西。

寇瓦斯基還在工作檯下面找出一把廉價但尚可使用的鋼鋸。從鋸片的狀況來判斷，這把鋼鋸大概從來沒人使用過。

他本來希望能找到一些有力一點的工具，但是沒有適合的東西。艾德顯然不熱中於居家修繕。

寇瓦斯基知道，等一會兒，他的手一定會很痠。

破壞房子不是難事，只是有些可惜。這棟房子不錯，室內有實心木頭地板，後院還有個豌豆形的游泳池，外帶三溫暖浴池和一排松樹。由於房子是獨棟建築，所以他不必擔心鄰居的問題。爆炸的威力足以轟掉屋子，但又不致波及鄰舍。

他要用他最喜歡的方式，利用定時裝置引爆瓦斯管，這樣可以在幾分鐘之內迅速摧毀整棟建築。多數的鑑識人員也喜歡這個方法。但是這沒關係，他們沒辦法追蹤到寇瓦斯基。他是個調查死角，是個鬼魂。

寇瓦斯基上樓時想起了克勞蒂雅．杭特臨死前的掙扎。她不顧一切地抵抗，想要活下去。在詭異的一瞬間，寇瓦斯基幾乎要心軟。凱蒂在最後一刻是否也是這樣掙扎？他真想知道。

他看著艾德和克勞蒂雅的幾幅照片。毫無疑問，她是強勢的一方。艾德在每一張照片裡都顯得不太自在，他似乎在想：我難道真的得在這裡？而克勞蒂雅則在一旁踢他的脛骨，告訴他：你不只得在這裡，還得給我表現出樂在其中的樣子。

艾德在機場親吻一個陌生人，期待一場速食性愛，不想回到家裡和老婆相好。寇瓦斯基拿著愛迪達露營袋、保鮮塑膠袋和鋼鋸走進浴室。是時候了，他該去看看艾德・杭特的脊椎長什麼德行。

皮膚和肌肉都很好處理，倒是鋸斷頸骨要費一番工夫。寇瓦斯基前後拉扯鋼鋸，隨著每一個動作默唸同一個句子：**真不敢（前推）相（回拉）信（前推）我（回拉）竟然（前推）以此（回拉）維（前推）生（回拉）**……

午夜十二點三十二分

喜來登酒店，七〇二號房

「傑克，你準備好了嗎？我可不想再說一次。」

「說吧。」

「聽著，我的血液裡有一種實驗性的追蹤裝置。不只是一個裝置，而是成千上萬個。你聽過奈米科技吧？這些裝置全是人類肉眼無法察覺的微小物質。我說這些東西在我的血液裡，這是一種簡化的說法。事實上，我全身的體液——包括唾液、眼淚、淋巴液——都有這些東西。」

傑克眨了眨眼。他看著凱莉，接著望向房間另一側的床頭桌。

「我可以寫下來嗎？」

「我正希望你這麼做。」

床頭桌上擺著喜來登的原子筆和一本便條紙。他拿起紙筆，回到沙發上來，然後寫下「奈米裝置」幾個字。說不定這背後**真的**有故事。

也說不定，他會需要拿這個做為起訴用的證據。

「好，所以說，妳的身體裡面有一些微小的裝置。」

「這就是你採訪的架勢？」

「沒錯。」

「那麼你可以停下來了，讓我好好說故事。」

傑克放下紙筆。「妳記得吧，我只剩下七個鐘頭可活。」

凱莉撇撇嘴，然後繼續說話。「這些追蹤裝置會毫不間斷地把體溫、心跳、定位等資訊傳送到衛星，然後再傳送回追蹤站。」

「聽起來很像專制政府的手法。」

「這樣說也沒錯。但是你想想看，這種方法也可以用來追蹤恐怖分子。另外——等等，你說你有孩子？」

「有個女兒。」

「她叫什麼名字？」

「我不太想告訴妳。」傑克瞄一眼床頭桌上的小鐘。古爾奈現在的時間是十一點半，卡麗一定已經睡了，懷裡還抱著可兼作小毯子的粉紅色小熊。那東西看起來和變形的樹懶沒兩樣，但是她打出生就有這隻小熊，而且拒絕丟掉它。

「別孩子氣了。她幾歲？」

「卡麗四歲。」

「嗯，你試想看看——最好是不要發生，但是如果哪天有個變態渾蛋在購物中心裡帶走了卡麗，除非綁匪笨到從監視攝影機前面走過去，否則你根本沒辦法找到她。」

一想到這種事，傑克的胃就打了個冰冷又恐怖的寒顫。

「有了這種裝置，一秒鐘之內就可以找到卡麗的位置，幾分鐘之後，警察會逮住綁匪，綁案立刻成為歷史。」

傑克想了想。「除非綁匪變聰明，找到方法關掉這些裝置。」

「不可能。裝置數量太多。這些裝置會利用血液當作原料，進行自我複製，它們具有病毒的所有優勢，但是沒有弱點。除非它們離開人體，缺少了能源，就只有死路一條。然而這些東西只要一進入人體內，就無法擺脫。」

「聽起來，妳還滿引以為傲的嘛。」

「我在製造這些裝置的實驗室裡工作。這是我的工作。應該說，是以前我在愛爾蘭的工作。」

「妳說話沒有愛爾蘭腔。不過妳剛才的確用了『樓層』這個字眼。」

「因為我想要融入啊，傻小子，」她刻意用濃濃的愛爾蘭腔說話，「但是現在你在這裡。只有你、我和歐森——你知道我怎麼稱呼這些裝置嗎？」

「不知道，妳怎麼稱呼這些東西？」

「歐森姊妹花。你知道嗎？就是那對金髮雙胞胎姊妹。她們和這些小東西一模一樣，到處可見。」

這麼說，這個凱莉帶著血液裡的奈米裝置——還以稱不上天生金髮的姊妹花命名——四處跑。說得跟真的一樣。

「這些裝置還有個特殊之處，會讓所有人都佩服得五體投地。知道嗎，歐森姊妹花不但能追蹤到一個人的位置，還能分辨室內是否還有別人。這又要提到綁架這個觀點了，這可以讓救援人馬直接攻擊綁匪，而不是受害者。」

「所以，歐森姊妹花知道我現在和妳在一起。」

「對。它們偵測出你我之間的距離不超過十呎，還會偵測你的腦波和心跳。這些姊妹花真夠敏銳的。」

「媽的，真讓人毛骨悚然。」

「我接下來要告訴你的才真會讓人毛骨悚然。你記得嗎？」

「記得什麼？」

「如果歐森姊妹花偵測到我獨自一人，就會來到我的腦子裡，然後轟掉我的腦袋。」

午夜十二點四十二分

愛迪森大道

袋子沒他想像的重。人頭的平均重量大約是六磅，頭骨占了兩磅，皮膚四分之一磅，大腦有三磅，剩下來的就是液體和脂肪等等諸如此類的成分。但是這只愛迪達露營袋絕對不到六磅重。

也許這是因為血液和腦漿都已經爆光光的關係。

挺不賴的，對吧？

寇瓦斯基不知道這只袋子得提多久。但他絕對不可能搭飛機，因為國土安全局會掃瞄價值十九塊九五美金的提袋，然後發現艾德蠢頭蠢腦地回瞪著他們。最好的情況是，CI－六派個當地幹員取走這顆頭去分析或是做任何他們想做的實驗。這就是國土安全局。保障美國的安全，一次只砍一顆頭。

他把袋子放在車後座的地上，用面紙盒架住一側，拿一本精裝硬殼的健身書《發覺身體潛能》架住另一側。艾德不必再為減肥傷腦筋了。他今天已經少了六磅。

媽的。凱蒂一定會覺得好笑。

他利用休旅車上的衛星導航系統仔細查看退路，然後才打開車庫門，把車開到街上。他從口袋裡拿出艾德的手機——稍早，他在艾德的袋子裡找到這支手機，然後撥打他們家的號碼——還真是方便，號碼就寫在廚房的壁掛式電話機旁。家用電話的線路連接到煤氣管路的雷管上，一通電話就輕鬆引爆地下室。

寇瓦斯基按下通話鍵，欣賞從一樓窗口往外竄的白光，然後轟隆一聲，整個街區都聽得到爆炸的巨響。

接著他看到克勞蒂雅從二樓的窗口俯身衝了出來，翻個身滾落在屋子旁邊的斜坡草坪上，她掙扎起身，衝向鄰居的屋後，在玻璃碎片落到草坪之前就消失了蹤影。

老天爺！

這真是讓人欽佩。

寇瓦斯基知道自己用牙線勒住她的時候，下手不夠重。但是她的脈搏微弱，逐漸失去生命跡象。

顯然，她有自己的做法。

寇瓦斯基衝出車外，先想了一下，然後抓起後座的愛迪達露營袋。他不知道自己得花多久的時間才能追到克勞蒂雅，但是他可不想把目標的腦袋留下來，免得被哪個愚蠢的偷車賊找到。

艾德的腦袋在袋子裡蹦蹦跳跳，經過了車道、後院和斜坡草坪。

嘿，老兄，那是你老婆。

就算光著腳，穿著睡衣，克勞蒂雅還是跑得很快。

經過幾戶人家的後院之後，寇瓦斯基停下腳步，把露營袋塞進某個孩子的樹屋裡去。這間小樹屋還算複雜，有兩處入口，還有容易動手組裝、上了顏色的光面零件。拿著袋子會減慢他的速度，再者，他也不想太過破壞袋子裡的東西。但如果留在車子裡，恐怕會被好事的警察發現。

寇瓦斯基環顧四周尋找武器，看到理想中的東西，一把撿了起來，繼續追著克勞蒂雅跑。

媽的，她跑得還真快。

午夜十二點四十六分

喜來登酒店，七〇二號房

「這麼說，如果我走到房間的另一邊，留妳坐在沙發上，妳就會死。」

「約莫十秒鐘我就死定了，誤差不到一秒。」

「妳在開我玩笑。」

「我大可以請你試試看，但是我寧可你不要那麼做。我會死得很痛。」

「為什麼要十呎？我是說，為什麼不是九呎或十一呎的距離，而是整整十呎？」

「告訴你，當你覺得自己的腦袋就要由裡往外炸開的時候，要去精細丈量距離的確有點難。但是根據明顯的證據，沒錯，這些絞索般的奈米裝置會在十呎左右的距離緊緊勒住我的脖子。」

傑克思考了一番。

「等一下。在實驗室裡工作的一定不只妳一個人。妳的同事幫不上忙嗎？沒辦法修正這個程式裡的致命錯誤？我不是專家，不過比方說……幫妳輸血之類的。」

「他們死光了。就是因為這樣，我才會離開愛爾蘭。」

凱莉看著他，用眼神懇求他閉嘴，張開耳朵聽就好。她的目光好像在說：這不好解釋，拜託你別再問了，讓我用自己的方式來告訴你。

至少，傑克在她的眼光中讀出這些訊息。他對這種眼神十分熟悉，泰瑞莎就是箇中高手。

「我一直都知道這個工作有危險性，」她說，「我們不是政府的官方部門，但也不是獨立的單位。我們都必須參與累死人的實驗室安全座談會。但是，在某個早晨，當五個身穿抗刃防火纖維衣物、帶著藍波刀的暴徒衝進實驗室割開同事喉嚨的時候，這一點都派不上用場。」

「這些傢伙——不管他們究竟是何方神聖——要的是歐森姊妹花和所有的研究計畫報告。他們留下兩個活口——區區在下和我的老闆——來備妥所有的資料。我老闆成功地啟動電腦伺服器上的自動銷毀裝置，但是這些人發現了他的企圖，砍掉他一隻手，以懲罰他的不配合。我不確定他是否還活著。」

「那妳呢？」

「我跳窗逃跑。」

「那妳怎麼——」

「我怎麼把歐森姊妹花弄進我的血液裡？純屬實驗室意外。在我們遭到攻擊的那個時候，我們每個人體內都已經有相當數量的裝置。我們就是這樣，想要做到完美。」

「結果出現了致命的錯誤，衛星鎖定了妳。」

「正是如此。」

「從那時候開始，妳身邊一直有人？」

「棒透了，對吧？」

她把手搭在他的前額上。他的皮膚溫暖又柔軟。

「繼續說下去之前，我要講在前面：你不一定要相信我。事實上，我認為你瘋了才會真的相信。如果我遭遇什麼不測，在聖地牙哥有一盒列印出來的資料，還有一支載滿研究內容的ＵＳＢ隨身碟可以證實我的說法。」

「這未免——」

「沒關係的。如果我丟了性命，你到聖地牙哥瓦斯燈街區的威斯汀酒店去，向櫃檯拿一個留給歐森姊妹的包裹。」

「我是不是要寫下來。」

「想都別想，小子。你記住就是了。」

傑克還是草草寫下幾個重要的字：歐森，威斯汀，聖地牙哥。

「好，我記下了：聖地牙哥威斯汀酒店，歐森姊妹。可是，等一下……妳難道沒辦法找到妳的老鬪嗎？他可能還活著，不是嗎？」

「就算他還活著，恐怕也很難找到他。我不知道他的名字。他自稱『操盤手』，就這樣。他對於安全措施簡直走火入魔。結果，他還不是栽了個大筋斗？」

午夜十二點五十一分

愛迪森大道，某屋後方

看到她了。她在屋後，沿著布滿石塊的小溪奔跑。艾德，你娶到一個精明的老婆。她沒有冒著被人攔下的危險衝到空無一人的街上，而是避開威脅沿著一條小路逃跑，打算在危機解除之後再出來。

寇瓦斯基默默地想：抱歉啦，杭特太太。我這個危險人物得完成任務。

他加快腳步拉近距離，手上緊握著在樹屋撿到的圓石。這石頭還真扎實。

「克勞蒂雅！」

直接以名字稱呼最好，這可以提高得到對方回應的可能性。

她沒有轉過身來，但是腳步慢了些，在這個短暫的一秒鐘，她的身體似乎流洩出一絲希望。寇瓦斯基就是在等待這一刻。他對準她的腦袋扔出石頭：正中紅心。克勞蒂雅膝蓋一軟，往前跌進了小溪裡。

寇瓦斯基沒有放慢速度，他必須確認她確實斃命，如果沒有，就得下手取走她的命。接著，他得回去拿艾德的腦袋，然後離開此地。在他身後不遠之處，杭特家的火光至少有三層樓高。

克勞蒂雅還有一口氣，在掙扎著求生。稍早寇瓦斯基目睹她面朝下跌進溪裡，但是她現在卻是正面朝上躺在小溪中。顯然她還有力氣翻過身子。他不得不佩服這個女人。她正面迎擊，沒試著躲避無可避免的命運，甚至在他靠上前去的時候，她還用盡全身最後的力氣朝他吐口水。

他摸到她仍然有脈搏，但很快地愈來愈微弱。她上路了。

他考慮是否要把她就這麼留在這個地方。調查人員有可能認為是她在匆匆逃離火場的時候不慎跌倒，撞破了頭……

好啦，這個說法的確太扯。他必須以專業手法扭斷她的頸子。

下手之前，寇瓦斯基竟然有個讓自己吃驚的想法；他想要俯身親吻她的前額。

他當然沒這麼做。

反之，他把左手掌貼住她的臉頰，右手繞到她的後頸。然後用力……

他怎麼會有這種念頭？

……一扭。

好，現在他得回到樹屋去拿艾德的頭。在他不可避免將受困於失去凱蒂母子的種種難受與悲痛之前，他得先回覆他的管理人，再回頭繼續他的復仇大業……

寇瓦斯基再次爬上樹屋，摸索一番。他只摸到一個碎片，別無他物。

露營袋呢？

不見了。

午夜十二點五十二分

喜來登酒店，七〇二號房

「妳別這樣好不好？」

凱莉一邊說話，一邊挪向傑克，而他想要保留一點私人空間。這件事開始讓他覺得很不舒服。

「怎麼樣？」

「妳聽好，我發誓我絕對不會離開。但是妳坐在妳那邊，我坐在我這一側。我過了悽慘的一天，而且這天好像沒完沒了。我得想一想。」

「那就去啊，傑克，你走。去思考吧。」她往後一靠，閉上眼睛，神情沮喪。

好極了。傑克開始對這個想謀害他的女人心生愧疚。不對，情況還要更糟——她還繼續在謀害他。毒藥還在他的血管裡跑來跑去。

凱莉睜開雙眼，說：「聽著，忘掉我告訴你的事吧。你可以選擇相信我、當我是個瘋子、寫篇報導，或者乾脆離開，把這件事拋在腦後再也不去想。但我只要求你一件事：今晚讓我睡個好覺。就算我求你好了。在明天早上之前，拜託你躺在我身邊。然後我會把解藥給你，你再也不必看到我了。」

傑克看著她。她看起來跟他一樣，的確是筋疲力盡。

「如果我趁妳睡覺的時候從妳的袋子裡偷走解藥呢？妳怎麼知道我會留下來？」

「傑克小子，到目前為止，你連試都沒試過。所以，你不是那種人。」

「妳就這麼確定？」

「再說，事情沒那麼單純。我對你下的毒藥是一種發光性毒素，如果沒有以正確的方式處理，只會更糟。我必須用漸進式的方式幫你解毒。如果你運氣好，也許可以找到解藥，但是你還得知道解藥怎麼用。」

「**什麼**毒素？」

「傑克，我是個科學家。我可以拿到各種有害的化學物質。」

「好，那假如我拿走妳的袋子，直接去找醫生，把妳告訴我的事全都說出來，說妳對我下了發什麼性毒素——」

「**發光性毒素**。」

「對，就是發光性毒素。妳又不是唯一知道怎麼處理的科學家。」

「隨便你。但是，假如你趁我睡著的時候離開房間，就算是溜到走廊上晃個幾秒鐘也好，你就會聽到我死掉的聲音。」

傑克看向床邊的數字鐘，時間是午夜十二點五十四分。不到八個小時之後，他就得赴約。

「我只想睡覺。**拜託**，讓我睡個覺。」

他也需要睡個覺。磨了一整個晚上，凱莉終於講點道理了。也許說出了這件事，讓她稍微冷靜了下來。傑克突然有了個主意。他回答：「好。」

凱莉靠過來親吻他的臉頰，傑克本能地想轉過頭來面對她，但是在最後一秒鐘及時控制住自己。老天爺！有那麼一下子，他把她當成了泰瑞莎，幾乎要吻上她的嘴唇。

但就算傑克沒有及時反應，她的退縮也會阻止這件事。她抽開身子，彷彿他對她發出一股電流。

「你不會想吻我的。」

「我也沒這個打算。」

他根本沒把親吻她視為當務之急，更何況他沒理由去親吻一個企圖謀害自己的人。但是當她這麼一提之後……無可避免的，他現在滿腦子就只有這回事：想吻她。

「相信我，傑克。這是個糟糕透頂的想法。還記得歐森姊妹花吧？」

「我沒打算吻妳。」

「你就想成我是得了感冒吧。嚴重的感冒。這些該死的裝置就是藉由這種方式散播的。」

「好吧。」傑克瞪著她的嘴唇看。她的嘴唇看來天生豐滿，又十分柔軟。

她轉開臉，把頭埋在他的肩膀上。

「你不知道我等了多久，才找到一個相信我，沒把我當瘋子看待的人。如果不是因為我感染上這些致命的奈米裝置，我絕對會幫你來個口交，以表達我的感激之情。」

傑克實在不知道該怎麼回應，只好含糊地說：「呃，真多謝啦。」

她的身子開始發抖，似乎在哭泣。

不，不是眼淚。她在笑。

「怎麼了？」

「還好我不必進行B計畫，要不然你**絕對**要會錯意的。」

「什麼B計畫？」

「上手銬。」

午夜十二點五十五分

愛迪森大道，某屋後方

不妙，這下不妙。寇瓦斯基看到閃亮的消防車燈映照在夜空中。再過不久，警方就要開始搜索鄰近的區域，尋找生還者。然後再過不久，鄰居會開燈，從門口探頭張望，想弄清楚大半夜的到底發生了什麼事。

可是，樹屋裡沒有東西。

他的袋子不見了。

附近沒半個人影。袋子才剛放進去，不可能被人「意外」發現。況且，他不過才離開三分鐘，不是嗎？頂多四分鐘？發生了什麼鳥事？難不成艾德被鋸下來的腦袋上長出了蜘蛛的綠色毛毛腳，外出溜達去了？

整片山坡上的住家都開始亮起燈來，寇瓦斯基的眼角卻瞄到一個例外：一盞燈突然**熄滅**。

這全在彈指之間發生。

他**真的**沒時間可以浪費。

三十秒之後，寇瓦斯基就站在起居室裡瞪著某個男人，這傢伙的眼睛則瞪著餐桌上的愛迪達露營袋看。在昏暗的光線下，這傢伙看起來就像個工作癖發作的年輕教授，熬夜改作業或利用空閒寫寫小說。儘管他穿著牛仔褲和一件對他這個年紀而言過緊的襯衫，但仍然一副睡眼惺忪的邋遢模樣。他全神貫注地瞪著露營袋——也許他已丟開小說，滿心想著：袋子裡說不定裝滿了贓物。這的確有道理，除了罪犯之外，還有誰會把袋子塞進樹屋裡去？但是證據可能有些駭人。寇瓦斯基暗自考慮，不知道是否該等到男人打開袋子之後，再開口說話。來，伙計，把**這東西**寫進你的小說裡。然而，殺害無辜的旁觀者讓寇瓦斯基感到不自在。他不想在自己的良知裡再添一具屍體。

至少今晚不要。

「嗯哼。」

男人嚇得跳了起來，接著僵住不動，只有眼珠子還咕溜溜地轉。

「對，在這裡，」寇瓦斯基揮手致意。

教授慢慢點頭。

「那個袋子不是你的。袋裡沒有現金，沒有珠寶，也沒有任何對你有價值的物品。你往後退開，讓我拿袋子，然後我就走。大家好來好去。」

「我怎麼知道這是不是你的東西？」

「因為我說是。而且，你應該要相信一個手持半自動武器指著你肚子的人。」

寇瓦斯基沒拿武器，更沒指向任何人。

男人的聲音沙啞：「我也要分一份。」

「一份什麼？」

「袋子裡的東西。你留一點下來，就當成付稅好了。我知道你們這些武裝搶匪是怎麼運作的。」

「袋子裡沒有你想要的東西。」

「而**你**沒有槍。你不可能冒險同時帶贓物**和**武器，否則，被逮捕時就得加重二十年的刑責。你一定在完事後就把槍給藏了起來。」

這傢伙真是個頑固的渾蛋。他絕對是大學教授，自以為可以要點小聰明，認為自己夠機智，絕不可能被逮。他一定是在夜裡一邊喝卡布奇諾，一邊轉著些不可思議的念頭，然後，碰巧看見寇瓦斯基把袋子塞進了樹屋裡。

「你不擔心你的孩子嗎？因為，在我殺了你之後，接下來就輪到他們了。」

「你怎麼會以為我有孩子？」

「我會在孩子臨死之前告訴他們：全是老爸造成的。」

「啊，你是看到那棟樹屋，對吧？我買下這棟屋子的時候，這地方就已經有樹屋了。蠢才，我沒小孩，你也沒帶槍。」

寇瓦斯基一點也不介意拿走袋子，留這傢伙一條生路。當他撬開後門門鎖的時候的確是這麼想：讓他活下去吧，因為今天的屍體數量已經太多了——可惡，他剛剛才把一個垂死的女人丟在小溪裡。他實在不需要多添一個亡魂。

話雖然這麼說，但是也得這傢伙配合才行。

「動手吧。從袋子裡拿走你想要的東西，然後讓我離開。我聽到警笛了。」

教授笑了，接著打開露營袋，他往袋裡一看，嚇到闔不攏下巴。

寇瓦斯基靠向前去，用空空如也的手掌擊向男人的鼻子。這個方式比握拳好，比較不容易折斷自己的骨頭。驚駭萬分的教授瘋狂地揮拳攻擊，寇瓦斯基側手將他格開。寇瓦斯基借力使力，抓住教授的手腕往前一拉，直接攻擊後者毫無防備的腰椎，接著用拳頭連續捶打，一直到教授無法動彈地倒在地毯上啜泣才住手。

「你可能是社會學教授，對嗎？對加重刑責的罰則瞭如指掌。」

教授扭動身軀，低聲呻吟。寇瓦斯基摸索自己的口袋，拿出到理想的工具。

「說來聽聽，用牙線會加重什麼刑責？」

凌晨一點四十五分

喜來登酒店，七〇二號房

凱莉睡著了。傑克可以從她低緩的呼吸節奏來判斷。

感謝老天。

什麼奈米裝置？操盤手？歐森姊妹花？殺人衛星？放在聖地牙哥的證據？發光性毒素？她先是拒絕親吻，一會兒又提議幫他吹喇叭？這是哪門子的爛遊戲？

但是傑克打內心明白，這不是騙局。這個女人根本是瘋了，她可能是個得了失心瘋的科學家，要不然就是長期熬夜做算數，把腦子用壞了。

嗶——腦袋壞囉！咱們出門去吧，綁架坐在機場酒吧裡輪番喝下威士忌和啤酒的男人！既然社交生活全泡了湯，不妨拿他來擋一下。

傑克慢慢地滾下床，走到房間的另一端，她稍早把袋子放在這裡。她用的是尼龍質料的郵差包，二十啷噹的年輕人最愛用這種時髦玩意兒。他翻開袋子，沒錯，她沒開玩笑。他看到了手銬。他輕手輕腳地把手銬放在地毯上，避免發出叮噹聲響。

這不是警用手銬。除非是某個城市的警局決定改向「喜樂至寶」採買用具。手銬的一端用紫色印上店的名字。接招吧。

這副手銬看起來還算耐用。如果道具不夠真實，性愛遊戲就不好玩了。

他可以用這副耐用的手銬將她銬在床上，然後報警。警察到了之後，再讓她去說那些瘋人院裡的什麼操盤手、歐森姊妹花，或是什麼帥哥演員的假想人馬吧。他們會強迫她交出解藥……等一下，解藥可能就在她的皮包裡。

他盡可能安靜地翻找她的袋子，裡面只有三件東西可能與毒藥有關。一瓶隱形眼鏡藥水，裡面裝的是透明的液體。她會不會拿這個小瓶子來保存解藥？另外是一個裝著強效止痛藥的塑膠小罐。他打開罐蓋，裡面全是白色的藥錠。他倒出一顆來檢查，藥錠上印有op706的字樣。他完全不知道這是什麼意思，說不定是解藥。最後是用錫箔紙包起來的止瀉藥錠。呃，這些東西看起來雖然像止瀉藥，但也有可能是別的東西。

會不會是其中一項呢？她身上到底有沒有解藥？不管了，反正警察會讓她招出來。

傑克撿起手銬，躡手躡腳地靠向凱莉。她睡著後，雙手伸在頭部的上方，這個姿勢正好。他用一圈手銬套住她的手腕，輕輕按下扣鎖。

她的眼睛突然張開，呼吸急促起來，然後高喊：「不！」

傑克把另一圈手銬套在床頭柱上。**扣上，趕快扣上**……凱莉用力甩開手，手銬哐噹一聲撞到了銅質床柱，滑了開來，她用前額猛力頂向傑克的鼻子。他整張臉都麻痺了，還本能地閉緊雙眼。這種感覺，像極了還來不及閉氣，就被人按進加了氯的池水裡一樣。刺激的液體嗆進了他的鼻腔和喉頭。

他感覺到胸口挨了一拳，整個人往後倒向地毯。

凱莉跨坐在他身上，用雙腿壓住他的胸腔，讓他痛苦難當。

「我不想傷害你。」凱莉說。傑克一邊咳嗽，鼻子還灼痛得厲害。「但是你要明白，你差點殺了我。」

她再次擠壓他的胸腔，然後把冰冷的金屬套在他手腕上。他聽到咔噠一聲。

「我還以為你**相信我**。」

凌晨一點五十分

十七街，小皮餐館

這家通宵營業的街頭小餐廳叫做「小皮餐館」，內部是名符其實的小，狹窄的長方形空間就位於七層樓複合建築的一樓。餐館裡只夠放六張小桌，一張餐檯，一個收銀櫃，以及後側的不銹鋼廚房。整個地方就像是小孩的家家酒場地，但是這個餐館是這一帶唯一到了凌晨還在營業的場所。而且，管理人就是要他到這裡來。

寇瓦斯基在安全離開他所製造的最後一處犯罪現場之後，立刻打了電話給他的管理人。一棟焚燬的屋舍殘骸裡有一具燒焦的無頭男屍（這可不是他的錯！），小溪裡有一具女屍，某個起居室裡還有一個遭勒斃的渾球。他本來可以開走渾球教授的奧迪汽車——這輛車對一個年紀輕輕的教授來說未免好得過分。也許這個叫做羅伯．藍克佛的傢伙——寇瓦斯基在教授的身分證上看到這個名字——另有兼職。他整晚熬夜不睡，為的就是想等待某個持械搶匪晃到他的後院，好讓他分杯羹，然後買輛醒目的車子，在那些主修犯罪法的學生面前耍威風。

他的管理人給他一個稀有的好消息：「不必跑遠。我們會派人取回袋子。」

她給他一個餐館的地址，離里頓豪斯廣場只有兩個街區的距離。

於是乎，他坐進了餐館，把艾德的腦袋瓜放在雙腳之間的地板上，面前的桌上擺著培根、乳酪、什錦水果和一杯巧克力脫脂牛奶。通常他都會等到任務結束再大吃一頓，但是一連串的奔跑、殺戮和籌畫讓他飢腸轆轆，補充一些蛋白質有好無壞。

他想和管理人說說話。

也許他可以說：我們該談談。

或者是：有些事，我想向妳解釋一下。

要不然就是經典名句：事情不是表面上那樣。

怎麼可能不是？

站在她的立場，設身處地想想吧。

她是個極機密政府單位的管理人，男朋友——也是頭號現場幹員——在一場長期行動中失蹤，再次出現時，身邊已經多了一個懷孕的未婚妻。這該怎麼看待？

先別管這個未婚妻已經過世的事實，這沒多大幫助。至少，在她的眼中是如此。

她的雙眼。

寇瓦斯基連想都不敢去想管理人的名字。她可愛的名字。

他們共事了好幾年，一直不知道對方的真名，但是激情卻與日俱增。在華沙的暴風雨中，兩人卸除心防，她說出自己的名字，這和初次赤裸裸地貼向他沒兩樣。對她來說，兩者都是很私密的舉動。

現在想想，**這件事**確實是被他搞砸了。

他用餐刀把培根切成兩半。這盤培根出乎他意料之外地好吃，既不太肥，也沒有烤焦。

艾德，要來點培根嗎？

他可以把袋子放到桌上，打開袋口，拉開艾德的下顎，讓他也嚐點培根的滋味。

在艾德的這番經歷之後，他這個舉動只能稱得上微薄的心意。寇瓦斯基認為自己稍早的確是有些嚴苛。畢竟，艾德犯了什麼罪？他不過是和一個搭機來到費城的漂亮金髮寶貝調情而已。

反觀寇瓦斯基，他在這個夏天搞出了一堆義大利黑幫分子的屍體，稱得上義大利黑幫大屠殺。但現在坐在這裡享受培根的竟然是**他**。

最糟糕的是，自從他去停屍間指認凱蒂的屍體之後，他已經不記得自己狙擊了多少個義大利佬。根據他上次讀到的新聞報導，當地報社統計受害人數應該在十三人左右，他們推測這是幫派內部火拚，一些上不了檯面的二線人物為了爭奪俄國黑勢力遺留下來的地盤，才演出這場互相殘殺的局面。他之所以會去讀**這篇**新聞稿，是因為他就是打電話到報社爆料的匿名人士：「沒錯，有人在外面大開殺戒，他不但火大，還是個神槍手。他就是人稱的：K先生。」

記者照章全抄，根本沒有費心查證。真是不可思議，隨便什麼料都好，媒體什麼消息都登。

但是啊，艾德，我這麼做是有原因的。我想讓他們知道自己為什麼該死，告訴他們：我來收拾他們的小命了。一個都不會放過。

艾德，你懂，對吧？

凌晨一點五十五分

喜來登酒店，七〇二號房

他用毯子的一角壓著鼻子。「把頭往後仰，血自然就會停。」

「我在流血？喔，媽的，妳害我流血了！」

「噓，你像個大孩子。沒事啦，我沒打斷骨頭，如果真打斷了，你一定會知道。」

「媽的。」

門口傳來三聲響亮的敲門聲。

「喔，媽的。」凱莉說。

門外傳來模糊的聲音：「抱歉打擾了，我是住在走廊對面的客人，我好像聽到什麼聲響，裡面沒事吧？」

「好得很！」

「來人啊，**救命！**」

凱莉用力擠壓，傑克的肋骨再次感受到瀕死般的疼痛，讓他完全說不出話來。她用手——沒上手銬的那隻手——壓住傑克的嘴，眼神和刀鋒一樣銳利。

「我丈夫在開玩笑。我們有點**過火**，你懂吧？」

「小姐，妳沒事吧？不如打開門讓我看看好嗎？」

「謝謝你的關心，但是我可以向你保證我們好得不得了。回去睡覺吧。」

「開一下門，讓我看看。」

「我無意冒犯，但是這位先生，我們可是花了大把鈔票才買到這個旅館提供的隱私權。不是嗎，親愛的？」

傑克想了想。對，**他**的確是付了高額的住房費。唐納文．普拉特本來要付，而且還打算連機票錢一起出。但是傑克拒絕了。如果他早晚都要遭到閹割，他寧願自己付錢。

凱莉拿開捂住傑克嘴巴的手，往後一擺，蓋住他的睪丸，而且立刻施加壓力。

「**告訴他**。」

傑克點點頭。

他轉過身子，凱莉的雙腿從他身上滑開，一隻手仍然扭住他的命根子。撇開手銬不算，這個招式像是她的救命繩索，如果鬆開手，她可能就此墜入無底深淵。她還**真用力**。傑克試著蜷起身子保命，但是劇烈的疼痛讓他動彈不得。當然，他也沒辦法開口說話。兩個人看起來就像僵在某場性虐待的扭轉式體位上。

「拜託，小姐，開個門看看好嗎？這樣我心裡會舒服點，然後大家都可以回到床上睡覺。」

「先生，不是我不領情……」

凱莉終於放開傑克的睪丸。他再一次試著蜷起身子，但是她沒給他機會，馬上坐回他身上。她對他伸出食指示警。

「……但是你何不走開，讓兩個成人獨處？」

跨下的疼痛和胸口的壓力讓傑克幾乎無法呼吸。於是，他當下決定拋下從小就刻印在腦子裡、根深柢固的騎士規則。

他用盡吃奶的力量，朝她的肚子揮一拳。

力道大到讓她彈起身子往後倒，完全離開他。如果她不是和他銬在一起，說不定會飛到房間的另一邊。但是手銬讓他們緊緊相連，所以凱莉只跌在地板上。

傑克迅速翻身，用空著的手抓住地毯朝門口爬，後頭還拖著銬住他的禍首。他聽到她的喘氣聲，但是這與他無干。過去這幾個小時發生的事讓他確認了一件事：她是個徹頭徹尾的瘋子。他聽她說了稀奇古怪的故事，歷經綁架、威脅，還被她鉗住了命根子……除了瘋子，還有誰會做出這些事？

「隨便妳。我要回房去叫保全人員過來看。到時候妳自己向他們解釋。」

「感謝主！終於讓我等到了。」

但是凱莉並沒有放棄。她很快地恢復過來，想將傑克往後扯。他聽到動靜，在她付諸行動的時候滾到一邊。情況瞬間逆轉，傑克騎到了她的身上。

在這個陌生城市的高級旅館裡，傑克騎坐在一個金髮美女的身上，兩個人還銬在一起。

哈，他老婆看到一定會大驚失色。

既然木已成舟，何不完成這個畫面？

向這個女人證明她的確實至名歸。

「嘿。」

她喘得很厲害，下唇還在顫抖。傑克用沒被銬住的手拉住她的頸子將她往前一扯，嘴巴貼住她的雙唇。他強將舌頭探進她的嘴裡，用稍早在機場時，她和那名中年男子一樣的方式舌吻。

她可能以為他忘了這回事。

去他媽的歐森姊妹花！

如果她**真的**感染上這些東西，機場的那一番舌戰早就害死那個男人了。

她奮力掙扎，但是他緊緊抓住她的頸子，直到她的牙齒咬住他的舌頭才鬆手。

傑克大喊一聲鬆開手，從她身上翻了下來。可惜他選錯了邊，她套了手銬的那隻手臂圈住了他的身體。兩個人躺在地上，看起來就像是一對擁著隱形枕頭，才剛經歷過一場激烈床戰的默劇演員。

「傑克。你不知道自己幹了什麼好事。你真的不知道。」

歐森姊妹花

她二十一歲，一頭金髮，這個波蘭裔的芝加哥女孩美得過火，美到不該在這個場景出現。

——紐頓・桑伯格（Newton Thornburg）

凌晨一點五十六分

小皮餐館

寇瓦斯基的手機響起。對方報出一組電話號碼，他草草地寫在「小皮餐館」的餐巾紙上。接著他在每個數字前面加上他的個人代碼，衝向公共電話，用預付卡撥通電話找到他的管理人。她說話的速度很快，火氣也不小。事情進展得很快。

閒話家常的時間截止。

總之，管理人向他解釋，CI—六認為最好是派人就近取得在休士頓的那顆腦袋——難道他們以為他會在乎？總之，他們分析了這顆頭顱，依資料來看，他必須先找出凱莉．懷特，並且加以拘留監控。

「馬上辦。」

這回，他必須做好計畫。她在費城國際機場搭乘了計程車，他記得車牌號碼，也知道這輛車隸屬哪一家車行。他打了通電話，用幾句「國家安全事宜」的強勢說詞換來了他們下車的地點。這都不成問題。讓寇瓦斯基頭痛的，是擱在他雙腳之間的袋子。

「嘿，那麼——另一顆腦袋要怎麼處理？」

「暫時藏在安全的地方。」

他想問管理人：比方說哪裡？去問問「小皮」是否可以借他的冷凍庫一用？把人頭擺在漢堡肉和豬排中間？寇瓦斯基知道隨身攜帶才是上策。索莫頓樹屋的經驗讓他毛骨悚然。似乎有太多人想要這只袋子。但是帶在身邊唯一的風險是，碰上警察臨檢要他打開袋子。但如果碰到這種情況，寇瓦斯基不必砍掉警察的腦袋，因為他知道警方會有人接應。也許在拘留所裡蹲個幾天就可以解決，不可能賠上一輩子的時間。國土安全局手上有不少出獄通行證。

「妳的人手呢？不是該有個人來取貨嗎？」

「他到不了。」

「瘋狂科學家在凌晨兩點通常都很忙，是吧？」

對方一陣沉默。

「你最好少說話。」

「喔，我的話不多。我怎麼可能有話說呢？除了擺脫不掉這個袋子之外，我什麼都不知道。我說的是實情，不是比喻。」

又是一陣沉默。

「你說完了嗎？」

「大概吧。除非妳想祝我好運。」

「再見。」

「再見……」他無聲地唸出她的名字。他覺得唸出聲音太污衊人了。

凌晨一點五十七分

喜來登酒店，保全人員辦公室

電話鈴聲嚇得查理·文森跳了起來。他捧著書看，結果睡著了。這本Tokyopo出版的平裝日本漫畫，是兒子借他的。幾個星期以來，查理一直拿錢供兒子買這些東西，到了週末去探視兒子的時候，他也會偷偷瞥上幾眼。這東西看起來就像成人網站上的亞洲色情玩意兒，但是兒子向他拍胸脯保證，這不過是些懸疑、科幻、羅曼史、喜劇、奇幻和動作的故事罷了。他拿了一本給查理看。在兒子還沒有告訴他日本漫畫和英文書相反，要顛倒過來由左往右翻之前，查理一直看得滿頭霧水。哼，難道這還有什麼特別的道理不成。查理真想知道兒子會不會把這件事告訴老媽，讓她好好嘲笑他一頓。

查理把書放在桌上，然後拿起電話。是櫃檯打來的。

「我們接到電話，說七〇二房好像有家庭糾紛。電話是對面的房客打的。你可以去看看嗎？」

「天哪，房客叫什麼名字？」

「傑克．艾斯里。好像和艾斯里兄弟[1]同姓。」

查理頓了一下，硬著頭皮還是問了：「這傢伙是黑人嗎？」

「這有什麼關係？」櫃檯人員問道。他也是個黑人。

「少來了，你知道我的意思。」

「我看看……找到他的駕照了。不是，他是從伊利諾州來的白人。」

「好。我馬上過去。」

「我要先說件事。」

「什麼事？」

1 Eisley brothers，成軍於六〇年代的美國家族合唱團。

「這好像是女人對男人施暴。據樓上那個傢伙說，挨揍的好像是那個男人。」

查理心想，總算有件新鮮事。「好，我會溫柔一點。」

他掛掉電話，開始懷疑自己是不是活在一個顛倒的世界裡。漫畫書要反過來讀，女人會痛毆男人。接下來是什麼？難道他的前妻會突然柔情似水？

凌晨一點五十八分

傑克和凱莉仰躺在地毯上，兩人之間以「喜樂至寶」手銬相連。傑克的舌頭隱隱作痛，凱莉則低聲哭泣。又來了，傑克發現他的處境尷尬，雖然這個俘虜他的女人先拿腦袋撞他的臉，毆打他的肋骨，擠壓他的胸腔，還差點咬斷他的舌頭，但是他竟然為自己的手段而感到罪過——親吻她。這個舉動和約會強暴幾乎沒有兩樣。

「我不懂妳為什麼要哭。」

「因為你不相信我。你撒謊，表現出一副相信我的樣子。如果你相信我，你就不會吻我。」

傑克坐直身子看著她。凱莉用沒上手銬的手抵住他的前胸，似乎以為他還要再吻一次。

「別擔心，我不會再犯的。沒必要申請禁制令。」

她瞪著他看，幾乎看透他的身子。她的眼眶泛淚，疲憊完全寫在臉上，雙唇還微微顫抖。

「等等。妳是擔心我吻妳的時候，會把毒素回傳給妳，是吧？」

「不是，」她輕柔地回答。

「那是怎樣？」

「你**還是**不相信我。我本來還當你是唯一的希望。我沒法再跑了，我受夠了一天到晚不停地躲避、說話、耍心機……」凱莉的愛爾蘭腔又跑出來了，「你難道不明白我對你做了什麼嗎？」

「妳在說什麼？」

「歐森姊妹花跑到你的體內去了！就是現在！正在自我複製！我害死那麼多人才得到這個結論。你本來應該要能夠證明我無辜，並且幫我對外說明一切才對。」她撫摸他的臉頰。「現在我們兩個都死定了。」

傑克彷彿沒聽到她的話。

「妳害死什麼**其他人**？」

凌晨二點零三分

喜來登酒店

大消息！快向報社、電視台和廣播媒體爆料：老好人寇瓦斯基準備要鳴金收兵了。計程車行把乘客的下車地點告訴了他，他只要轉個彎，沿著婁克斯街往前走過一個街區，就能來到里頓豪斯廣場的喜來登酒店。這事易如反掌，簡單到令人難以置信。要不然他只能怪費城實在小得離譜。他邁步走路，突然靈光一現。寇瓦斯基撥電話給他的管理人。

「你是不是要我拍手叫好，對你佩服到五體投地。」

「還沒有。妳能不能找出今晚所有抵達費城班機的旅客名單，然後拿來跟入住喜來登的房客名單作比對？」

「等一下。」

「然後只找出單獨旅行的白種男人，入住時間在——」

「我早就想到了。等一下。」

寇瓦斯基沿著婁克斯街往前走。這一帶挺不錯，走到盡頭就可以通到里頓豪斯廣場。喜來登占據廣場一側，其他三側的建築也或多或少地保留了十九世紀的迷人風采。瞧瞧，寇帝斯音樂院。如果他沒記錯，這地方就是拍攝電影《你整我，我整你》（*Tradiry Places*）的場景，影星艾迪．墨菲和丹．艾克洛德都曾經在此入鏡。這部片子是他十多歲時最喜歡的喜劇。在今天，他會說自己之所以著迷是為了片中的社會階級衝突和互換身分的情節。但是他小時候可是衝著潔美．李．寇帝斯的豐胸，才喜歡上這部電影。

管理人回到電話線上。

「約翰．約瑟夫．艾斯里，又叫做『傑克』。房間號碼七〇二。」

老天，在「愛國者法案」[2]通過之前，我們是怎麼過日子的？寇瓦斯基按掉手機的時候，已經一腳踏進喜來登的前門，朝接待櫃檯走了過去。

「嘿，老兄，幫我保管一下好嗎？樓上有個客人得到巴拉．辛懷去上廣播節目，預定的時間是——哈，說來你會嚇一跳——一個小時之前。我得用上兩隻手，才能把他拉下床來。」

櫃檯人員只對他點個頭，沒多看一眼。他把袋子放在櫃檯上。

「五分鐘就好，我馬上回來，還會帶個昏睡的房地產專家一起過來。兄弟，哪有人在這個時間抓人上節目的？有誰會聽，你說是嗎？」

寇瓦斯基來到電梯口的時候，電梯門正要關上，他伸出一隻手擋門。裡面的人已經早一步按下按鈕，門再次打了開來。

「多謝啦。」

「甭客氣。」

這是一名旅館保全人員，長方形黑色名牌上寫著白色的字：文森。

「要到幾樓？」

凌晨二點零五分

喜來登酒店，七〇二號房

凱莉又開始哭了，傑克別無選擇，只得伸手抱住她，並祈禱她不要賞他肋骨一記拐子來當作回報。她把頭靠在他的胸口。傑克用沒有套手銬的那隻手輕揉她的後背，一邊調整姿勢。他的左手已經開始感覺到千針戳刺的麻痛了。

「我害死了很多人。」

---

2 Patriot Act，二〇〇一年由美國總統布希簽署頒布的國會法案，以防止恐怖主義為目的，擴張美國警察機關的權限。

傑克實在不知道該怎麼回應。啊，少來了，「很多」是多少個？事情不可能那麼糟，不是嗎？

「所以我不是第一個被妳用發光性毒素下毒的人。」

「不，傑克。我說的不是這個。你還是不相信我。」

「那妳**到底**在說什麼？」

她用力地抓住他的雙臂。

「聽我說。我受到感染，身上有實驗階段的追蹤裝置。如果身邊沒有人，我會在十秒鐘之內死亡。這不是意外，是我老闆——也就是操盤手——做的好事。我們的實驗室沒有遭到攻擊也沒被破壞。**是我老闆**讓我感染的。」

「妳剛才不是說——」

「在過去十三天裡，」她沒理會他，繼續說話。「我全球各地跑，先到愛爾蘭，然後來了美國。我會親吻陌生男人，有時候也和他們上床，只求不要獨處就好。但是，我還是會傳訊息給操盤手，讓他知道我還活著，讓他知道不管我身邊會死多少人，我都要盡全力讓他伏法。因為，到最後一定會有人相信我。有人會伸出援手。某個重要的人，某個知道操盤手存在的人，某個知道如何摧毀他的人。我以為你會是幫忙的那個人。但是你也無計可施了。因為你剛剛親吻我，而且不相信我。傑克，你現在相信我了嗎？」

事後，傑克回想起這一刻，才了解夢魘不是從他遭到感染的時候開始，而是從這一秒鐘才真正開始。

在他開始**相信**的這一刻。

凌晨二點零八分

喜來登酒店，七樓

寇瓦斯基得知保全主任文森先生和他的目的地相同——都要到七樓去，心裡不免有些氣惱。又多了個障礙。搞不好這傢伙還要和他到同一條走廊去，更甚者，寇瓦斯基說不定得砍下他的腦袋。真是沒完沒了！受害者的名單未免太長！這好像是上帝低頭往下看，然後說：喔，我懂了，寇瓦斯基，看來你喜歡四處殘殺。來吧，我再多賞你幾個人。進度可別落後啦！

電梯來到七樓。寇瓦斯基禮貌地伸手禮讓，但是這位文森先生沒有接受。

「先生，你先請。」

好極了。寇瓦斯基走出電梯，檢視牆上的房間位置指示牌。他要找的房間在左邊。

文森先生問了：「需要幫忙嗎？」

「我在找方向，謝了。」

他只希望保全主任聳聳肩，逕自去做他要做的事就好。也許是販賣機裡的無糖可樂存貨不足，說不定是奶油威士忌蛋糕缺貨。

「你要找哪個房間？」

「就在那裡。老兄啊，喝了三杯蘋果調味的馬丁尼之後，我就該停下來了，但是實在太好喝。明天早上我老闆一定會好好修理我的。這會兒，像個乖寶寶一樣在睡大頭覺的人是他，不是我。」

文森先生笑了出來，他點了點頭，但卻沒有移動腳步。「你也許可以在天亮前打個盹。」

「有什麼用，我需要的是一大杯水和一把阿斯匹靈。」

保全主任又禮貌地笑了。「客人先請。這裡是喜來登，永遠以客為尊。」

寇瓦斯基別無選擇，只得朝七〇二號房走過去。他刻意用微醺的蹣跚腳步走路，以配合稍早蘋果馬丁尼的說詞，但是他有種感覺，他其實不必多此一舉。最終他還是得砍下這顆腦袋。

把這笨蛋趕出走廊吧，十分鐘也好。他在心裡衡量這個文森先生的分量。他個頭高大、結實、理短髮，一副**退役軍人**的模樣。他年近四十，但是還沒滿四十，應該是波灣戰爭的退役軍人。他的笑容隨和，但是眼神冰冷，個性可能比外表來得機靈。光是劈打或對準後腰揮拳，絕對不足以收拾這個傢伙。走廊兩側的房號愈來愈接近他的目的地了：七〇八、七〇七、七〇六。

寇瓦斯基先用手肘往後一拐，正中文森先生的鼻樑，隨即轉身朝他的頭側揮出一拳；如果這拳打對了位置，文森可能會好幾秒鐘都看不見東西。接著寇瓦斯基攻擊他的跨下，保全主任立刻彎下腰，跪在七〇五號房前面的地毯上。接下來，寇瓦斯基要發揮獨具創意的窒息技巧了。他在波士尼亞學到這個招數，最適合在沒時間（或沒必要）踢向敵人臉部然後劃開喉嚨的時候使用。只要輕輕一勒，目標就會暫時停止呼吸，讓他有足夠的時間逃跑，又不致殺害對方。

他一點也不想殺害這個傢伙。這個晚上，他已經太**離譜**了。克勞蒂雅那張受到驚嚇、遭到勒頸的甜美臉蛋仍然盤據在他腦子裡。真是太不值得，做事總要有個分寸。

然而文森先生仍然有打鬥的餘力。他朝毫無防備的寇瓦斯基揮拳，打中寇瓦斯基的腹部。寇瓦斯基頓時就像消了氣的球。他蹣跚後退，靠到了牆上。他覺得自己的膝蓋開始發軟。這拳果然精采，完全出乎他的意料之外，讚！文森朝他的膝蓋補上一拳，這就是軍事訓練的成果。這位文森先生試圖攻擊他的側膝，這個部位是最缺乏保護的弱點位置。保全主任差點就得逞。寇瓦斯基雖然搖搖晃晃，仍然不忘攻擊文森先生的頸子——這招應該可以讓他暫時失去意識。保全主任倒抽了一口氣。寇瓦斯基倒地之後立刻跳起身來，打算對準目標的腦袋來一記迴旋踢。但是文森先生已經撲上前來纏鬥，將他往前拖。

七〇四號房、七〇三……

凌晨三點十分

喜來登酒店，七〇二號房

房門被撞了開來。兩個男人一路從走廊扭打進房裡，其中一個穿深藍色夾克，另一人的全套黑西裝看起來十分昂貴。西裝男面朝下仆倒在地毯上，健壯的夾克男一屁股坐在前者的背上，彷彿在騎馬。

傑克想站起來，但是手銬拉著他往後倒回地毯上。他看向凱莉，但是她一樣驚訝地闔不攏嘴。這兩個傢伙是誰？他們撞進房裡是純屬意外嗎？還是說，旅館的保全人員決定用迂迴的方式來查看他們？健壯的夾克男似乎占了上風，誰知道他們為什麼扭成一團。看他捶打西裝男後背的方式，彷彿把對手當作一塊準備放上烤肉架的肩胛肉。

但是西裝男不是省油的燈，他反手揮拳攻擊，打中夾克男的肋骨。夾克男的嘴巴張成一個完美的圓形，當地板上的男人往上踢中他的後腦勺時，圓圓的嘴巴才又闔了起來。夾克男的眼皮猛烈地眨動。

傑克不知道該為誰加油打氣，把賭注押在夾克男身上似乎比較靠得住。但是話說回來，躺在地上的傢伙勇氣可嘉，值得欽佩。他的反腳回踢真值得喝采，直追吳宇森的電影特效和閃舞的炫目舞步。

沒幾秒鐘，所有的桌子全都翻倒在地。西裝男和夾克男痛苦地鎖住對方的腦袋——這個招式和週六早晨的摔角秀有點差異。西裝男一腳踢上房門，終於看向傑克和凱莉。

「孩子們，晚安。」

夾克男雙眼緊閉，但是他仍然清醒，瘋了似地掙扎，彷彿已經預知了自己的命運。他缺氧的大腦逐漸喪失意識，雙唇開始顫抖。

「希望我沒打斷什麼重要活動。」

凱莉站起身，傑克還算清醒，沒忘記和她一起站起來。

「看得出你們很忙，」西裝男說道，一邊瞄著他們的手銬，「聽著，我不會浪費你們太多時間，我只想問一個問題。你們這兩個爛貨哪個是凱莉．懷特？」

這和她有關。

「你是誰？」

「這有什麼關係嗎，凱莉？」

「哪個渾蛋派你來的？」

傑克說：「放開他。」

「啊，你真是好人，但是不必為這位文森先生操心。我只是暫時壓制住他的呼吸，讓他昏過去而已，不嚴重的。他好得很。」

顯然，這番話對文森先生完全沒有安慰的作用，他仍然在掙扎，手指拚命摳抓壓制他的人。

傑克想幫忙那個可憐的傢伙，但是凱莉先發制人。她放聲尖叫，一拳揮向西裝男的臉。傑克感覺到手銬拖著他往前衝。喔，死定了。

西裝男擋下凱莉的拳頭但是沒躲開她的飛踢，可惜，這一腳踢中了文森先生的腿。西裝男沒有反應。凱莉揮出第二拳，這下有動靜了。西裝男放手讓文森先生跌落在地，接著一掌拍向凱莉腦袋的側面。這掌打得她昏頭轉向，手銬碰撞傑克的手腕。西裝男向凱莉拍去第二掌，傑克聽到她尖叫：「不！」不管這是什麼遊戲，這傢伙顯然是敵方的人馬。他媽的！傑克瞄準西裝男跨下，繞過凱莉往外狂踢。同一時間，凱莉朝著西裝男的左眼伸出殺傷力可媲美榔頭尖端的拳頭。

西裝男的反應比他們兩個人都快。他轉身避開攻向跨下的腳，低頭閃過凱莉鑽子般的拳頭。接著他用手刀切向兩支手銬中間的鍊子。力道十足、乾淨俐落。鍊子掉到地毯上，凱莉跟著跌倒。他又拍打凱莉，彷彿想叫醒她，接著就掐住她的喉嚨用力壓擠。然後他伸手圈住傑克的脖子。

「晚安。」寇瓦斯基在傑克的耳邊低聲說。

凌晨二點二十五分

寇瓦斯基心想：旅館房間的房門毀損，地上躺了兩個昏迷不醒的男人，還有個半昏半醒的女人嘴裡塞了東西，銬在椅子上。嘿，再添管潤滑液、汽車電瓶和連接電瓶的跳線，這簡直就是週末夜現場。

言歸正傳。

這兩個昏迷不醒的傢伙中，第一個是查理．文森，他是難纏的旅館保全主任，也是可敬的對手。比寇瓦斯基稍早猜想的更為可敬。他的胃到現在還在抽痛。但是文森先生應該還會再昏迷個二十分鐘左右。在那之後，寇瓦斯基會是他揮之不去的夢魘。

第二個傢伙是神祕的約翰．傑克．艾斯里。他顯然又是凱莉．懷特的目標。他有沒有受到感染？天曉得。在接到管理人的進一步指示之前，最好當成已經感染來處理。寇瓦斯基希望他不要再砍頭了。露營袋就這麼點空間，可憐的艾德應該不會願意和陌生人共處一袋。尤其這個身穿黑T恤和卡其褲的蠢才稍早在機場帶走了他的金髮女郎。

這讓寇瓦斯基想到了真正的主角，也就是這名金髮女郎。在機場的時候，她看起來就像一般典型波大無腦的金髮妞。他仍然想不起她讓自己聯想到哪個演員，他可以確定是最近才剛看過的人。

寇瓦斯基湊上前去，發現她有一雙凶猛銳利、像獵人一樣的眼睛。喔，沒錯，他心想：她肯定有些見識。其實，說她的目光銳利是有些嚴苛，這雙眼睛只是警覺性略高過常人。雖然她看來已經筋疲力盡，但是她現在還是保持高度警戒地瞪著他看。

寇瓦斯基撥打管理人的電話，目光卻沒有離開凱莉。她被自己的手銬銬在椅子上，鑰匙也是用她皮包裡的那一把。他問：「喜樂至寶，是嗎？」但是她只是瞪著他看。管理人接了電話。

「好了，妳現在可以佩服我了。」

「她還活著嗎？」

「不但活跳跳，而且還氣沖沖的。」

「不打緊。開車載她往華盛頓特區的方向去。到了銀泉市之後，打電話問目的地。」

「這麼一來，我大約在四點半左右會到妳附近。要不要等我一起吃個大清早的早餐？不是什麼太豐富的早餐，喝點咖啡、吃點蛋就好。等等，我一個小時之前才剛吃過早餐。也許我們可以點一些比較像午餐的東西吃，比方說漢堡和馬鈴薯沙拉之類的。」

「聽好，我要說的話很重要。你和她之間的距離不能大過十呎，但是也不要讓她靠太近。還有，避免任何體液接觸，比方說吻、咬，連刮傷都不行。她可能會嘗試這些動作。」

「真是夠了，南——」他差點要叫出她的名字，但是及時打住。「這是婦女聯合會的入會之夜嗎？」

「照我的指示去做就對了。」

「鬼扯蛋。看在妳我的情分上，說點細節來聽聽好嗎？」

「我們沒有什麼你我關係，只有你和你的雇主。依指示行事。」

「妳的指示爛透了。」

寇瓦斯基按掉手機，知道自己這番話太幼稚。隨便啦！也許他可以從懷特小姐身上問出更多答案。她看起來愈來愈清醒了，還用一雙銳利的綠色美眸惡狠狠地瞪著他看。

「怎麼樣？」他問。

「對，就是你。我還在想，你到底還要多久才會現身。」

「妳早知道我會追過來。」

「我希望你會來。都快一個星期了，他拖了這麼久，真是讓我驚訝。」

「誰啊？」

凱莉輕蔑地哼了一聲。

寇瓦斯基最厭惡工作裡的這個部分。有時候他覺得自己是消息最靈通、最了解內情的那個。就如歷史中的刺客，不必費心尋求解釋。然而有些時候，他卻覺得自己彷彿是坐在辦公室隔間裡的小角色，忙著裝訂寫滿外文的文件。這些文件可能攸關國家安全，但也可能是火雞肉三明治的帳單。

現在，就是火雞肉三明治登場的時刻。牙籤、橄欖一應俱全。

「沒關係，反正妳會告訴我。」

「你為他工作多久了？」

「自從我戒掉難以下嚥的溫蒂漢堡之後。我實在受不了那些四方形肉餅。」

寇瓦斯基走到她的身後，衡量眼前的情勢。不能被她咬到、抓到，還要避免體液接觸。如果她失去意識，這就簡單了。

「你就和他一樣，一點也不幽默。這是你們這些傢伙接受的訓練嗎？說笑一下難道會害死人嗎？」

他喜歡她。她的反應很快。

「妳聽好了，我最簡單的做法就是把妳打昏，把妳綁起來塞到汽車後座，用毛毯蓋住，接著我們就可以上路了。但是妳可能不喜歡這個方式，我說得對嗎？」

「把我綁起來這個步驟聽起來很有趣。」

「當然了。但是這麼一來，我得想辦法把妳拖到旅館外面，而且，現在都幾點了？凌晨兩點半？這就棘手了。所以，我有個提議，我們一起手牽手走出去，坐進車子裡。」

「哪種車？」

「不知道。我還沒偷到手。」

「我們坐進車裡，然後我把妳帶到該去的地方。」

「好耶。」

「如果我抵抗呢？」

「我就會把妳綁起來，綁得緊緊地。」

「聽起來還是很好玩。」

無論如何，寇瓦斯基都要敲昏她，綁住她，把她丟到後座去。但是如果他們能走出旅館去找輛車，在外面解決這件事，的確會簡化情況。現在雖然是凌晨，但是樓下的員工遲早都會呼叫這個保全主任。他們說不定已經在呼叫他了。寇瓦斯基拆掉文森先生的對講機和手機的電池，直接丟進馬桶裡。

寇瓦斯基看著凱莉的手。她的手像男人，指頭粗又有力。這是一雙勞動階級的手。

他特別仔細研究她的左手中指。

「準備一下，我們要走了。」

凌晨二點三十分

C－－六總部，地點未知

美國境內無時無刻都有成千上萬通的電話，因此，電話一旦接通，就會被埋藏在忙碌的通話訊號之下，連國土安全局都找不到蛛絲馬跡。但是她清楚得很，最好不要在辦公室裡打這通電話。她的辦公室位於一棟毫無特色的兩層樓灰泥混凝土建築物裡，防火梯在屋後。這棟樓房從五〇年代起便占據了這個位置，連街坊長大的孩子也不曾懷疑裡面究竟在搞什麼鬼。她下樓來到街上，走進一棟公寓，下到地下室的洗衣間裡。她知道這裡有一支公共電話，她掏出預付卡撥號。

天哪，如果CI－六有人發現她這六個星期以來在做什麼事……

「找到她了。」

「我現在去搭機。我該到哪裡去？」

「華盛頓特區。」

「她現在在什麼地方？」

「路上。」

「不是坐在哪班該死的飛機上……別告訴我她正在搭機。」

「我說了，我們找到她了。過幾個小時之後她就會到這裡來。」

「是啊，是啊。」

「我做了這麼多事，你總可以表示點謝意吧？你知不知道這有多麼——」

「我知道，親愛的。」

「恐怕你不曉得。」

兩人一陣沉默。

「你在哪裡？」

「很近，只有幾個小時的距離。」

「那麼，一會兒見。」

「等妳見到那個蕩婦的時候，」操盤手說，「告訴她，我追過來了。」

凌晨二點四十五分

喜來登酒店，右側電梯，北翼

寇瓦斯基和凱莉手牽著手。這一整天以來，他一直穿著Dolce & Gabbana的西裝，內搭正式襯衫，腳踩Ferragamo皮鞋。凱莉套了件有品牌的牛仔褲搭白色背心，腳穿Puma球鞋。他們不像一對情侶，比較像是續攤約會，比方說，在某個酒吧認識了彼此，然後穿過馬路來旅館相好，而他們這會兒一起下樓，純粹是他有風度，下來幫她叫計程車。正巧，這兩個人的眼睛都紅紅腫腫的，很符合這套說詞。

電梯門關上。寇瓦斯基收緊了手，並且特別對她的中指施壓。稍早在房間裡，在幫她打開手銬之前，他就已經出言警告：「我可以輕易折斷妳的中指，痛苦的程度會讓妳立刻昏過去。我希望不必扛著妳走出旅館，但如果真是這樣，也很容易解釋。我會說，我女朋友愛死了蘋果味的馬丁尼！」

寇瓦斯基扳她的手指，當年他還在CI－六受訓的時候，訓練師就是這麼教的。這個手法只需要在同一個時間裡，執行兩個簡單的動作。

「妳感覺到了嗎？」

她轉過頭問道：「你可以對乳頭做這種事嗎？」老天，她真惹人愛。

寇瓦斯基加了點力道，讓她知道他不是在開玩笑。她哼了一聲，立刻住口，淚水湧了出來。凱莉這下子懂了。他則是心底升起笑意，這女孩真優。

電梯開始下降，接著停在下一層樓。六樓。

這下可好了。

電梯門打開，一個身穿黑色慢跑裝的傢伙走了進來，身上的T恤印著「雙向分裂」幾個大字。他驚訝地發現電梯裡還有別人。他手上拿著冰桶，按下五樓的按鈕。

「我那層樓的製冰機壞了。」

「我就說，費城根本不沉悶。大家都在狂歡。」

凱莉什麼話也沒說。她用銳利的眼睛盯著穿著短褲的男人看，似乎想透過心電感應傳輸訊息。這傢伙彷彿也知道不該和別的男人的女伴視線相接，於是拒絕了這個傳輸。

電梯門關上。

「我的健怡可樂裡得放點冰，我自己帶來的，不夠冰。我得先冰一下，明天一早才能喝。」

「早餐喝健怡可樂？」

「我不能喝咖啡，有咖啡因，會害我緊張。」

「學我，對點威士忌喝。」

寇瓦斯基看著凱莉，手上輕輕施壓。

「這樣啊。」

她仍然盯著健怡可樂愛好者看。

電梯在五樓停下，門打開。他對電梯裡的兩人點點頭，走到外面，手上還是拿著冰桶。電梯繼續往下，凱莉抬頭看著寇瓦斯基。

「我不想死。」

「我沒提到死。如果菜單上有死亡這道菜，早就被點走了。」

電梯到達一樓。

「你不懂。」

電梯門開了。她向他靠了過去。

「我不想死。但是，如果我**非得**……」

寇瓦斯基感覺到凱莉抽開了手。他用力一抓，但是她早已往後退，雙手左右握住電梯兩側的扶手，雙腳抬起來往前踢。這一腳讓他幾乎不能呼吸，整個人騰空仰翻。寇瓦斯基在倒地之前往後伸手撐住身體，差一點就成功。他的左手掌俐落地撐在地毯上，但是右手腕關節扭了一下。正當他掙扎起身，右手腕劇烈疼痛之際，電梯門漸漸闔上，最後他只聽到凱莉說：「告訴操盤手，**我他媽的贏了**。」

凌晨二點四十八分三十秒

喜來登酒店，七〇二號房

傑克．艾斯里翻過身，伸手環住泰瑞莎，他每天早上都會這麼做，看她是否已經醒了過來。但是他的手直接落在床墊上。真好笑，床墊硬得像石頭一樣。

他用力張開雙眼。方才的記憶一湧而上：飲料、金髮女郎、搭車、旅館房間、歐森姊妹花、聖地牙哥……

你死定了，因為你吻了我。不，這不是原因。因為你吻了我，而且不相信我。你現在相信我了嗎，傑克？

「你還好嗎，老兄？」

傑克滾向另一側。他的頸子和腦袋都在抽痛。

喔，天……

這傢伙是旅館的保全主任，他跪在傑克身邊。這傢伙也剛醒過來。他制服上的黑色名牌印著：文森。這是姓氏還是名字？

傑克點點頭，但是隱約聽到警鈴聲。是在旅館裡嗎？不，這比較像是某種刺痛的感覺，像是小學生做的高音頻測試。測試用的沉重耳機貼在耳邊，音調愈來愈尖銳，學校裡的護士會要你舉手，如果……不。

等等。

三十五秒……

凱莉．懷特——這不是她的真名，至少不是她父親或母親為她取的名字——知道自己就要死了。過程只需要八秒鐘，腦血管的抽痛會愈來愈嚴重，歐森姊妹花往上衝向腦門時，會摧毀擋在前面的一切，往外噴發……然後，一切就會結束。

她知道這是遲早的事。但至少，這是她選擇的。

電梯繼續上升。

就在彈指之間，她的大腦無視於群起圍攻的奈米裝置，神經節開始運作。

她有了個主意。

三十六秒……

傑克．艾斯里的腦袋裡有尖叫聲，這種感覺前所未見，但是，這怎麼可能……血管裡的血液像是著了火。心臟每跳一下，腦袋的抽痛就更厲害，尖叫聲也愈來愈響亮。

傑克搖搖頭，伸手拍打地板。

聽我說。我受到感染，身上有實驗階段的追蹤裝置。如果身邊沒有人，我會在十秒鐘之內死亡。

老天爺，她不是在開玩笑。

這是真的。

這是真的。

這是真的。

三十七秒……

為了健怡可樂去裝冰塊的男人在五樓。

她伸出食指。

跪倒在地上。

找到五樓的按鈕。

放聲尖叫。

拍打正在上升的電梯的地板。

五樓的按鈕亮了，電梯門上方面板上的數字隨著時間愈來愈大。

她叫得更大聲，彷彿這可以讓歐森姊妹花暫時休兵。

這招不管用。

三十八秒……

傑克．艾斯里憤怒地拍打地毯，誇張地想：也許他可以直接拍穿地板跌到樓下，他的體重會壓垮下一層樓，接著壓垮下一層樓和再下一層，然後直接落到大廳，等到他身邊圍滿人群的時候，歐森姊妹花會停止尖叫，他的頭就不會繼續抽痛……

這是他唯一的機會。

傑克一次又一次地拍打……

三十九秒……

電梯門在五樓打開，凱莉．懷特尖叫著。她知道自己在尖叫，但是她什麼也聽不見。她整個人往前倒，撞到了人和冰桶，看到冰塊彈起來散落在地板上，然後聽到一聲：「老天爺！」

於是她笑了，開始擔心起他的健怡可樂，終於，這個男人現身拯救她，但是，太晚了，而且……而且她的痛苦結束了，凱莉．懷特——這不是她出生時的名字——的痛苦結束了。

四十秒……

傑克．艾斯里提起手，打到了人。是保全人員文森的手。

「老兄，老兄，這到底……」

傑克伸手拉住文森——管他是姓還是名——的手臂，緊緊拉住這個男人，彷彿此生都不願意放手讓他離開。

四十一秒……

布萊恩．柏克忘了冰桶，忘了健怡可樂。他用雙手抱住這個女人，看著她美麗的臉龐……是美麗沒錯，只不過，她的鼻子和耳朵都在淌血。

四十二秒……

逃亡

如果我只有此生好活，就讓我這輩子當個金髮女郎！

——可麗柔（Clairol）美髮產品廣告

凌晨二點五十分

喜來登酒店，大廳

寇瓦斯基不只一次向櫃檯人員說明他沒事。「只是扭到而已。我有點醉茫茫，你應該懂那種感覺。」他一直瞥向電梯，看它停在幾樓。他已經猜到電梯會停在哪裡。五樓，健怡可樂愛好者、提著冰桶的蠢蛋。

你和她之間的距離不能超過十呎，但是也不要讓她靠太近。

他開始看出端倪了。整個晚上，她的身邊一直都有人陪伴。顯然這一點很重要。她在機場搭上一個男人，為了另一個男人又拋下前者。新對象在旅館裡有自己的房間。她的身邊必須有人。

我不想死。但是，如果我非得……

如果她獨自一人就會死。

先別管怎麼死，稍後再去想。

她把他踢出電梯，自己搭電梯往上。這是自殺。

但是，也許這不是自殺。也許她要去五樓找那個健怡可樂的愛好者。她希望他還在五樓，等著成為她的下一個同伴，讓她能再多活幾個小時。

「先生，我覺得你最好先坐下來，我找個人來看一下你的手腕好嗎？」

可是這太沒道理。有哪個政府會製造某種讓感染者獨處時會斃命的疾病、瘟疫或病毒？況且，答案還是以上皆非，否則CＩ—六也不會讓他傻傻地提著一只袋子在費城大街小巷跑來跑去。

難怪管理人什麼也不肯說。這已經超越了遭到拋棄的舊情人該有的情分。

CI—六究竟在搞什麼？

寇瓦斯基沒理會櫃檯人員，直接走過去按了電梯上樓的按鈕。他知道，假如她撐得住，他可能會在五樓發現一具屍體。這當然不是最理想的狀況，因為他寧願凱莉還能開口告訴他更多詳情。但是如果情況使然，他也會切下她那顆漂亮的腦袋瓜，讓她和艾德在愛迪達露營袋裡相聚，然後到其他地方去找答案。要知道，他的管理人和CI—六不是美國境內唯一能找到實驗室的人。

「先生？」

寇瓦斯基轉身露出微笑，用扭傷的手腕向櫃檯人員揮了揮手。他媽的，真夠痛！一定有哪處筋骨撕裂了。

但是客觀來說，這個動作真是酷到不行。

凌晨二點五十二分

喜來登酒店七〇二號房

傑克驚訝地發現謊言如行雲流水般，輕易地就從他口中流洩出來。他知道查理．李．文森——這是保全主任的名字，終於少了個謎團——不會相信歐森姊妹花、奈米裝置、愛爾蘭和聖地牙哥的種種長篇大論。傑克自己都還沒有完全相信，但是他的腦袋幾乎要由內往外迸裂開來。

所以，他得把自己所相信的事告訴查理．李．文森先生，希望這樣能把他留在身邊。

「聽我說，我有嚴重的焦慮症。幾分鐘之前，你才剛親眼目睹了發作狀況。」

哈，你這舌燦蓮花的小人，繼續加油添醋好了。

「我的精神治療師告訴我，如果我獨處，要不了幾秒鐘就會中風。」

查理．李．文森皺起眉頭。「好，先生。我聽到了。」

「要知道，你不能把我一個人丟下來，一秒鐘都不行。」

「我懂。但是你要知道我有工作。比方說報警，然後逮住動手的傢伙。」

警察。幾小時之前，傑克會伸出雙手擁抱這個主意，對它來個法式舌吻。但是到了現在，他可以想見理所當然的結局：傑克坐在偵訊室裡，警員問他要不要來一杯局裡自製的咖啡，接著傑克說：「警官，我想報案，謀殺案。」警官回答：「誰被殺？」傑克說：「我本人。」然後傑克眼睜睜地看著警探走出偵訊室。他數到十，腦袋隨即像個彩球一樣爆開來。

就算他能把警探留在偵訊室裡，他又能說什麼？他沒辦法證明凱莉．懷特是真有其人。不管她去哪裡，或是被帶到哪裡去，她的袋子也跟著一起被帶走了。

「好啦，老兄，我們相信你。我們去端咖啡，馬上回來。」警察說道。

偵訊室的門關上。

喀——砰！

「帶我和你一起下樓，」傑克懇求文森，「讓我和櫃檯人員坐在一起，然後隨便你愛做什麼就去做什麼。」

這是他唯一的機會。接下去，他必須找些人多的地方。比方說酒吧。等等，現在將近三點了。所以，不管是咖啡廳、購物中心、郵局、美食街……喔，老天爺啊。這裡是費城，時間是半夜。大家都說，這個城市在晚上六點鐘就把人行道捲起來收好。

「這沒問題。走吧，我們到櫃檯去。那個王八蛋拿走我的手機——等等，一秒鐘就好，我撥個內線電話，好嗎？」

傑克點點頭，但接下來他注意到文森的動作。放電話的床頭桌在房間的另一側。媽的。這個距離有沒有超過十呎？

凌晨二點五十三分

過去一個小時以來，查理．李．文森的世界裡連一點該死的道理都沒有。從Tokyopop和倒著翻的日本漫畫，到喜歡勒人的硬漢和現在這個傢伙……這傢伙跟著他走到房間這頭，坐在他身邊。嚴重的焦慮症？是啦，**嚴重焦慮**，那是因為你老婆馬上就要知道你的房裡有個火辣辣的金髮妓女吧。算你倒楣。但是這不是我的問題。這傢伙只不過是在錯誤的時間出現在錯誤的房間罷了。

查理把自己知道的情況告訴櫃檯人員，他迅速形容一下，要櫃檯人員在他下樓之前先封鎖前門。他會報警要警察過來，如果有必要，再逐一搜索客房。

到他們找到那個有勒人癖好的硬漢為止。查理真希望當警察找到這傢伙的時候，他以前那一掛的兄弟也能在場。他們會讓他和那個王八蛋在房間裡獨處個幾分鐘，也讓**他**嚐嚐缺氧的滋味。櫃檯也提供了身邊這名房客的資料。果然沒錯，和他猜的一樣。他已婚，已婚，還是已婚。除此之外，還硬是要坐在他身邊的床上。哦，有沒有聽說過保持距離？

「嗯，艾斯里先生，準備下樓了嗎？下面有很多人可以陪你。」

凌晨二點五十五分

喜來登酒店，右側電梯，南翼

在電梯往下走的時候，傑克想出了一個計畫，大抵可稱之為「計畫」。到了大廳後，他要表演焦慮症發作，如此一來，一定要有個人陪在他身邊。然後他再訂定下一個方案。他只需要證明凱莉．懷特天馬行空的故事是真的就好了。旅館保全人員看到有個身穿西裝的王八蛋擄走了她，但是這不夠，他需要證據。

尤其是放在聖地牙哥的檔案。他必須跳上計程車，然後搭飛機到聖地牙哥，在威斯汀旅館取得資料，接著就再打電話給警察、聯邦調查局、中央情報局、國土安全局，或是任何一個願意聽的人。

只不過他在早上八點就會死亡。

毒藥。

發光性毒素。

除非把感染愛滋又吸毒的妓女算進來，否則在整個費城，他可能是唯一一個血液中同時流動兩種有害物質——歐森姊妹花和發光性毒素——的人，這兩種東西都有機會讓他斃命。但是，那些可憐人和他不同，她們沒有五小時的倒數限制。

思考，傑克，趕快思考。

就算每分鐘都有班機起飛，他也不太可能在早上八點之前抵達聖地牙哥——這當然是指費城當地時間，但是他血液中的毒素恐怕不會在乎時區的問題。只要毒素發揮應有的效用，傑克就活不下去。

就算他在旅程中，身邊十呎之內一直都有人，情況也不會改變。

假如他想上廁所怎麼辦？

他忙著思考，沒注意到電梯門打了開來。查理．李．文森扶著他的手臂穿過大廳來到櫃檯，告訴櫃檯人員：「他身邊必須隨時有人作伴。」

接著櫃檯員工說費城警局的人已經上路了。「老天爺，今晚真熱鬧。五樓有位女士昏了過去，還流著鼻血。」

文森接著回應，說他要回樓上去找那個王八蛋。「封鎖前門……天哪，我剛剛難道沒要你封鎖前門嗎？」

「我從來沒有鎖過所有的門。鑰匙在哪裡？」

「在我辦公室，最上面的抽屜裡有個鎖起來的小箱子，箱子上用馬克筆畫了個黑色的X。萬能鑰匙放在左邊，上面標註『萬能』。去鎖住旋轉門和旁邊的兩扇側門。」

「遵命。」

傑克這時才明白他們的打算。

「等等！別把我丟下來！」

「對欸，你得留下來陪他。」

「我只不過是到你的辦公室去。」

「他有……」查理．李．文森打算解釋，卻決定放棄。「這樣吧，我來鎖門。你陪著他，好嗎？」

文森離開大廳，傑克領悟到一件事：鎖住前門，等於是讓他被困在裡面。警察一來，他被關進偵訊室是遲早的問題。他們不會相信焦慮症的藉口。事實上，他們可能還會站在單面鏡的另一頭，一邊傳薯片吃，一面觀賞他的腦袋爆裂。

那會是傑克的末日。

凌晨二點五十六分

喜來登旅館，五樓

那名愛好健怡可樂的傢伙捧著凱莉的頭，身邊圍滿了從房間裡衝出來的房客，大家都想知道這陣尖叫聲是怎麼一回事。他抬頭看到寇瓦斯基。當他發現來者並不是緊急醫護人員的時候，臉上露出失望的表情，但是當他認出寇瓦斯基之後，失望立刻轉成憤怒。

「嘿！你把她怎麼了？」

寇瓦斯基跪下來檢視凱莉的狀況，她還在呼吸，但是沒有意識。血從她的鼻子、耳朵……還有，對，眼睛，他觀察到從眼角淌出來的細細血水。健怡可樂愛好者的雙手和嘴唇上也沾到了血。

「你叫什麼名字？」

「布萊恩。」

「布萊恩，你有沒有幫她做口對口人工呼吸？」

「她本來都沒呼吸了，是我救了她。還有，我剛剛問的是：你把她怎麼了？」

寇瓦斯基嘆口氣：「饒了我吧。」

布萊恩企圖伸手推寇瓦斯基，如果他能成功，倒也令人佩服。但是寇瓦斯基一把抓住他的手腕，小心翼翼地避開血水，然後用力一扭。他抽開手，凱莉的頭落到他的膝上。

「哎！」

「看到了嗎？我的女朋友感染了愛滋。她的狀況穩定，但只要免疫細胞數量下降，就會像這樣昏過去。盡可能洗掉這些血，用力搓，別忘了洗嘴巴。你最好去做個檢驗。」

布萊恩臉色刹時轉白。很好，讓他害怕，也許這可以救他一命。

事實上，當他為凱莉．懷特做口對口人工呼吸的時候，就可能已經感染到她身上的東西。這年頭，俠義精神就會帶來這種後果。

凱莉的頭緩緩垂向地毯。布萊恩站起身子，盡量避免接觸到任何東西——尤其是他自己，然後他往後退，用手肘按下電梯的上升按鈕。

「去吧，去洗乾淨。接下來由我處理。」

寇瓦斯基環視走廊。

「大夥兒回房去吧。她只要吊個點滴就沒事了。」

他面臨了一個選擇，該現在帶她走，還是晚點再離開？他不確定在沒有醫療照顧的情況之下，凱莉是否能按照他的原訂計畫，活著抵達華盛頓特區。她的呼吸又淺又弱，腦袋冒出這麼多血水也不是什麼好預兆。櫃檯人員剛剛打了好幾通電話求救，再過不了多久，喜來登一定會擠滿警察。如果他帶著她走，一定會碰上麻煩。再者，根據管理人的最新指示，他要帶的是活跳跳的凱莉，不是個死人。

讓緊急醫護人員帶走她，那才是她唯一保命的機會。他沒有足夠的裝備為她吊掛點滴，或是幫助她穩定住呼吸。

寇瓦斯基可以過些時候再回頭找她。去醫院，或是更糟些，去停屍間找。無論哪種狀況都會比他繼續留在喜來登容易。緊急醫護人員的回應時間不一，他記得自己曾經讀到一篇報導，指出費城的急救服務是全國最差的。今天晚上，他希望事實並非如此。

零點

她想哭。他努力地想要把空氣吹進她毫無感覺的肺部，雙唇就靠在她的嘴邊，但是她感覺不到他的嘴唇。也許她已經哭了，只是沒辦法感覺到臉上的淚水。

她什麼都感覺不到，但是她看得見，聽得到，也能思考。這是最糟糕的一點。

她清楚知道情況。

在實驗室的時候，她曾經在無意間聽到他們的推測。

部分知覺。

當這些自我複製的複雜分子結構體——喔，操盤手從一開始就討厭歐森姊妹花這個暱稱——面對選擇的時候，它們會直接歸零。這一定就是她此刻的狀況。電梯門可能打開了整整一秒鐘，也可能是千分之一秒。不論何者，對歐森姊妹花都沒有影響。它們直接歸零，以這種獨具創意的方式害她進入腦神經受損的處境中。

這和她想像的一樣，她本來就認為這個過程會迅速又確實。她只希望自己能活得夠久，久到有機會復仇。

別看，不要抬起眼睛去看那個被她帶進墳墓的人。

健怡可樂愛好者——她的救星。

他的嘴對著她的嘴，藍色的眼睛流露出誠摯的關懷。

接著，操盤手派來的男人出現了。

「你叫什麼名字？」

「布萊恩。」

「布萊恩，你有沒有幫她做口對口人工呼吸？」

果然沒錯，這傢伙知道真相。但是，他也不完全是個渾蛋。瞧，他出言警告布萊恩——原來，他的救星有名字，要他去洗手、洗嘴，好像這會有用似的。不過，至少他還有點人性。

接著操盤手的手下直視她的雙眼，不知怎麼著，他似乎能感覺到她仍然有意識。他伸出食指抬起她的下巴，對她說：

「這麼做真的不是很聰明。」

凌晨三點零五分

喜來登酒店大廳，正對十八街的門口

保全主任查理·李·文森鎖上前門，惹惱了一個身穿大禮服的捲髮男人，這人不但缺了領結，還瀟灑地把寬板腰封甩在肩膀上。文森沒理睬他，只管把萬能鑰匙往櫃檯人員的手裡一塞，說：「只能讓警察和醫護人員通過。懂嗎？」後者聽懂了。傑克在接下來的九分鐘裡，盯著大廳中央水波粼粼的小型觀景魚池上方的那座鐘，一秒一秒地數完這九分鐘。這期間前門緊緊鎖著沒開。捲髮男人用盡所有肢體的和法律的威脅，但是櫃檯人員似乎鐵了心地不打算理睬他。

最後，警察終於到了，好戲上場。紅藍兩色的警燈一閃一閃地打在大廳的牆面上。如果把大廳的燈光關小，這地方可能會被誤以為是酒店的附設舞廳。

傑克準備就緒，現在只欠門外來輛計程車。這裡是旅館，即便現在是凌晨三點，計程車也應該要像鐵屑遇到磁鐵一樣湧向旅館，不是嗎？他只要搭上計程車，就可以去機場，而機場無時無刻都會有一大堆人。他可以假裝生病，要一個安全警衛來陪他，然後就死不放人。他也可以用房貸信用預借卡買張機票到華盛頓特區。當初他跟泰瑞莎申請這張信用卡是為了應付緊急狀況的不時之需，到目前為止泰瑞莎還沒有收掉這個帳戶。至於眼前的狀況若還稱不上緊急，那麼要怎麼樣才算。

到了華盛頓特區之後，他要直接去找聯邦調查局、中央情報局，或國土安全局之類的單位。總會有人相信他的故事，然後派人到聖地牙哥的威斯汀酒店，並且開始調查這件事。

現在雖然是凌晨，但是政府單位裡總該有人值班。

他只需要坐進計程車裡就夠了，接下來他可以再次呼吸，繼續思考這件事。但是不管怎麼說，到特區去似乎是個正確的決定。

來了。他看到黑黃兩色的棋盤塗裝。

上，上，上！

他閃過身邊一群忙碌的人，希望沒人注意到他。他迅速瞄了查理．李．文森一眼，保全先生忙著和緊急醫療人員的小妞聊天，邊說邊笑，大概是為了打破僵局才說些愚蠢的笑話吧。是啊，笑吧，到時候又不是你的腦袋會爆掉。他溜到門外，從清涼的冷氣大廳進入潮濕的夏夜裡。計程車就停在前面。

傑克伸手拍拍屁股，皮夾還在原處。

如果他沒帶皮夾，豈不好笑？他可以走回酒店大方地告訴查理．李．文森：「你不會相信的。猜猜看，我把什麼東西忘在房裡了？哈哈哈……」

突然他眼前的計程車加速離開。

媽的。後座有乘客嗎？沒有。難道司機接到緊急呼叫？還是有人事先打電話給他，說：「嘿，我們來惡搞傑克．艾斯里如何？」

時間一秒一秒地流逝，傑克獨自一個人站在人行道上。

他向右看，沿著旅館一直看向里頓豪斯廣場的人行道，沒半個人影。接著他向左看。有一對情侶背對著他離開，手臂還交纏在一起。

該回旅館還是往前衝？

往前衝。

傑克先是小跑，接著快步走，然後試著回到正常的步伐。沒有用。兩人之中較高的那個——結果是個女人——緊張地回頭看。傑克用嘴吐氣，露出最溫和的笑容。女人轉回去，腳步加快了些。他的笑容沒發揮作用。這時候傑克看到情侶中，個頭較小，一頭褐色捲髮的也是個女人。她們都很年輕。他猜，她們應該是在酒吧混了一晚，或是結束費城年輕女人在星期四晚上的例行活動之後，要走路回家。

十呎。十呎有多遠？

真是他媽的難判斷。汽車的車身有多長？大約十呎吧？他是不是應該跟在這兩個女孩的身後，保持一個車身的距離？

他的頭開始抽痛。

兩個女人互望了一眼，低聲交談了幾句，接著點了點頭。捲髮女郎似乎在翻找皮包裡的東西。**天哪，她們以為我是強盜**。不過話說回來，她們還會怎麼想？

街上有刺眼的強燈朝他們射過來，救星到了，來了另一輛計程車。

高個兒女郎用手輕碰朋友要她注意車燈，然後高高地舉起一隻手。計程車的大燈朝左邊轉，速度加快。傑克往前跑過去，幾乎推倒兩個女郎。計程車一定猜到他會直接衝過來，因為司機突然緊急煞車，停了下來。

他的頭愈來愈痛。

他伸手握住車門的把手，感覺到油膩膩的一片

「嘿！你這個渾蛋！」

「緊急醫療事故。」他喃喃地說，順手拉開車門。

「先生，那兩個女孩先招手的。」

「我不管。你開車就好。」

傑克滑進後座，碰一聲關上車門，按下門鎖。塗抹煙燻眼妝，擦了神祕白色口紅的高個兒女郎用力敲打車窗，一邊高聲叫囂：「混帳東西！」

計程車司機轉過頭，小心地看著他說：「等一下。我認識你。你之前搭我車的時候，吐得一塌糊塗。」

「拜託你趕快開車好嗎？我有的是錢。」

「你該不會又不舒服了吧？」

女郎又敲了車窗，整輛車為之震動。「王八蛋！」

她還用力拉扯車門。

「我沒吐在你車上。我們停在路邊，記得嗎？」

傑克看到捲髮女郎繞過車屁股，朝另一側車門走過來。他伸手過去鎖住另一扇車門。

「天哪，你真是太過分了，怎麼可以這樣對待女士。」

「我給你五十塊，趕快開車。**現在立刻走**。」

這下子，另一側車門也傳來憤怒的拍打聲。一個拍，一個敲，這兩個女孩真是天生一對。要不了多久，高個兒女郎就會拆下後座的車頂，伸手進來抓住傑克，張開血盆大口，亮出成排的利齒……

「媽的，趕快開動，這攸關生死。」

計程車司機將排檔推入前進檔，迅速按了一下喇叭。兩個女孩一臉驚訝地往後跳開。計程車往前衝，引擎咳了幾下，接著就開上了十八街。

「好啦，生死攸關。你要去哪裡？」

「機場。」

「又去機場？」

「別管什麼該死的定價。隨你開價，我就是要去機場。」

「嗯，真糟糕。我不到機場的方向。我已經下班了。」

「你這話是什麼意思？你剛剛才讓我上車。」

「你有沒有看到里程表已經按掉了？我以為我會載到剛剛那兩個女孩，說不定她們要去市中心。

我本來想在下班前多賺最後幾塊錢當外快。」

「我得盡快趕到機場。」

「我也希望能帶你去，但是我有事。我得送個包裹到第三街和春日花園的交叉口去給我的朋友。和機場不順路。」

「我走投無路了。」

「看得出來。你今晚過得很慘，是吧？」

「拜託你，我真的得搭車去機場。」

「這樣好了，你遷就一下，給我幾分鐘，我們應該可以想辦法解決。」

傑克往後靠坐在椅子上。隨便啦。他整個晚上都在遷就別人。再多一個計程車司機又何妨？

「只要幾分鐘而已嗎？」

「可能不必。嘿，順道問一下，你該不會是摩門教徒吧？」

凌晨三點十五分

小皮餐館

吃另一頓早餐似乎嫌早。更糟的是，他獨自一個人。這會兒，艾德的腦袋還塞在喜來登酒店的櫃檯後面。至少艾德有伴，一大堆警察和醫護人員加上旅館員工全在他四周打轉。但是寇瓦斯基身邊沒人。他完完全全、徹頭徹尾地獨自一個人坐在桌邊，不久之前，某個矮胖結實、下巴的痣上長了至少三根毛的斯拉夫女人剛擦過這張餐桌。至少她懂得微笑。好吧，這裡還有她。

寇瓦斯基把手機放在桌上轉，接著用食指固定住手機。他的指頭剛好落在數字一的按鍵上。他沒有移開手指，電話自動單鍵撥號。

我是凱蒂，請留言，我會盡快回電。

沒有笑話，不矯情也不做作，這就是凱蒂。除了要事之外，她對任何事都以公事公辦的態度處理。

事情已經過了好幾個月，但是他還沒打電話給她的電話公司取消語音留言服務。除了現在和她已經毫無關係的同父異母哥哥之外，她沒別的親人，所以不會有人為她處理這件事。寇瓦斯基保留這個留言，只為繼續聽到她的聲音。十三個字。他只剩下這些了。他每個星期都會打電話清理未留言的掛斷電話，到現在只剩下他一個人會撥打這個號碼。有時候，如果他沒有立刻掛斷，還會聽到自己的嘆息。聽到了聲音，他才知道自己在嘆氣，以前，他一直以為自己很有自制力。

桌上的手機開始震動，彷彿一艘在美耐板上航行的氣墊船。

寇瓦斯基接聽手機。

是他的管理人。

「你到哪裡了？再過一個多小時，我這裡會有人過去和你碰面。」

「妳得去超商幫你的客人買些牛奶和甜甜圈。我還要一點時間。我們的金髮女郎暫時失聯。」

寇瓦斯基以為管理人會立刻接話，因為這是她一貫的風格。他們的對話就像一場激烈的壁球賽。他只要對準她揮出一球，她會立刻狠很反擊，絲毫不留情面。

但是這次不同。

「妳還在吧？」

「說明何謂『失聯』。」

「她被帶到醫院去了。她出了些狀況，鼻子和嘴巴都在冒血。但是她還有呼吸。」

都這麼晚了，寇瓦斯基有可能是在幻想，但是他覺得自己聽到管理人倒抽了一口氣。他試著安慰她。

「給我幾個小時的時間，不管她是生是死，我都會找到她，把兩顆腦袋全都帶過去給妳，好嗎？」

「這和我的計畫不同。別掛電話。」

寇瓦斯基等著。這算不了什麼，這是他的拿手絕活，等待、忍耐無趣的過程，安慰自己用不了多久——喔，真的再過不久，好戲就會上場。等在前面的是猛爆的快感、指頭按下扳機的力量，以及用藝術手法安排的槍響，和目標腦漿迸裂的那一瞬間。到目前為止，還沒有人注意到他的模式，這讓他有些高興，也有些惆悵。過去幾個月裡，他做掉了不少自命不凡的渾蛋，如果有人用X光檢查這些人的頭顱，或者把他們垂直堆疊起來，他們會發現子彈穿入的洞口會組成一個刻意安排的字母。就算久久才看一次《芝麻街》的人，也能辨認出來。有哪些字以K做為字首呢？

凱蒂。

寇瓦斯基。

以前她會拿自己保留娘家姓氏這件事來開玩笑。凱蒂．寇瓦斯基？聽起來像個啦啦隊隊長。他有時會叫她「特別K」，對她扮鬼臉，說些冷笑話。她則會回他一掌——現在想想，她下手還真不輕——然後……

「我們不需要你的服務了。」

「還真的咧。」

「晚安。」

「等等……妳是認真的嗎？別這樣，我還是可以把妳要的東西送過去。」

「不行，你沒辦法。」

這是真話，從各方面來看都是。

總之，兩人關係就此結束。

凌晨三點三十分

前往春日花園街的路上

計程車在十八街上快速地勇往直前，經過建築工地、辦公大樓、教堂，以及更多的建築工地、一條地下快速道路和一排房子，接著左轉開上了春日花園街。傑克在芝加哥機場買了一份費城的地圖，所以記得這條街的名字，市中心區最北的邊界就是春日花園街。在地圖上光看名字，會覺得這條街的景色應該很賞心悅目。但是實際一走就會發現這裡非但沒有春天的感覺，也看不到任何花園。隨著門牌號數字愈來愈小，工業區的感覺就愈來愈強烈，彷彿環保運動領袖雙手一拍，說：「呃，過了這裡就不算市中心區了，你們高興蓋什麼就蓋什麼。」

計程車終於來到第三街，靠著左邊轉入陰暗的小巷。傑克沒看到酒吧或店面，這裡什麼都沒有。

「這是哪兒？」

「朋友啊，這裡是城裡最棒的莎賓馬鞍俱樂部。」

「最棒的什麼？」

「你好好坐著。我把東西送到樓上，馬上回來帶你去機場。」

傑克腦袋裡的警鈴大作。

計程車司機用手臂環住椅背，回過身看著傑克。「你是想知道為什麼最棒嗎？」

「不行。我和你一起去。」

「我一句話也不說。讓我和你上去。」

「如果我可以決定就好了。但是這裡是私人俱樂部，我不能帶你上去。」

計程車滿街都是，傑克偏偏挑了由莎賓馬鞍俱樂部送貨員兼差當司機的這一輛。誰知道「ㄕㄚ、ㄅㄛ、ㄇㄚ、ㄢ」是什麼玩意兒？說不定是從前蘇維埃的哪個共和國。但是司機說話並沒有俄羅斯口音。會不會是什麼俄羅斯黑道的賭窟？司機熄火，車裡微弱的冷氣也跟著停了下來。

「打開門通通風，我馬上回來，而且——」

「不行！拜託你！」

傑克拉開車門，跌跌撞撞地爬出來。

「別這樣啦，老哥。別搞得這麼詭異。」

「這和錢無關。俱樂部裡的人會不高興，他們不喜歡我向別人提這事。看在老天分上，別這樣。」

「我給錢。」

「說個價錢。」

傑克是真心的。房貸信用卡足以支付這傢伙說得出口的任何數字，只要他願意送傑克到機場。他從後口袋裡掏出皮夾，讓司機知道他不是在開玩笑。裡面的現金不多，但是他們可以去找個自動櫃員機或免下車銀行提出預借卡裡面的錢。這裡一定有免下車銀行的。

司機等著，顯然他有些心動，但想要傑克先報價。

傑克打開皮夾，低頭看到女兒卡麗的照片：那是在他們最喜歡去的那個遊樂場拍的，她坐在大型的木製飛機裡面。她小臉上的笑容讓他有了信心：是的，一切都值得。你會想要女兒在父親的陪伴下長大，對吧？

傑克開出價碼。

司機稍微後退了些，像是吃到酸臭的食物，於是傑克再次開價。這回，他沒有冒犯到司機，看來，第三次出價應該會成功。

凌晨三點三十一分

小皮餐館

寇瓦斯基在小皮餐館裡找到了他所需要的一切。他借用廁所，心裡知道廁所的位置一定在店面後方，離置物箱和儲藏櫃不遠。

改變外貌並不需要走隆．錢尼[1]風格的戲劇妝效果，用不到鉤子或鋼線，也不必把鼻子往上拉。在一段距離之外，人們只會辨認髮型、體格、步伐、衣著和配飾等等外型特徵。五官不過是次要條件。要如何讓旁人認不出你來？只需要盡可能改變身上的特徵就夠了。

寇瓦斯基動手搜刮員工的置物箱，拿了一副棕色鏡片的太陽眼鏡、一頂格紋鴨舌帽，外加一件白色襯衫和米色防風夾克，接著溜進廁所裡。他小心翼翼地換裝，沒敢碰到手腕，因為凱莉將他踢出電梯時，讓他的手腕重重地扭了一下。

他把頭髮往前梳，思考該用什麼方式走路。不要瘸著腳，但是步伐要小，刻意裝出斯文的姿勢。他沒換掉西裝，因為找不到其他合身的替代品。襯衫倒是剛剛好，眼鏡和帽子也都堪用。現在他看起來老了些，也有些笨拙。寇瓦斯基走出廁所，把自己的衣物塞到置物櫃後面，然後把外套的東西放進防風夾克的口袋裡。

當他離開小皮餐館的時候，似乎沒有人注意到他。

一分鐘之後，可能會有人問：「欸，那個穿黑西裝的男人是不是還在廁所裡？」再有人注意到時，寇瓦斯基已經回到喜來登酒店的前門口。他在門口慢慢倒著往後走，裝出引導救援人員進入旅館的樣子。他亮出印有折射防偽老鷹圖紋的國土安全局識別證，走進了員工休息室，有人要他在這裡等查理·李·文森回來，文森會願意跟他談談。是咧，隨便啦。寇瓦斯基抓起一件服務生的外套，溜出休息室，搭乘員工電梯來到七樓。他在路上順手拉來一輛鍍成金黃色的行李車，推回七〇二號房，當然是用沒受傷的那隻手來推。他希望還沒有人取走房裡的行李。

寇瓦斯基自得其樂，忘了他們的存在。

費城警察局的人馬還在房間裡，所以他只好經過七〇二號房的門口繼續往前走，用服務生外套裡的萬能鑰匙打開另一個房間的門。警方事先已經淨空了這層樓，所以他不會撞見某個睡眼惺忪、身穿

1 Lon Chaney（1906-1973），美國演員，在怪物電影裡扮演諸如狼人、科學怪人等角色而聞名。

睡衣的商務旅客。寇瓦斯基脫掉外套，把國土安全局的識別證戴在身上走進七〇二號房。他從警員的眼睛裡讀出他們的想法：老天爺，來了個國土安全局的渾蛋。他們要他去找現場指揮官，這位副組長問道：「我能為你效勞嗎？」

「好像還不需要。」

「如果你需要什麼，儘管開口。你檢查過樓下了嗎？」

寇瓦斯基沒有回答。他在房間裡踱步，佯裝無聊，其實他在偷瞄凱莉．懷特的袋子和傑克．艾斯里的行李，這些東西全用塑膠袋封了起來，放在門口。寇瓦斯基看準時機，不動聲色地把兩個袋子拿到另一個房間裡去。他穿回服務生外套，挑出一個特大號的行李箱，清空裡面的東西，接著又撕掉塑膠證物袋，塞進某人的長褲裡，然後將凱莉和傑克的袋子放進綠色的大行李箱。他將大行李箱放到行李車上，推到電梯間。一名費城警察抬頭看，但是沒有說話。就算他們發現證物不見了，也會以為是別的同事帶下樓去。這是攻擊案件，不是謀殺案。總之，目前還不是。

寇瓦斯基在五樓找到一間空房——嘿，這路線可不是挺熟悉的嗎？從大行李箱裡取出兩個袋子放在雙人床上，用沒受傷的手仔細翻看。

除了一小瓶隱形眼鏡藥水，一包用錫箔紙包起來的腸胃藥，以及一瓶寫著止痛藥其實是裝了戒酒藥的罐子之外，凱莉的袋子裡沒什麼特別值得興奮的東西。這位小姐有酗酒的問題嗎？袋子裡還有各類衣服，另外還有商店用來釘價格標的白色塑膠線，數量還不少，這些塑膠線全被剪成兩段，都在袋底。凱莉．懷特如果不是買了不少東西，就是偷了不少。

他拎起一件胸罩湊到鼻子前面。一直到他吸進一口氣之後，才發現自己在做什麼。

過去他曾經做過同樣的舉動，那是在警察將凱蒂的袋子還給他的時候。警方在里頓豪斯廣場旅館找到她的袋子，那是當時她和銀行搶匪老哥暫時藏身的地方。寇瓦斯基那麼做，是為了想吸進她遺留下來的所有分子，一個也不想放過。

他留下那個袋子，留了一段很久的時間。

寇瓦斯基把凱莉．懷特的胸罩放回袋子裡，隱約感到一絲罪惡感。如果她死了，冥冥之中，她會不會尋找他？凱蒂會嗎？

但是他感興趣的不是凱莉的袋子，而是傑克的行李。如果他想要挖掘出CI－六想找凱莉．懷特的原因——顯然他的管理人是不會把原因說出來的——那麼他就必須找出她的同伴，也就是傑克。

他從來不曾中途放下任務。

管理人的態度讓他十分困惑。

難道他們發現了他在費城針對義大利黑幫所進行的「課外活動」？

他們會怎麼處置他？

這些答案是他唯一的防身武器。

凌晨三點三十二分

第三街和春日花園街交叉口，聲名狼籍的俱樂部

這個空間出奇地小，簡直和玄關沒兩樣，只能看到用簾幔遮住的出入口，顯然裡面還有路可以通往別的房間。這地方就像某間倉庫的二樓，差別只在於裡面有小吧檯、尼龍座墊高腳椅，以及從天花

板往下垂的深紅色絨布幔子。空氣中飄著一股蠟燭燃燒的味道——是一般蠟燭，不是精油蠟燭。傑克還沒來得及多問，他的司機就消失在某一扇門的後面。

謝天謝地，這地方不大，裡面還擠滿了人。現在是非週末假日的凌晨三點三十分，對吧？為什麼這兒看起來像是郊區某企業園區裡的員工餐廳？大家的衣著整齊，頭髮梳理得宜，還有的人是將打薄的頭髮往前梳。

傑克走向吧檯。吧檯邊上裝飾著一層黑皮軟墊，不比一般住家地下室裡的家用吧檯大。這裡沒有酒單，也沒看到啤酒桶、杯子、酒瓶之類的東西。

有個女孩靠了過來。她塗了黑色唇膏，打了鼻環，修剪得過分完美的劉海令人不安地與眉毛平行。她挑起一邊眉毛，使平行的效果打了折扣。

「嗨。」傑克打聲招呼之後，就不知道該怎麼接話。也許這地方的賣酒執照被吊銷，飲料都放在別處。

他低頭欣賞女孩的胸部，這才發現她的上半身是穿著一件黑色的蕾絲緊身馬甲，豐腴肥軟的乳房幾乎要從馬甲上緣彈跳出來。特別是右側的乳房。傑克心中父性的一面想伸手把她的乳房塞回原位，也許順便幫她整理劉海。

到了這時候他終於知道這是什麼場所，為什麼吧檯不供應酒品。

他幾乎要大笑，或是陷入驚慌的情緒當中，要不就兩者各來一點。但是大笑可能要多一些。對一個身陷尷尬處境的男人來說，他湊巧來到了一個再理想不過，又非比尋常的場所。

他得賞計程車司機**一大筆小費**。

道德放一邊吧，眼前這一切正符合他的需要。況且，也該面對事實了，一向以來泰瑞莎對他的道德感是沒什麼可挑的，倒是他有些懷疑她在分居之後的活動。在這個地方，他可以好好思考個幾分鐘，甚或一個小時。他可以點個女孩，付該付的錢，要她陪著他坐一會兒。她不必脫掉衣服，什麼話都不必說。凱莉怎麼沒有想到這個方法？

穿馬甲有劉海的女孩清了清喉嚨，再次揚起同一道眉毛。

「我想找人陪。」傑克說。

有幾個傢伙回過頭來看他。難道他說錯話了嗎？還是，這裡有某種通關密語？

女孩伸出手。

傑克又開始困惑了。她想和他握手嗎？還是要預收款項？應該是收錢。他打開長褲後口袋的扣子，拿出皮夾，詢問價錢。

馬甲女孩一言不發，接過皮夾直接塞進和牆壁一體成形的迷你格層櫃裡。他的皮夾直接往下掉，接著就不見蹤影。牆後有人接走了皮夾。

也許是為了安全理由，他們才會這樣管理皮夾，先保留皮夾，等到完事之後再交還給客人。如此一來，工作人員才不會多拿。只是不知道牆後的人會不會搶先下手。

「準備好了嗎？」他身後傳來一個聲音。

傑克轉身，看到他高中時期的女朋友，身上還穿著正式白襯衫、黑色寬長褲和黑皮靴。這當然不是他的女朋友，但是相像到不可思議。她們都有薄薄的嘴唇和長長的淺棕色頭髮。她牽起他的手，帶他穿過一道被幔子遮住的門，穿過走廊再進入另一個房間。他看過太多電影，知道接下來會有什麼發展，他應該會看到一張鑄鐵欄杆的床鋪，一個床頭小桌，牆上可能還有廉價的畫作。

非也，非也。

房間裡只有一張木頭方桌，上面放著一個看起來像是馬鞍的機器。馬鞍上頭裝著一支幾吋長的塑膠小棒。這是個電動馬鞍，一端的電線插在一個延長線插座上，還用膠帶固定在地板上。

他還不知道該問什麼問題，女郎就將他推到牆邊，握住他的雙手。

「左還是右？」

「那是什麼玩意兒？」傑克問道。

「你馬上就知道，」她說，「左還是右？」她看到他臉上呆滯的表情，才進一步說明：「左撇子還是右撇子？」

「右撇子。」

女郎輕輕地將傑克的左手放到他的胸口，讓他擺出彷彿是獻上忠誠的模樣。有個東西發出咔噠的聲響，冰冷的金屬貼上他的手腕。接著又是咔噠一聲，他的二頭肌一緊。他的左手緊緊地貼住身體，無法動彈。他被環箍固定在牆壁上。

女孩往後退一步，露出微笑。「我等了你一整天。」

凌晨三點五十分

喜來登酒店五〇一號房

傑克．艾斯里的袋子裡什麼機密也沒有，他只發現了一件事：傑克愛穿四角內褲。現在誰不是這樣呢？袋子裡有一張喜來登酒店的紙條，上面潦草寫了「歐森，威斯汀，聖地牙哥」幾個字。這就可以有很多解釋了，可以是歐森先生、歐森冰淇淋聖代等等。但是寇瓦斯基仍然折起紙條，收進了口袋裡。

他沒找到皮夾或證件。這傢伙一定是帶在身上。但是行李袋上有張名條，寫了他的姓氏艾斯里，以及一個在伊利諾州古爾奈的地址。

好，時間浪費夠了。現在他要再次變裝，去和那個剛才幾乎被他勒死的男人稱兄道弟。對，就是文森先生。他一定知道警方將傑克．艾斯里帶到哪裡去了。他只要亮出國土安全局的識別證，就可以進到偵訊室裡和傑克獨處，一起拼湊出這個夜晚的完整細節。傑克可以告訴他凱莉．懷特在做什麼，為什麼會在國內飛來飛去，專門給已婚男人或大學教授之流的男人惹麻煩。

寇瓦斯基當然知道自己想太多。

艾斯里很可能已經死了。

凱莉．懷特的其他男伴似乎都走上了這條不歸路。

凌晨四點零五分

聲名狼籍的莎賓馬鞍俱樂部

「請問妳叫什麼名字？」

「叫我安琪拉就好，」她說道，一邊解開白襯衫的扣子，露出底下純白的胸罩。這件襯衫有幾處皺得很厲害，一隻袖口上好像噴到了蕃茄醬。「你呢？」

「傑克。安琪拉不是妳的真名吧？」

女郎帶著反感，驚訝地看著他。「我的真名？抱歉啦，我不給真名的。真名就像是法力強大的圖騰，如果我不知道你的真名卻說出自己的，會讓我們兩個人之間出現不平衡的力量。你要我放開你的手，還是你可以單手作業？」

「我之前不曉得妳會把我扣在牆上，否則我可能會提早先處理好。聽著，我們可不可以談談？」

安琪拉繼續往後退了兩步，踢掉皮靴，脫掉黑色的襪子。黑長褲順著她的雙腿往下滑，落在地上，接著她跨出雙腿。水泥地板看起來很冰冷。

「你費了好大一番工夫，才在深夜的這個時間來到這個地方……談話？喔，好傑克。你應該去街角的絲城餐館，可以省下一大筆錢。那地方的談話內容一向很精采。」

她的內褲是紫色的，但是就和胸罩一樣，都是基本款，稱得上實穿，沒有綢緞，也不是丁字褲。傑克的老婆就是穿這種內衣，只有在生日或結婚紀念日才可能有例外。

「給我一點時間，我要思考。」傑克說。

「但是我要發洩，」安琪拉說，「亟需發洩。」她伸手拿起從天花板垂掛下來的遙控器，按下按鈕。塑膠棒嗡嗡作響地動了起來，雖然傑克從來沒看過這種東西，但是這個設計的意圖十分明顯[2]。

「你不想嗎？」

傑克沒有回答，因為當他意識到馬鞍的作用之後，另一個隨之而來的事實讓他一陣心寒。馬鞍放在房間的另一邊，距離絕對超過十呎。

安琪拉準備就緒，正要騎上馬鞍。

「不！」傑克大喊，「等等！」他用力拉扯手臂上的環箍，發現這東西無比堅固。

安琪拉用雙手拿著遙控器，按下按鈕。嗡嗡聲停了。她看來有些焦慮，甚至是害怕。該死了！他不能讓安琪拉跑出這個房間，這無異是判他死刑。要是她走了，俱樂部老闆回到房裡會看到一個箍在牆上、腦袋爆開的白人。**這**該怎麼解釋。

怎麼向唐納文．普拉特解釋。

怎麼向卡麗解釋——總會有那麼一天。

好，傑克，鎮靜下來。**鎮——靜**。請她幫個忙，幫什麼都好。

接著他想到了。他的褲子。

「我需要幫忙。」他說道，用沒被固定的手握住皮帶扣環。

「我不能碰你……你知道的，對吧？希望你局裡的兄弟們向你解釋過規則。」

「當然了。」什麼**局裡**？

「別人可能會亂想。比方說，以為我是妓女，或諸如此類的人。我不玩那一套的。」

安琪拉走向他，解開他的皮帶扣環。她身上有種味道，彷彿她整晚都待在義大利餐廳的廚房裡。除此之外，她也噴了香水，有種溫暖的花香味，但是蓋不住大蒜、蕃茄，甚至還有香菸的味道。

她小心翼翼地避開他的皮膚，只摸到皮帶和扣環以及褲子的布料。接著，他的褲子就掉落到地上。

思考，傑克，趕快想……

「妳可不可以把那個東西搬過來，靠近我一點？就是那個馬鞍什麼的？」

---

2 莎賓馬鞍俱樂部原文為 Sybian Lounge。Sybian是女用自慰器具，塑膠製的假陽具放置在馬鞍狀的底座上。

「莎賓馬鞍嗎？」

靈光一閃！突然間，他終於懂了司機口中的「莎賓馬鞍俱樂部」是指什麼。傑克先生的求助查詢線路回覆了有效的提示。

這會兒，安琪拉審慎地盯著他看，懷疑全寫在臉上。「這不是你第一次來，對吧？因為我特別要求……」

「不，不是……只是，這麼晚了，我的反應比較慢。」

她來回看著莎賓馬鞍和傑克，後者仍然銬在牆上的金屬環箍上。

「你看起來像個好人，但是我曾經遇過麻煩。事實上，我是個冷血蛇蠍，還特別要求推開馬鞍，距離牆壁至少要十呎遠。**雙方分別自慰**不是問題，但是我可不想被熱漿噴得滿臉都是。」

接下來，傑克該怎麼說？說自己近視嗎？雙方分別自慰這幾個字在他的腦子裡嗡嗡作響，他終於看出端倪了。這裡不是妓院，也不是脫衣酒吧，而是某種時髦的俱樂部，大家誰也不碰誰。這位安琪拉小姐不是工作人員，**她是個會員**。從她身上侍者的穿著來看，她可能才從某個義大利餐廳下班。她送完了肉醬通心麵、義大利麵餃和肉餅，急著想下班，好趕快到這個房間裡來跳上馬鞍式電動陰莖，看著某個褲子落在腳邊的怪胎達到高潮。也許她有好幾次經驗了。是不是因為這樣，這個俱樂部裡的男女比例差異才會這麼大？男人可以來這裡爽個一次，最多兩次。但是女人會成為常客。

「所以，我要到那頭去，好嗎？」她試著往後退。

「如果，我不——」傑克努力想找出可用的字彙「——我什麼都不做呢？我是說，我光是看。」

這個提議蠢透了，蠢的程度和認不出基本款的莎賓馬鞍差不多。

「那我要做什麼？難道只要看到你瞪著我看，我就能爽到？」

「要不然妳放開我，我會安分的。」

「一直到你決定強暴我為止，哈哈！不了，多謝。」她拍拍他的手腕。「聽著，我今晚很累，如果你不介意，我想跳上馬鞍好好搞一頓。如果你不想爽，那麼隨便你，可是你至少讓我開心一下，把老二掏出來給我看看。要是你改變主意，我也可以去叫個人陪你出去。由你決定。」

她兩手拇指一挑，內褲從屁股順著大腿往下滑，落在她的腳踝上。

「你怎麼說？」

「其實，」傑克說，「我是近視。」

凌晨四點十分

喜來登酒店，保全人員辦公室

寇瓦斯基在五〇八號房裡找到了男用染髮劑和一件黑色皮夾克。八成是屬於某個**衰老又過早成功的渾蛋**。可能一大早出門，到里頓豪斯廣場去慢跑，一心想戰勝死神。祝你好運。寇瓦斯基有點想留下來，等人回來時跟他打個招呼，對他說：「嘿，你猜怎麼著，跑了半天根本沒個屁用！」

對寇瓦斯基來說，這傢伙不在房裡當然是好事。但是，該怎麼說呢？如果這人得費盡心思把頭髮染成金色，那何不乖乖待在房間裡睡覺，讓生活中少點壓力，頭上少些白髮。

接著，他又到另一個房間裡找到一條黑色牛仔褲，然後再去下一個房間摸走一副老花眼鏡——寇瓦斯基從床頭桌上的眼鏡盒裡拿的，當時物主正在一旁呼呼大睡。現在，他終於可以大大方方地和查理．李．文森打照面了。

果然，文森先生完全沒認出他是誰。

「這麼說，這件事由國土安全局負責？」

寇瓦斯基緊張地微笑，用沒扭傷的手推推眼鏡，把右手插在夾克口袋裡。他的手腕抽痛，但是他不想表現在臉上。

「假如這傢伙是我們找了十年的那個人，是的，這是我們的案子。他出手攻擊你？」

「算他走運。如果不是因為這麼晚了……」

「當然，你別放在心上。我追蹤的這個傢伙受過不少訓練，和以色列情報組織關係匪淺，也在阿富汗當過傭兵。」

「就算這樣，我還是要說，算他運氣好。」

「你還好嗎，文森先生？」

「好得很。但是我覺得……你看起來好面熟。你確定我們以前沒見過面？」

「相當肯定，」寇瓦斯基說，「除非你為費城警方工作過，不過之前我都派駐在聖地牙哥，也可能我們曾經在某個研討會或別的場合見過面。」這聽起來雖然含糊，但是極具可信度，並且留下足夠的空間，讓這位文森先生在大腦錯誤的部位翻索記憶。

「是啊，可能是這樣。」

寇瓦斯基問起了傑克．艾斯里，也就是和金髮女郎一起待在房間裡的男人。文森知道的不多，但是入住檔案裡有艾斯里的駕照和信用卡資料，寇瓦斯基隨時可以查閱。接著，文森說起自己陪著那個男人來到大廳，因為艾斯里聲稱自己擔心焦慮症發作，所以無法獨處。在文森聽起來，這像個還算尚可的笑話，隨便他啦。他沒必要為難喜來登的客人，所以順著艾斯里的意，帶他來到大廳，交給另一名同事照顧。誰知道，這個男人竟然衝出飯店，應該是擔心被老婆發現他和一個金髮女郎在房間內獨處吧。難道跑掉就可以解決一切嗎？警察遲早會要找他的。

「而且，我剛剛說了，我們有他的證件。」

「旅館正門口有沒有攝影機之類的裝置？」

文森的眼睛亮了起來。「我早就想到了。」

文森先切換到備用錄影機，然後才抽出當時的數位錄影帶，放進播放機裡，轉動大型塑膠旋轉鈕將影帶回轉到凌晨三點的畫面。據他解釋，警察大約就是在這個時間到達現場。他愈是把旋轉鈕往右轉，影片倒轉的速度就愈快。幾分鐘之後，文森放慢轉動的速度，沒錯，確實沒錯，傑克．艾斯里離開了旅館。

「看起來他好像是沿著十八街往南走，」文森說，「現在恐怕已經找不到人了。」

寇瓦斯基看著螢幕，一切似乎都很正常。

「我們等一下，看他會不會回頭。不過，我不知道這對你有什麼幫助，我和你要追捕的那個渾球在一起的時間多過艾斯里。我和他一起搭電梯上樓，所以我一眼就能認出他來。」

「你可以嗎？」寇瓦斯基說，「等等，看那裡。」

螢幕上出現一抹黃色的影子。是計程車，從十八街往北開。寇瓦斯基將旋轉鈕輕輕往左轉，回到幾秒鐘之前的畫面。計程車又出現一次。接著寇瓦斯基將旋轉鈕左轉到底，畫面跟著停格，計程車停在路中間。

「看不到誰在裡面，」文森說，「連司機的手都看不清楚。」

「但是我看得到引擎蓋上的營業執照標誌了。要用哪個按鈕才能把焦點移到這個位置？」

「你讀不出號碼的。」

寇瓦斯基沒理他，轉動更多的按鈕。「你知道那個金髮女郎現在的狀況如何嗎？」

「我聽說她被帶到賓州醫院，但是情況不太理想。那渾蛋可能也對她下了手，擠光她肺裡的空氣，缺氧太久了。你真該去五樓看看。不過你可能已經看過了。」

「我看了。」寇瓦斯基仍然在調整焦距。

「那你應該看到了地毯上的血。人要窒息到怎樣的程度才會開始出血？我是說，那傢伙真是該死，他下手太狠。你剛剛說他曾經混過以色列情報局？」

「他們從不留情。嘿，你這裡有沒有紙筆？我找到號碼了。」

「媽的！你真找到了？你在國土安全局學到這些東西？」

其實不是。在九一一恐怖攻擊之前，在國土安全局（以及CI－六）成立之前，在他還沒為中央情報局效力，甚至還沒有當兵、還沒進入休士頓大學就讀之前，有那麼一段短暫的時間，寇瓦斯基曾經是個迷戀影音設備的怪胎。他在幾場籃球賽中負責操作控制台設備，花了好幾個星期胡搞音效室裡的器材，但也僅止於此。好兄弟哈利曾央求他回去，但是他必須往前看。高中的社團活動多采多姿，寇瓦斯基像隻蝗蟲一樣，什麼都想試，卻都不想深入。即使在高中時期，他就已經不想要有負擔。如果他去參加高中同學會——啊，看了約翰．庫薩克主演的電影[3]之後，他更是一心期待出席——他可以想見老同學或多或少會記得他，但是沒有人真正認識他。

「我們什麼都學一點，兄弟，」寇瓦斯基說道，雙眼直視著文森，「告訴你，我要去查這條線索。如果我逮到這傢伙，一定會帶他回來給費城的弟兄們處置。」

他一邊說一邊按下按鈕，清除了計程車出現在畫面上這五分鐘的數位影像。

凌晨四點二十二分

費城國際機場

飛機在二十二號閘口降落，不到三分鐘之後，操盤手就來到了大得離譜的國際航班入境大廳，大廳的裝潢似乎想要表達出費城身為美國搖籃地的形象。真是自以為可愛。

和他同班機的鄰座乘客似乎不太順遂。那個旅程中不太說話的蘇格蘭佬，膚色蒼白，額頭上的眉毛淡到幾乎看不見。他的雙手長了奇怪的紅疹，一路上拚命抓個不停，從多倫多起飛之後，幾乎沒見他停過手。這傢伙一定是在愛丁堡染上了什麼病了。操盤手一向不接受轉機的安排，如果旅程的起迄點之間沒有直達航班，他就乾脆包機。這次，他也該這麼做。在搔癢先生身邊坐了足足一個半小時，簡直讓他抓狂。此外，他還在臨登機前的最後一秒鐘把目的地由華盛頓特區改到費城。所以，他的心情真是糟透了。他決定一勞永逸地解決這個蘇格蘭人，於是把空服員拉到一邊，亮出國防部的證件，然後告訴她：鄰座的蘇格蘭人如何說個不停，打算在這趟美國之旅使用內裝鐵釘和金屬碎片的土製炸

3 指庫薩克於一九九七年監製主演的喜劇電影《另類殺手》（*Grosse Pointe Blank*），故事是講述厭世的職業殺手返鄉參加十年一度的高中同學會。

彈修理巴基斯坦佬。現在想想，他的方法也許稍微強硬了一點。不過，這個招數徹底解決了麻煩。蘇格蘭搔癢佬想要見到機場入境大廳裡的愛國藝術品，恐怕要等上一段很長的時間。這是說，假如他還有這個榮幸的話。

他搭乘手扶梯經過走廊，然後直接走到外面的計程車排班處。他沒有托運行李。只要是操盤手沒辦法隨身攜帶的物品，他都會在當地購買。

說來有趣，計程車司機是個巴基斯坦人。「我的蘇格蘭朋友會愛死你。」操盤手說。

「先生，你說什麼？」

「別理我。我經常胡思亂想。麻煩到賓州醫院。」

他想知道她現在的模樣。兩個星期的亡命生涯一定會在她的臉上和身體上留下痕跡。過去，他每天都會在實驗室裡看到她，也成了習慣。她對他的看法是否也相同？他還記得高中時代拋棄他的女友，雖然他在六個星期後達陣得分，以性愛做為報復，但是一切似乎都變了調。她看起來不一樣，甚至連嚐起來都不同。這實在讓他失望。

所以，她——這個自稱「凱莉．懷特」的女人——是不是也是如此呢？

瞧瞧，連名字都變了。光憑這一點，就得讓她付出代價。

操盤手在CI－六的聯絡人說過，她「喪失活動能力」，他希望她的情況不至於糟到讓他沒辦法帶她同行。他們兩人之間還有許多事得解決。也許他們可以到泰國的某個祕密監獄去。如此一來，他們又可以再次獨處。就算只有幾小時也好。

零點

賓州醫院

她醒著，卻沒有醒過來；她在這個世界裡，卻又置身於外。她可以感覺到身邊人們的動作、他們的手，以及針頭。自從倒在旅館走廊上的那一刻起，她便進入了這個狀況，而且一直沒有獨處。如果她是獨自一個人，歐森姊妹花早就執行了任務，她也早就死了。

她心想：幾天前，我早該想到這個點子了。接著她想像自己大聲發笑。她也只能想像了，因為她仍然無法動彈。

這讓她難以從目前的困境中逃脫。

喔，今晚她就會喪命。究竟應該算是今天凌晨，還是該說今晚？隨便，都沒關係了。

她閉著眼，只看到眼皮下冒著星星和來去迅速的脈衝。她真希望至少能張開眼睛，看看自己在哪裡。她只分辨得出這裡是醫院，她聽得到儀器的嗶嗶聲和氧氣筒嘶嘶作響，遠處的對講機傳來的人聲，她也能聞到刺鼻的消毒水氣味。如果能知道自己是在哪家醫院裡就好了。

她在都柏林霍爾街上的國立婦產科醫院出生。不知道跟這間醫院有沒有什麼互相對應的關係？說不定這裡是美國的國立婦產科醫院。國家對國家，都柏林對費城。都是移民的最後歸屬。

因為再過不久，她就會被單獨留在病房裡了，接下來，她就會死。

在生命的最後幾分鐘裡——她很確定，絕對是以分鐘來計算——唯一能安慰她的，就是她在過去幾週來的成就。

她嚴重打擊了操盤手。

他絕對不可能完全恢復。

還有，她再也不必看到他的臉：腦袋漸禿的平凡相貌，以及一雙不停刺探的黑眼睛。那雙眼睛像極了蓋住溝渠的人孔蓋，下方流動著危險以及墮落。

她再也不想看到那張臉。

她寧願面對黑暗。

凌晨四點三十分

莎賓馬鞍俱樂部

儘管傑克的提議十分可笑，但是安琪拉似乎在認真考慮。他解釋道，我的隱形眼鏡在幾小時前乾掉了，我只好把它們摘掉。

「告訴你，其實我和大多數的女人一樣，」她告訴他，「我喜歡看。但是話說回來，我一直是個男人婆，也許這才是原因。知道嗎，我的腦筋有點短路。」傑克表示自己能體會她的感覺。其實，不然。

最後，她終於同意將桌子搬近一點，但是她警告他：「如果你搞得我全身都是，我會狠狠揍你一頓。」傑克表示自己完全同意。

但是對傑克而言，等待她搬動桌子的幾秒鐘形同煉獄。

首先是傑克把這十秒數得太快，在他數到十的時候，什麼狀況也沒發生，於是他以為自己沒事而鬆了一口氣，還暗自認為歐森姊妹花的效果已經減弱，要不然，就是他的感染沒想像中嚴重……

隨後他的腦袋深處出現了第一波令人暈眩的絞痛。

不要尖叫。

接下來，他的頭顱彷彿被看不見的皮帶箍了起來，像極了某個人手持鐵棍旋緊皮帶，讓箍住頭的皮帶毫不留情地往下嵌，壓迫到頭皮和顱骨。

如果他尖叫，一切就會結束。

冷冰冰的灼熱針頭刺進他的腦子，在裡面迅速吹起黑色的氣球……

如果尖叫，她會轉身就跑，這麼一來，歐森姊妹花就會收拾你的小命……

然後，安琪拉溫熱的手掌貼住了他的臉頰。「嘿，」她說，「你還好嗎？」

儘管腦袋一片混沌，傑克依然知道感激，他喃喃地吐出一些自己太累之類的說詞。她以一抹不自在的微笑做為回應。「你準備好了嗎？」她客氣地問他。他當然準備好了。這個時候，他願意為她做牛做馬，因為她回到了他的身邊，將他從深淵中拯救出來。他壓根兒沒想到泰瑞莎，也沒想到女兒卡麗。他的心裡只有這個站在他面前，等著看他打手槍的女人。縱情聲色果然容易。

「掏出來。」她下了命令。

她的恥毛剃得精光，看不到任何一絲毛髮。傑克當然在說謊。他的隱形眼鏡完好無缺地戴在該在的位置，他還能清楚看到嗡嗡作響的塑膠龜頭壓向她的陰唇。她用指頭撫摸自己幾秒鐘，應該是試圖挑弄自己的陰蒂。安琪拉抬起頭看著他。

「你的老二？」她朝著他的胯下點頭示意。

傑克伸手掏了掏。他敢說，除了白熱化的恐懼之外，他的腰部以下已經全無感覺，他的雙腿彷彿融入了房間裡的噪音——也就是馬鞍的嗡嗡聲響——之內，待他發現自己開始頗為節制地勃起之後，不由得稍稍鬆了一口氣。

他從褲襠裡掏出自己的傢伙。

安琪拉愉快地低吟，把陰唇湊向莎賓馬鞍，緊繃的雙腿肌肉讓人以為她光是用膝蓋和腳踝就可以把馬鞍夾成兩半。

「快點玩。」她閉著眼睛說。

傑克對自己的欣然從命並沒有太多怨言，他的身體開始起了反應……

「一路摸到底。」

她身後的房門被踹了開來。

有人說：「到一邊去，甜心。我們有些問題要問這個男人。」

傑克一手握著自己的寶貝，眼光順著安琪拉往後看，發現門口站了兩個男人。一個是皮膚黝黑，身穿整套西裝的捲髮男人，另一個青年像極了白人至上擁護者的樣板人物，他同樣也穿著西裝，但是稍微皺了些。相較之下，樣板青年的肌肉比較發達，但是另一個傢伙似乎剽悍結實一些。

「我們沒在你的皮夾裡找到會員卡。」捲髮男人先發言。

「你不是同行吧，艾斯里先生？」他的伙伴說。

「還有，我們知道你不是。我們用你的駕照查過資料，你不是警察。」

嗡嗡聲響停住了。安琪拉靜靜地從馬鞍上跨了下來，拂開掉落在額頭上的髮絲。

「我和別人一起來的。」傑克一邊回答一邊尋找自己辦事的傢伙。喔，天哪，天哪。趕快收起來，動作快。「那個計程車司機。他人還在這裡，送貨過來的那個。」

「那麼，他叫什麼名字？」

「你好像結婚了，是吧，艾斯里先生？」捲髮男人問道：「你老婆現在在做什麼？留在伊利諾州的古爾奈嗎？你覺得，她知不知道你在這裡？」

這個時候，安琪拉彷彿往後漂浮，從地板上撿起自己的衣服。她大感失望，就好像在辦公室悶了一整天的女孩，期待來杯冰啤酒，誰知道啤酒桶的龍頭竟然故障了。她移開的同時，兩個穿著西裝的傢伙圍了上來。

「要不要我們幫你打個電話給她？」樣板青年問道。

「我只想離開。」

「得回去參加媒體座談，是嗎？你是不是為了座談會才來的啊，記者大人？還是說，你想幫我們這個地方寫篇報導？」

如今回頭看，傑克實在想不出還有什麼方法可以讓這個夜晚每下愈況。他來費城的行程簡直是再簡單不過了：和唐納文．普拉特見面，然後避免被痛宰。可是每個環節都出了不可思議的大錯，遠遠超乎他的想像。當然，傑克一直為了缺乏想像力所苦。

就拿眼前的狀況來說好了。捲髮男人拿著手機。「我們現在來打個電話給她，你意下如何？」

傑克根本沒料到這一招。

零點
她腦中的都柏林

但是，那張臉，她現在只看到他那張躲藏在她腦海裡的臉孔，揮之不去，不停地出現在她的眼前。在過去兩個星期的一片混亂當中，她反而比較容易避開他的面孔。那段期間，她得在身邊有人的狀況下忙著訂機位、換衣服、想辦法上廁所。還有，其他的男人。這可能是最艱苦的部分——徹底缺乏個人隱私。即使在他們兩個人還沒有鬧翻的時候，他已經開始籌畫這些事了。在她引發一連串的災難之前，他早就已經拉高了賭注。他，他，全是他。他讓她窒息，讓她不能呼吸，讓她作嘔。她想榨乾他的血。

其實她從頭到尾只想圖個清靜。

就是因為這樣，她當初才會提早離開大學，搬出母親的住處，應徵了《都柏林時報》的廣告。廣告上寫著：「愛爾蘭之虎怒吼了！科技研發領域中令人興奮的新契機。請即回應！都柏林，薩嘉特，西城商業中心。」她寄出履歷，沒有提起自己尚未正式取得碩士學位，也沒說自己目前暫時在書店堆書架，一邊思考日後的發展。在書店打工不足以支付離家生活的費用，但是這個工作可以。而且由廣告內容看來，她的生物學學位似乎可能派得上用場。

兩天後，她驚訝地接到面試通知。操盤手親自到門口接她，她又訝異地發現他是美國人。面談很簡短，他問了許多有關她在哪裡成長，將來想要做什麼之類的問題，然後帶她參觀，並且在安全規定大做文章。她覺得自己彷彿置身於某齣間諜影集裡——像是《雙面女間諜》（*Alias*）或《女王與叛徒》（*Queen and Country*），不但要掃瞄虹膜，還得通過指紋感應器。

操盤手一開始告訴她的，當然是他的假名：麥特．席佛。（後來他眨眨眼，向她坦承：「其實，那不是我的真名。我不能把名字告訴任何人。還有，別說出去，我們其實是英國情報組織MI—五的分支機構。他們提供大筆資金，讓我們進行科技研發工作。」）

他當場就雇用了她。

上班的第三天，他開口邀她共進晚餐。也許他以為這樣已經夠克制了。

他堅持幫她點海鱸魚。她說，她不喜歡帶刺的深色魚肉，況且她住在這裡，對本地風味熟悉得很。但是他告訴她這是最好的一道菜，他要她享用最好的東西。否則，來這裡做什麼？她記得兩人一邊親吻，她一邊笨手笨腳打開新住處的門。她完全沒有料到會有這個進展，進到門裡之後，她一屁股坐在一個日式蒲團上——這是她唯一能從老家帶出來的家具，盯著灰暗的白牆壁看了不只一個小時。她納悶地想，自己是不是從一個監獄跳進了另一個監獄裡。但是，至少她花了二十三年的時間，來學習第一個監獄的家規。

第一個星期還沒過完，他們就開始「約會」。他希望她能加班，協助他進行一些特別的研究計畫，這些計畫可以為他爭取到額外的贊助資金。

他雙眼炯炯有神地解釋計畫內容，她的整顆心隨之雀躍不已。這聽起來的確是值得讚嘆的研究。

近距監控裝置。

再也不會有兒童失蹤。

再也不會有綁票事件。

再也不會有人質。

再也不會有跨國追捕人犯的案例。

她的內心深處有個微弱的聲音說：對，而且再也沒有隱私。但是在幾個月的共事之後，隱私這回事似乎愈來愈不重要。

此外，沒有人能像這些東西一樣。

自我複製的奈米裝置。

「近距監控裝置」，或是她口中的「歐森姊妹花」。

她看到了帳目，大筆資金匯入他們渺小的研究機構，包括麥特和她在內，他們總共只有六個研究人員。沒多久，她便升上研究副主任，薪水高得嚇人，而且麥特還想辦法幫她弄來一張碩士證書——其實她只剩下一個學期半就可以結業，因此問心無愧。她寄錢回家給老媽，結果老爸的第一個反應是：「她去當妓女了。」

然後，她看到了操盤手透過程式刻意隱藏起來的幽靈檔案。這些幽靈檔案就藏在他們每天使用的硬碟裡。

他一定以為她很笨。某天，他的辦公室沒鎖上，她忍不住想猜猜電腦的開機密碼是什麼。於是第二天早上她在鍵盤上灑了些滑石粉。當操盤手登入系統之後，她呼叫他到研究室的另一個角落去。接著，她溜過去檢查他的鍵盤。看出哪些按鍵被碰過一點兒也不難。A、S、E、V、N。

她想了一下，這些字母可以組成哪些字呢？伊凡斯（Evans）？還是凡恩斯（Vanes）？

等等。

還有她自己的名字。

凡妮莎（Vanessa）。

當她進入系統看到他的幽靈檔案之後，不禁開始作嘔。

凌晨四點三十七分

十八街南段

在他領回露營袋之後——嘿，差點把你給忘了，艾德——寇瓦斯基走到外面等計程車。看到停下來的車，他忍不住笑了出來。司機正是昨晚送他到機場去的同一個人，當時這個皮膚黝黑的傢伙不停碎碎唸著定價計費的事。他真想知道到傑克．艾斯里去的地方有沒有定價。把乘客從美輪美奐的市中心區帶到任君挑選的變態性虐待低級夜總會：定價計費。

這個聲名狼籍的夜總會還真令人讚嘆，讓雙方各自自慰。寇瓦斯基用他從錄影帶中取得的號碼，以強硬的態度迫使計程車行說出司機的名字。隨後，他撥了另一通電話，找出司機的手機號碼。他立刻撥打電話給司機，稍微威脅了幾句，就得到了俱樂部的名字和地址。據司機的說法，沒錯，他的好兄弟傑克還在那裡。在俱樂部裡面的小房間裡享受美好時光。「花了一大筆錢買通我，要我帶他進去，」司機如此說，「我連他現在在哪個房裡都不知道。」

接著，寇瓦斯基打電話給他最欣賞的怪胎席維斯，事先問到了一些資訊。席維斯的打扮活像個嚇人的吸血鬼，曾經在布朗克斯區住過一段時間。寇瓦斯基才不會像傑克那個白癡一樣，隨隨便便就走進那種俱樂部。

席維斯說，就某個層面來看，這個惡名昭彰的地方還算保守。裡面的客人大多是已婚男人，會到這個地方，是為了一邊欣賞女人騎到電動馬鞍上搖擺，一邊動手讓自己爽。用比電動工具多一倍馬力的裝置來刺激陰蒂，別說男人愛，女人還**更是愛**。他們可以盡情呻吟、囈語，或是汗流浹背，但是誰都不可以碰誰，因為如此一來就會構成通姦。

哈！人這種動物有時候還真好笑。

但是傑克這位快樂先生為什麼要到這個地方去？他先遇到某個淫蕩的金髮女郎，接著差點被勒斃，所以要到值班人員放鬆用的自慰俱樂部爽一下？

除非……

除非他不想獨處。

除非他知道獨處會帶來慘烈的命運。

「第三街和春日花園街的交叉口，」寇瓦斯基告訴司機，「從這裡過去，會不會剛好有什麼固定價碼？」

零點

她腦中的都柏林（續）

噢，有的，她事先做好了準備，才與他正面抗衡。這不是個輕率的決定。首先，她借用了凱莉．朵蕾絲．懷特的身分，她這名童年好友因為腦癌過世。凡妮莎有凱莉的出生日期，不難為凱莉還魂，於是她決定從駕駛執照開始，儘管她得再次經歷令人膽怯的駕照考試，但也只好硬著頭皮去考。她通過考試取得執照，這和她的第一次經驗不同，當初她沒考過，等了將近一年的時間，才等到第二次考試機會。接著，是信用卡。凱莉．朵蕾絲．懷特因為過世了將近十七年之久，所以她的信用完美無瑕。凡妮莎用這些東西申請了護照，取得身分的最高標準文件。如果她必須在哪天消失，只要變身為凱莉・懷特就行了。

這段期間，她很難掩飾自己的情緒，只好開始保持距離。是啊，你要怎麼假裝愛一個你打算摧毀的人？

操盤手料到會有大事發生，於是他頻繁地打電話，也會毫無預警地來訪。之後，還會再打電話給她，確定一切正常。

她告訴他，她想要保留一些個人空間。

「空間。」他說道。

「對，不過是空間而已。」

「和其他人約會的空間。」

「不，不是這個意思。」

「空間。」他重複這個字眼。

她匆匆打包，收拾了隨身碟、文件，用小罐子裝了些「近距監測裝置」的樣本。她整理好一份包裹寄給位於倫敦的MI－五總部，將另外一份資料收拾在行囊裡，和凱莉・朵蕾絲・懷特的證件、信用卡和護照放在一起，隨身攜帶。

當她再也無法忍受的時候，她約他在斯丹帕餐廳共進晚餐。他們第一次約會就是到這家餐廳。她堅持要他點海鱸魚。

在紅葡萄酒到入杯中之後，她告訴他：「你不能做完這個計畫。」

他沒說話，只是直直地盯著她看。

她繼續說：「我們所研究的，和你當初告訴我的完全是兩碼子事。我以為我是在幫助你研發拯救生命的工具。但是你卻在研究如何按下一個按鈕，來殘殺數千條人命。你根本不隸屬任何單位。我查過資金來源了，麥特。我們算不上是ＭＩ－五附屬研究機構。我們是個旁門左道的實驗室，你打算製造出這個裝置，誰出價高就是買主。你甚至在美國政府內部都有幫手。我要阻止你。阻止你們。」

「真的。」他說。

「麥特，ＭＩ－五已經拿到他們需要的證物了。你完了。」

「有意思。」他說。

兩個人都沒有喝杯裡的紅酒。

「那麼，妳說完了嗎？」他問道。

凡妮莎小心翼翼地點點頭。他在玩什麼把戲？為什麼一直盯著她看？

麥特，或稱操盤手——反正兩個都是假名，天知道他出生的時候叫做什麼名字——啪一聲把某個東西放在桌上。那是一個厚厚的信封。凡妮莎認出了上面的筆跡。

這是她寄給ＭＩ－五的信封，裡面裝著滿滿的資料。信封貼了郵票，卻沒有送達收件人的手上。應該是從郵筒裡拿出來的。他怎麼會知道？

「而且，我也知道妳上傳了病毒。」他說。

共進晚餐的一個小時之前，她用載滿超級病毒的黑市光碟感染了實驗室裡的每一架電腦。她以為自己解決了歐森姊妹花。

他伸手橫越桌面，抓住她的手。「讓我來告訴妳，什麼叫做需要一點空間。」

事到臨頭，她才看到他右手拿著的注射筒。他將針頭插進她前臂的肌肉，按下活塞推桿。

「空間，」他說，「最後的防線。」

「像妳這樣的女人不配有空間。所以，我處理好了。在妳破壞系統之前，我就已經下了指令。知道嗎，妳馬上就要為自己的所作所為後悔。因為，我幫妳準備了一個非常特別的東西。」

「你做了什麼事？」她問，但是她的心裡清楚明白。幾個月以來，他一直試著說服她來擔任研究計畫的實驗對象，但是她不願意。不必靠這些裝置，他就已經輕易地滲透到她的生命當中。如果有了歐森姊妹花，後果更是可想而知。

她馬上就要體驗這個後果了。

「除非妳身邊十呎之內隨時有人，」他說，「否則妳會死。」

他喝了一大口紅酒，杯子幾乎見底。

「看來，妳終究還是成了這個實驗計畫的天竺鼠。我要特別強調『鼠』這個字。」

他拿起鋪在腿上的餐巾，把椅子往後推，站起身來，然後折好餐巾放在他面前的空盤子上。他們點的餐還沒送上來。

「祝妳幸運了，蕩婦，」他說，「希望早日看到妳的驗屍報告。」

凌晨四點三十八分

莎賓馬鞍俱樂部

電話傳出撥號音，按下十個號碼之後，再按下通話鍵。他們把手機壓在他的耳邊。「跟她說，『嘿，親愛的，是我。』」

一響，兩響，三響。

「夠了，算你們有理……」

「喂？」泰瑞莎的聲音聽起來很奇怪，也許她張著嘴睡覺，所以口乾舌燥。

他們把手機推到他的臉旁，他的耳朵開始抽痛。

捲髮男人沒出聲，打著手勢要他：告訴她。

「嗨，甜心，」傑克說，「是我。」

「什麼？你是誰？」

捲髮男人拿開電話，放到自己的臉頰邊。「妳好，艾斯里太太。妳今天早上還好嗎？希望我沒把妳給吵醒。聽著，我和妳丈夫傑克在外面鬼混，要告訴妳一件不可思議的事。」

「**別這樣做**。」傑克咬著牙低聲說。

捲髮男人朝他瞥了一眼，接著翻個白眼，開始在房間裡踱步。他向傑克伸出手，手掌朝上，彷彿在說：孩子，你給我安靜一點，我在和你老婆說話。

白人至上樣板青年旋轉碟形螺帽，鬆開傑克腰上和手肘上的金屬環箍。「別動。」他警告傑克。傑克從固定在牆上的環箍脫身，舒展發麻的右手指頭。

「嘿。」

傑克抬頭看樣板青年，後者朝他的腹部揮出一記鐵拳。傑克彎下腰，跪倒在地。

樣板青年拎住傑克的襯衫領口，拖著他滑過水泥地板。

傑克心想：至少他沒把我一個人丟在房間裡。接著他開始咳嗽，他敢發誓，自己嚐到鮮血的滋味。

零點

她腦中的都柏林（續）

剛開始的幾天她在都柏林一帶來來去去，不敢到別的地方，害怕回家，擔心會牽連家人。所以她到酒吧，接著到大學時代前任男友的臥室裡去。她打算在他的住處躲一個星期，試著聯絡MI—五的人員。然而他只想和她再上一次床，以性愛報一箭之仇。他現在已經有了新的女友。「現在妳回到我身邊，」他說，「我才想起來，妳的床上功夫遜斃了。」

他在一場派對上對她說了這些話，派對結束後，她便和主辦人混在一起。主辦人是前男友最好的朋友，名字叫做JJ。她知道JJ一直對她有非分之想。他們並沒有上床，因為有幾個落單的狂歡客不想開車離開，並決定夜宿在JJ家客廳的地板上，所以JJ和凡妮莎陪他們留在客廳。兩人擁吻了好一會兒，他開始撫摸她的胸部，還想伸手往下探。但是她努力將他的注意力引回到胸部。

第二天早上，當大夥兒還倒在地板上呼呼大睡的時候，JJ因為終於釣上了朝思暮想的凡妮莎．瑞登而得意洋洋，這時他的手機響了起來。同一個時候，凡妮莎開始擔心，幾乎抓狂。接下來她該怎麼做？她不可能和這傢伙永遠待在一起。而且，她急著上廁所。真的很急。而且，不只是小號。但是浴室離客廳的距離不止十呎，在公寓的另一側。

JJ放下手機，臉色蒼白。

「是肯恩。」他低聲說。

肯恩是她的前任男友。

「怎麼了？」凡妮莎問道。

「肯恩死了。唐娜在浴室裡發現他，流血致死。」

ＪＪ情緒崩潰，雙手掩臉開始哭泣。凡妮莎還無法了解。肯恩？死了？這小子不過才二十四歲而已。不可能是吸毒，肯恩一向反毒。她前一天晚上還和他在一起，而且……

等等。

不，不可能是這樣。他不可能從她身上感染到歐森姊妹花，這些裝置必須經由注射，直接進入體內。如果可以透過唾液傳染，這證明它們以破天荒而且是無法停止的速度自我複製。

除非操盤手修改了程式。

該死！他一定就是這麼做的。喪心病狂的王八羔子。

這時候，她才明白操盤手陷得多深。不只是她，包括她所愛的人，所慾求的人都要受害。連她親吻過的人都不放過。

接著，她突然想到一件事。

她喊道：「ＪＪ。」

沒有回應。她站起來，雙腿麻得發癢，搖搖晃晃地繞過睡在地板上的人，走進了浴室。大家都還沒醒過來。她聽到門的另一邊傳來流水聲。她靠在門邊。浴室不大，她和ＪＪ之間的距離絕對不可能超過十呎，他可能就在洗手槽邊用冷水潑臉，想要洗掉淚水。她想告訴他：你不必覺得尷尬，尤其在我——害死你最好朋友的女人——面前，更是如此。

「ＪＪ。」

還是沒聲音。

接著她驚駭地頓悟，一把推開門，看到ＪＪ倒在冰冷的白色地板上，到處是血。

到處都是。

凌晨四點三十九分

藤蔓街快速道路

操盤手把搭乘計程車的時間用來幻想。他發現，對於她能存活這麼久，他還頗為高興。儘管她看起來學究味十足，又常常露出無助的樣子，但是她一直懂得善用人脈。他早就猜到她會往遠處跑，但倒是真的沒想到她會撐過兩個星期。凡妮莎一定是挖到了深井，掘出了用之不竭的法寶。

放在外套裡的手機在震動。他從口袋裡掏出手機，掀開機蓋。他在CI－六的聯絡人打電話過來。六個月前，他在實驗室做導覽的時候見到這個女人。當時他還在向國土安全局搖尾示好，在他們的面前展示一些令人印象深刻卻華而不實的成品。

這個女人負責接待買主。

「寵物店男孩」的那首歌是怎麼說的：我的腦子加上妳的外貌，咱們賺大錢去吧[4]。剛好，他手上有完美的殺戮機器，而她掌握了關係。大錢理所當然要跟著入袋。

感謝南茜，那是他的雙面間諜。她一方面假裝追蹤這個神祕的「凱莉．懷特」，另一方面還要安

4 引自寵物店男孩所唱的〈機會〉（Opportunities）裡的歌詞。

排拍賣競價。翹唇南茜談定生意。她不是凡妮莎，但是……嘿，他不能因為南茜不是愛爾蘭人就嫌棄她。沒有人會相信他當初就是為了這個理由，才會把實驗室設置在愛爾蘭。他就是**喜歡**愛爾蘭女人。

「我在費城。」他告訴南茜。

她喃喃地說些像是道歉的話，這對她來說並不尋常。但是話說回來，她也的確讓他失望。下次，當他們再見面的時候，他一定要當面讓她知道。現在時機不對。

「你決定好交易地點了嗎？」

「堤華納，」他說，「我有個朋友在某年春假時去過，一直念念不忘。我早就想去看看。」

「恰好在墨西哥，還真方便。」

「這也是其中一個因素。我安排妥當之後再打電話給妳。現在呢，我準備去向那個蕩婦致上最後的敬意，所以我會關機。我不想讓任何事妨礙我們最後的相處時光。」

這不是真的。如果凡妮莎還活著，他會一直留她活口，直到他玩膩為止。不過，沒必要惹南茜嫉妒。

零點

她腦中的都柏林（最後的回憶）

靠著JJ滿地的血，她才度過這個關卡。她整個人在一瞬間有了改變，而且是永久的變化。她看到的景象再也無法抹滅，她再也不可能是以前那個凡妮莎了。她為此而憎恨操盤手。

另一個讓她憎恨他的理由是，在她目睹幾小時之前與自己擁吻的男人滿身是血倒在浴室時，心裡最急切的想法卻是：趕快用廁所。她不知道自己會不會有下一次機會。這就是她在高中時學到的「馬斯洛需求」理論[5]。拿排泄的迫切需求與對死屍的尊重來互相比較？門兒都沒有。需求一定會戰勝。她蜷著身子上廁所，以免接觸到JJ的屍體。她為此厭惡自己。但是她更恨操盤手，因為是他讓她如此不堪。

從這一刻開始，焦土政策成為這場戰爭的唯一準則。

她要盡一切力量來毀滅他。

在接下來短短的幾個星期中，凡妮莎掌握了幾個技巧。巧遇已婚男人，誘惑他們。在多數的時間裡，這並不難，這些男人在酒吧裡就已經想要霸王硬上弓了。但是她會說：「不，不要在這裡。」她會要他們帶她回住處，或是開個房間。最好是旅館。讓他們為她點份客房服務的晚餐，邀她上床。

第二天早上她會打電話叫計程車，然後聲稱她的伴侶會施暴，要司機來護送她上車。當她又哭又鬧的時候，她的男伴絕對樂於擺脫她，但是在她離開之後，快樂時光只持續了約莫十秒鐘。歐森姊妹花在幾個小時之內，就會在血液裡自我複製到足以取人性命的數量。

好處是，受害者通常不會叫喊。這個方法操作過兩次之後，她就沒那麼在意了。畢竟這些男人都是姦夫。

到了第五次謀殺的時候，她知道一定會有人開始追蹤她。她留下來的屍體太多，難以忽視。難道

5 Maslow's Hierarchy of Needs。馬斯洛主張人類需求可分成五個層次，最基本為生理需求，往上則有安全、社會、自尊，以及最高的自我實現需求。

沒有人為受害者做血液檢查？看看裡面有什麼東西嗎？她本來期待能聽到鼓譟的輿論：**駭人聽聞的謀殺案，國內紛紛出現腦漿迸裂的男性死屍。**她打算等到舉國嘩然，連CNN主播安德森．庫伯都開始報導的時候，自己到《紐約時報》去投案。

但是，什麼也沒發生。

那些該死的記者都上哪兒去了？

如果這些男人帶著體內的歐森姊妹花一起入殮，那麼她的這趟復仇之旅就失去了意義。

她逐漸失去希望，而且筋疲力盡。她的身體開始排斥不正常的作息和肉體的過度濫用。她可能已經瘋了……呃，她的心智亟需休假。

然後是一天之前，她在波士頓搭機前往費城，在機上突然聽到有人說：「喔，你是記者嗎？」

她一定得抓住這個男人。

傑克．艾斯里，記者。

她的傑克，她的救星，她的最後一線希望。

凌晨四點四十二分

第三街和春日花園街交叉口

傑克朝人行道上啐了一口血，不明白自己為什麼還沒死。是說，他當然會想盡辦法避免這種情況發生。他一路高喊加上哀求，還緊緊抓住樓梯間的鑲板，但是樣板青年比他來得壯，而且哭求好像反而更惹他生氣。傑克毫不體面地被扔到街上，他們還警告他別想要再次回到這個地方，更別提回頭來寫報導。否則，他們會對他的妻女下手。

街上一個該死的人影都沒有。

所以他開始納悶了，他的頭為什麼還沒有開始抽痛？難道歐森姊妹花故障了嗎？

「你最好滾開，渾蛋。」

「屁蛋！」

「欠揍的屁蛋！」接下來是一陣彷彿肺部喀喀作響的沙啞笑聲。

傑克轉過身。

在他身後六呎外的陰影下至少有兩個人。染上毒癮的妓女。連女毒虫都開始嘲笑你的時候，任何人都該知道自己又進入了史無前例的新低點。但是，只要她們待在這裡，他就不會有事。他就有餘裕呼吸、思考，還可以抹掉嘴巴和鼻子上的血。而且，瞧瞧，他的襯衫上全是血。也許是他太大驚小怪了。說不定他該和這兩個女毒虫相伴幾個小時，直到毒藥解決掉他為止。至少，他的腦袋不會爆開，也許和她們聊天會是件有趣的事。可不是嗎，生命處處都是有趣的抉擇。

也許他可以提議付錢，和她們坐一會兒。

但是，不行。他連這樣都做不到。他的皮夾在樓上，永遠都沒法拿回來了。他說什麼也不願意回去拿。

也就是說，另一趟飛行旅程泡湯了。

也就是說，他困在這裡，極可能葬身此地。

除非他撐到——幾點，八點嗎？費城的聯邦調查局辦公室是不是八點開門？還是說，他們的辦公時間是早上九點到下午五點？

「肛交男！」一個女毒虫喊道。

「肛交**大師**！」另一個又喊。

他連聯邦調查局的辦公室在什麼地方都不知道。會不會在市政廳附近？他從春日花園街往西邊看，看到自由廣場上幾棟大樓的樓頂和零零散散的高樓，但就是沒看到費城市政廳鐘塔上的黃色鐘盤。真好笑，他原本以為在早上八點到索菲特旅館赴約之後，他會有用不完的時間去觀光。不管凱莉·懷特怎麼說，他還是想參觀自由鐘。

「戀肛癖！」

「嘿，去妳們的！」

其中一個朝他扔了一個酒瓶，落到他前方的人行道上砸成碎片。

「**渾球**！」

「給我一塊錢，**渾球老兄**。」

他來回看著春日花園街，一輛黃色的計程車也沒有。什麼都沒有。但是對街有個加蓋強化玻璃頂的巴士站，柱子上還寫著「四十三」幾個白色的小字。有個身穿正式襯衫和黑色長褲的女人站在候車棚下，棕色的頭髮塞在耳後。

媽的，他走運了。

是俱樂部裡的安琪拉。

他唯一的希望。

儘管傑克總認為自己是未可知論者——那是因為有好些年，他被迫坐在天主教堂裡聆聽講道——

但是他仍然不時會注意到事物似乎自有定數。他相信冥冥之中的確有一股超乎一切的力量在運作。如果懂得看徵兆，就可以找到出路。他稱之為宗教上的蝙蝠俠理論。披著披風、行俠仗義的蝙蝠俠一天到晚告訴他的助手羅賓：「在每處陷阱裡，都找得到逃脫之道。」如果人生是一個陷阱，那麼其中一定有解決的途徑。就算是陷阱收網迅速，裡面光線昏暗，出口愈來愈窄，這個道理仍然相同。因為，她——安琪拉——在那裡。如果不是冥冥之中的安排，她怎麼會站在角落裡等巴士？她可以有輛車停在俱樂部後面的停車場，可以要朋友來接她，甚至大可叫輛計程車。但是，結論偏偏是以上皆非。

「祝妳們有個愉快的早晨，女士們。」傑克話畢起身，拍掉手掌上的灰塵。剛剛他被拖過水泥地板的時候，手掌磨破了皮。

春日花園街的遠處有一輛巴士開了過來。他勉強看到巴士前端的數字：四十三。

「渾球怪咖！」

傑克衝向對街，跑到了半路，才發現自己的右腿十分疼痛。他不知道這純粹是因為腿麻，還是當他摔到人行道的時候傷到了腿。

當他衝到路中央的時候，頭開始猛烈抽痛。

喔，天啊。拜託別這麼快。

他全力衝刺穿過馬路，在接近巴士站的時候才減慢速度。他最不樂見的狀況就是嚇到安琪拉，讓她落荒而逃。這幅景象大概可以讓那幾個女毒虫捧腹大笑：「看看那個白人煞車的德行，他八成會絆倒自己！」

傑克以為安琪拉的注意力全都放在愈來愈接近的巴士上。她伸手在長褲口袋裡，摸索零錢準備付車資。她看都沒看他一眼，就說：「你以為你在幹什麼？」

「這真是爛透了！」

巴士靠站，司機用力踩煞車，尖銳的聲響穿透了破曉前的寧靜。巴士引擎隆隆作響，踏板還固定在車架上沒脫落，這真是個奇蹟。油壓裝置發出嘶嘶聲，彷彿憤怒的鼻息，接著兩扇車門顫危危地打了開來。

安琪拉上了巴士，把零錢丟進司機身邊的投幣箱裡，接著直接走到巴士的最後一排坐下。傑克靠上前去，想趕緊看看車資。這簡直是霧裡看花：轉車、分區、基本車資……看到了。兩塊。兩塊美金？

「搭公車。」他喘著氣說。

「搭一次車要兩塊錢美金？」

「兩塊。」司機說。他的雙頰上已經冒出了鬍渣，眼眶泛紅。

傑克伸手到褲子後側的口袋，接著才想起皮夾在哪裡。不！不，不，不。試試左邊口袋，沒有東西。右邊口袋……喔，感謝老天爺。他摸出一張十塊錢鈔票，是昨天晚上在機場酒吧裡找開的零錢。

「你能找錢嗎？」

司機嘆了一口氣。「不找零。」他朝車資表的位置揚了揚下巴。

「好啦，兄弟。你不能賣我一張一日券之類的車票嗎？」

司機沒有回答，傑克的問題似乎有辱他的身分。「要搭不搭隨便。」

傑克一邊咒罵，一邊把十塊錢鈔票塞進投幣箱裡。現在，他真的是連一文錢都沒有了，他沒有信用卡，還和一個對他下了毒而且將某種殺人奈米裝置傳染給他的女人一起困在一個陌生的城市裡……喔，而且，他在這裡唯一的朋友是個義大利餐廳的女侍，她在下班後會出入某種怪癖俱樂部，讓一些下班警察付錢看她騎上裝了人造陰莖的馬鞍作樂。

「你的轉乘券。」司機遞給他一張白色的薄紙片。

巴士往前開。

凌晨四點四十五分

聲名狼籍的俱樂部

寇瓦斯基向計程車司機道謝，塞給他一張十塊錢鈔票，拎起座位上的露營袋——想想看，如果把艾德的腦袋留在計程車後座，接下來會發生什麼事。他可以想見當地小報的標題：「喔哦，掉了什麼東西嗎？」或是「如何在跑車這一行拔得『頭』籌」。艾德不該被沒有營養的小報拿來當笑話糟蹋。門邊咖啡色塑膠外殼的對講機傳來聲音，要他報上密語。席維斯——也就是寇瓦斯基那個裝束怪異的線民——稍早已經把密語告訴了他：「大眼珠骷髏」。（嘿，這還不算是最糟的密語呢！）寇瓦斯基說出密語，門鎖嗡嗡響，接著咔噠一聲打了開來。席維斯是個讓人頭痛的人物，但是他提供的消息多半都很到位。看來，寇瓦斯基得賞他一些紅利，讓他去買一副吸血鬼假牙。

現在棘手了，他必須在這個祕密性愛俱樂部裡找出一個不想被人找到的白人。但是在接下來的十秒鐘裡，寇瓦斯基只看到一顆顆理著平頭的腦袋、靠假日練出來的肌肉，以及天主教學校出來的那種好男孩裝扮。他知道這下可以安心了。

這是個專供警察出入的性愛俱樂部。

「嗨，兄弟。」他邊說話，邊伸手環住離自己最近的壯漢。他亮出國土安全局的證件，壯漢雙眼一亮。好欸！他看到了折射防偽的老鷹圖紋。

熱門貨，對吧？

「我在找一個剛剛可能來過這地方的人。」

「喔，我知道你在說誰。」壯漢拚命壓下臉上的笑容，說：「你要他的皮夾嗎？」

凌晨四點五十二分

賓州醫院

警衛沒給他好臉色。事實上，警衛正在找他麻煩。「這張識別證證明了我為國防部工作，」操盤手說，「我知道你受的教育有限，可能只有高中程度，對吧？但是，即使是**你**，也應該可以用愚蠢的心智能力來判斷：**國**．**防**．**部**這幾個字是很重要的，對吧？而且你應該知道，我只要撥一通電話，你今天下午就得乖乖到失業救濟處去排隊了。現在你給我打開門，讓我進到醫院的電腦系統裡，否則我會讓你好好領教政府組織**真正**的運作。」

他的威脅很重，但其實這個眼皮發沉、臉色發黃的傢伙只不過問了一句：「這是哪個單位的證件？」說不定他根本沒有打探之類的意思。

警衛打開門，操盤手又瞥了他一眼，本來想要拿走警衛掛在皮帶上的識別證和配件，但想想算了，他有正事要做。

他沿著白色的走廊往前走，這地方真需要重新粉刷，一刻都不能拖。他繞過接待桌後面，移動滑鼠，啟動搜索病人的程式。

可能要找無名氏，對吧？除非她還在用凱莉．懷特這個愚蠢的化名，打算一路用到底。

哈，找到了。好欸，凡妮莎。她用了真名。

八〇三號房。

凌晨四點五十五分

佛藍福高架捷運線，春日花園站

傑克數著秒數走到巴士後方的時候——多謝歐森姊妹花，他領教過頭痛的滋味了——他的救星安琪拉正好站起身子，拉動窗子上方的白色繩索——無聲的下車鈴，只有巴士前端的顯示板上同時出現幾個字：「乘客下車」。

「我能和妳談談嗎？」

「不能。」安琪拉說完話，擦過他的身子往前走。

「一分鐘就好。」

「媽的。」她這句話不是衝著傑克來的。她握住公車後門邊的鐵扶手。四十三路公車在高架橋下方停在春日花園路邊。傑克環顧四周，只看到積滿陳年鴿糞的人行道和水泥牆。她在這裡下車做什麼？

巴士停了下來。油壓系統又一次嘶嘶作響，停了一下之後，車門往兩邊打開。安琪拉迅速地走到車外。

他只能在安琪拉和巴士司機之間選一個人。說實在，這不必多加考慮。因為傑克發現這裡是巴士的終點站。

他沒時間去思考為什麼自己花了十塊錢搭車，結果只來到兩個街口之外的地方。因為安琪拉正走向一處蓋在高架橋支柱之間，看似車站的地方。儘管時間還早，太陽幾乎還沒探出頭來，傑克卻已經感覺頂上有車子的震動和隆隆聲響。他看到一個指示牌：「佛藍福高架捷運線」。好耶，芝加哥也有高架線，而這裡是費城的捷運站。

轉乘券很好用，這張紙條讓他進入了月台。

傑克擠過旋轉門之後，看到牆上的架子擺了許多小冊子，原來是時刻表。也許裡面會有地圖。喔，高高在上的主宰者啊，如果祈求時刻表裡附張標示出聯邦調查局辦公室位置的地圖，會不會太過分？那地方算不算名勝古蹟？說不定捷運可以把他載到那附近去。他可以跟在某個早起的通勤族身後走到聯邦調查局辦公室，然後溜進前門，找個接待員，告訴她：「我現在就需要協助。」

但是，就算有通勤的人潮，也得等到晚一點的時間才會冒出來。

月台上只有其他兩個人，一個是安琪拉，另一個是穿著條紋襯衫，年紀較大的男人。這種粗細不等的彩色條紋襯衫至少在十五年前就退了流行。這傢伙一邊肩膀是紅色，後腰是藍色，身上還有一些橘色和黃色的條紋。傑克有個大學同學就有一件這種襯衫。他記得這個樣式只流行了五、六個星期。

穿條紋衣的男人站在月台邊上，面對著市中心區。安琪拉在另一邊，也就是朝佛藍福方向的月台。

傑克急急忙忙地走到條紋衣男人的身邊。在他想出下一步之前，沒必要嚇到安琪拉。他翻開時刻表。裡面沒有地圖，但是上面標示出早晨的第一班捷運會在五點零七分左右抵達，再過幾分鐘就到了。

不好。瞧，安琪拉走到更遠的地方去了。他不能讓她離得那麼遠。他必須在幾秒鐘之內，在頭痛還沒有發作之前，先修正這段距離。他要怎麼說，才能讓她相信這個故事？他現在終於明白凱莉行銷手法的重點所在了。下毒只是個手段，好讓他獨自留在房間裡，專心聆聽她說話。結果，一直到為時已晚之後，他才相信她的說詞。

對於說服安琪拉，他有幾成把握？

太陽彷彿雪茄紅通通的菸頭般，從地平線上升起，河邊兩棟尚未完工的大樓沐浴在光線之下，溫度明顯升高，濕氣讓傑克的前額開始冒出汗珠。

他該對她說些什麼？

他總會想出個辦法的。眼前最重要的是靠到她身邊，但不要嚇到她，只要靠過去，並且保持禮貌距離——比十呎，或是休旅車的長度少那麼一點點就好。

她瞥見傑克靠過來，於是愈移愈遠。

傑克不想死在這個潮濕的捷運月台上。

這時候安琪拉走得更遠了。

他能對她說些什麼？

零點

賓州醫院

真實的世界有了動靜，醫師試著幫她接上機器，想要知道她為什麼沒有反應。有人在她身上插了點滴注射針筒。也許他們幫她接上的是先進儀器，可以判讀她血液當中的歐森姊妹花。當然，也可能無法判讀。

接著有人撐開她的眼皮。手指冰冷，皮膚粗糙。光線十分刺眼，但是無礙於她的視力，她看到他的臉。

操盤手俯身看著她。

「啊，妳染了頭髮。」

獨門解藥

科學家認為，在兩百年之內，天生的金髮女郎會消失殆盡。

德國研究團隊表示，天生金髮的人類是瀕臨滅絕的人種，在二二〇二年會全部消失。

——BBC新聞網

凌晨五點零五分

聲名狼籍的俱樂部

寇瓦斯基坐在莎賓馬鞍俱樂部裡等他們拿傑克．艾斯里的皮夾過來時，他想起去年十二月讀到雷蒙．錢德勒在《湖中女子》裡寫的一段話：「要知道，婚姻就是這樣，沒有例外。在婚後，過了一陣子，任何一個像我這樣素行不良的平凡男人都會想要去享受腿的感覺，別人的腿。也許這很差勁，但事情就是如此。」

當時，他和死去的未婚妻凱蒂待在紐澤西州斯托克頓的一間民宿。那地方在紐約市的南邊，開車大約要九十分鐘，是凱蒂最喜歡的去處，但卻是兩人第一次一同前往——那也是他們第一次睡在同一間房裡，畢竟距離他們初次相遇也才不過一個多月。他遇上凱蒂，是因為她哥哥看中休士頓某家運動機能食品公司剛募集的一大筆款項，打算行搶，便留下凱蒂在「鹽草餐廳」裡啜飲加了冰塊的奇瓦士。一名美麗的女子在休士頓的酒吧裡獨飲蘇格蘭威士忌——在此之前，寇瓦斯基以為自己看的美女夠多了。

她哥哥派崔克不喜歡她和別人約會，所以兩個人一開始只能偷偷摸摸地幽會。在斯托克頓的那個週末算是兩人真正的初次約會。他們探索對方的想法，共飲奇瓦士，並假借按摩名義脫掉彼此的衣服。

寇瓦斯基坐在凱蒂身後，翻閱她帶來的《湖中女子》，大聲讀出錢德勒的這段文字。凱蒂聽了立刻說：「你去試試呀，你不但能帶一條血淋淋的腿回來，還可以當下一個受害者。」

寇瓦斯基完全同意。從那時候開始，兩人就有了長相廝守的默契。

至於腦中閃過的俱樂部呢？根本全是「別人的腿」。

但是他有什麼資格評論別人？到最後，他還是沒結成婚。他從來就沒那個機會，甚至不覺得自己會成家。

然而他還是討厭腦中閃過的想法：有朝一日他終究會來這種地方廝混，在某個缺乏父愛又慾火焚身的女人面前打手槍。

「來了。」

寇瓦斯基接下皮夾，單手翻開薄薄的黑皮夾。裡面沒太多東西，只有伊利諾州的駕駛執照、加油卡，還有一張信用卡。皮夾的摺袋裡只有一張照片，那是一個大約四、五歲的漂亮金髮女孩。寇瓦斯基一向不擅長猜年紀。他抽出照片，看到照片背面有「保羅攝影」的印章，還有手寫的「卡麗」。

他們來不及為寶寶取名字，還太早了。她死的時候，才剛懷兩個月的身孕。但是，卡麗。這個名字很美，可以納入候選名單。

如果凱蒂沒被殺，他們現在可能要開始挑選名字了。

好，K先生，費城南區屠宰手。夠了。

別再想了。

找出傑克，讓他說出一切，然後準備下一步行動。他的管理人遲早會強迫他表態，有備無患。

「他什麼時候離開的？」

「布萊特把他扔出去的。蓋瑞，大概是什麼時候？」

「大約在二十分鐘之前。我說啊，你才剛剛錯過。」

「那傢伙是個渾球。你真該看看他女伴的表情，迫不及待地只想趕快擺脫他。」

寇瓦斯基分不清誰是誰，這些人全理著小平頭。反正，這也沒什麼關係，對吧？

傑克搭計程車來俱樂部，自己一個人留下來。假設他必須和某個人保持固定的距離好了。但是，他不太可能和別人一起離開，因為他是灰頭土臉地被攆出俱樂部。接下來的幾個可行之道是搭上另一輛計程車、偷開別人的車，或是劫持一輛有人開的車等等。後兩個選項可以刪除，傑克不會來硬的。除了這些，還有什麼方法？

「這附近有沒有什麼公共運輸系統？」寇瓦斯基問道。

「再過兩條街，就是佛藍福高架捷運線。」

「其實，」不知到底是叫做蓋瑞還是蓋利的傢伙開口說，「春日花園站的第一班車大概這時候發車。」

廳裡半數人都轉過頭來看他。

「喔，拜託，你們這些傢伙。因為我妹夫是捷運警察，把時刻表當命看，所以我才會知道的。」

寇瓦斯基先消化得到的資訊。計程車還是捷運？只有一個方法可以知道，而且不難。他環顧四周。這群渾蛋傢伙當中，一定有人騎車。

「來，兄弟們，」他用右手掏出放在胸前口袋的國土安全局識別證。這個動作為他的手腕帶來一陣劇痛，手腕的傷勢愈來愈嚴重了。「你們有誰願意幫美國政府一個忙，順便賺五千美金當外快？」

凌晨五點零七分

春日花園站

隧道裡出現兩盞明亮的車燈，順著軌道往上爬，來到水泥月台邊。這就是高架捷運車廂。一整個晚上，傑克直到現在才終於有種進到勢力範圍的熟悉感。他對芝加哥和高架捷運瞭若指掌，那麼，在費城搭車會有多難？電聯車搖搖晃晃，嘶地一聲停了下來。車廂門打開。

廣播傳來機械化的聲音：**佛藍福高架捷運線東向列車，每站停靠**。

第一波失望的感覺湧現了：高架列車裡空蕩蕩的，沒半個乘客。車子朝東走，一大早大概沒有人會往東邊去。

接著是第二波失望之情：安琪拉走向車廂的另一端。這代表他必須跟在她身後過去。

車廂門在他身後關上。

好，這不會太困難的。只要等到她坐好，然後和她隔著兩排座椅坐下就可以了。這個距離絕對不會超過十呎。

列車往前開，傑克腳步踉蹌，差點沒站住。他伸手拉住扶手，然後往前走。他的太陽穴已經開始抽痛，距離太遠了。

不鏽鋼車身沿著軌道往前進，潛入九十五號州際公路的下方，繞過一座古老的教堂——在角落上的九十五號公路和高架捷運還沒興建之前，教堂應該就已經矗立在這裡了——畫了一道弧線向左轉，接著才恢復直線前進，往下一站開過去。根據傑克手上的地圖，下一站應該是吉拉路口。他數著路線圖上的停靠站，列車抵達終點之前，沿路至少停靠十來個站。希望安琪拉會一路坐到終點站才下車，讓他能多些思考的時間。

他選了安琪拉身後兩排座椅之外的雙人座。她靠在窗邊，凝視窗外一閃即逝的建築物屋頂。

軌道突然急轉彎，列車猛烈搖晃，傑克差點又要跌倒。

他坐了下來。椅子上的藍色條紋布料沾上了污漬，也有些部分出現破損。椅墊中央部分凹陷，看起來就像被人取走了下面的填充物，整個靠背同樣也鬆鬆垮垮的。

費城，真是他媽的狗屁城市。

列車停靠到下一站：吉拉路口。車站的對面月台上有幾個人準備搭車到市中心，但是沒有人走進他們的車廂。

是這樣的，安琪拉。我的血液中有一些還在實驗階段的追蹤裝置，而且……

聽著，安琪拉，我知道我們一開始並不順利，但是我的精神狀況比較特殊……

是啦，還敢提精神狀況咧，看看接下來會怎麼發展吧。

傑克低頭看錶，時間是……

凌晨五點零八分

高架捷運下方

寇瓦斯基以為沿著捷運軌道追蹤並不算是件難事，但是一開始的狀況並非如此。軌道先是從城市的某條隧道冒了出來，然後進入塞在八線道州際公路之間的車站。接著軌道再次往下潛，要分辨出哪些是高架捷運的橋柱，哪些又屬於州際公路，實在不太容易。隨後他看到教堂和軌道，於是一切真相大白。

寇瓦斯基暫時熄掉摩托車的引擎。在高速公路清晨嘈雜的車聲之中，他似乎能聽出列車隆隆的聲響。根據那名叫蓋瑞還是蓋利的警察弟兄所說，這是早上的第一班車。

他胯下的重型機車則是另一位警察弟兄好心提供。

費城，真是個友善的城市。

如果這真的是早晨的第一班列車，如果他的消息來源真的坐在車上，那麼他只需要超前，然後跳上車，逐一搜查車廂，說服傑克，帶他一起到賓州醫院去就可以了。他覺得這次應該用不著訴諸暴力威脅，光是告訴傑克．艾斯里說他可以撿回一條命，就是最大的誘因。

畢竟，傑克不會想和艾德．杭特有相同的下場。

無意冒犯哪，艾德。

露營袋掛在機車側面，隨著路面的坑洞搖來晃去。

朋友，坐好囉。我們很快就會知道答案。

凌晨五點十五分

費城醫院，八〇三號病房

「凡妮莎，我能夠了解妳為什麼做這些事，比方說復仇任務之類的行為。但是，我想念妳的紅頭髮，那麼美，尤其是在性愛的洗禮之後，看起來既蓬鬆、輕盈又狂野。」

沒有回答。

「喔，妳看看妳，連眉毛都染了。雖然妳的眉毛稱不上完美，但還是讓我心動。妳一定是成功地讓某個人陪妳到藥房買染劑。妳究竟在哪裡找到這種男人？啊，我這是逗妳開心的。」

還是沒有聲音。

「妳把全身的毛都染了嗎？我們來看看。」

一片沉默。

「真有趣。我以為這種事會洩漏出妳的本性。也許妳沒有我想像的那麼放蕩。妳是不是費了番唇舌，才說服那些男人留下來陪妳呢？我真想變成停在牆上的蒼蠅，來看妳是怎麼做到的。妳的口才一向不好。」

靜默。

「其實我不知道妳能不能聽到我說話。說不定，妳成了躺在病床上的植物人，一顆長了紅色恥毛的花椰菜。啊，如果真是這樣，就太可惜了。」

她默不作聲。

「呃，我們很快就會知道了。瞧，凡妮莎，他們會搬個儀器過來，讓我檢查妳的腦波。如果妳的腦波穩定，我會帶妳走。我不想騙妳，這麼做可能會讓妳很痛，也可能讓妳的情況更糟。但是至少我們可以談談。」

她沒說話。

「如果妳聽得到我的話，我想先討點人情。拜託妳饒了我，不要咒罵也別威脅。我們都知道妳想親眼看著我嘶喊然後暴斃。但是，我要請妳省下無謂的哭鬧場面，直接把事情告訴我，比方說，是誰把我們的研究內容說出來的。」

她依然安靜。

「妳考慮看看囉。反正妳也沒別的事要忙。」

沉默。

「啊，我等的儀器送過來了。」

無聲。

他輕聲說：「撐著點，妳想像不出這會有多痛。」

凌晨五點十六分

她一動也不能動，但是每個字都聽進去了。這個狗娘養的渾蛋絕對會先嘶喊然後暴斃，還會被自己的血水嗆死。

凌晨五點十六分

佛藍福高架捷運，接近亞勒堅尼站

列車又抖了抖，然後減速。車有夠爛。晨間通車族沒在旅途中大吐特吐，實在讓傑克驚訝。

傑克沒剩幾站的車程了。

亞勒堅尼站之後，只剩下提奧嘉、艾瑞-托瑞斯達爾、教堂街、瑪格麗特-東正教、布里吉-普瑞特幾個站而已。但是他坐的車廂仍然很空。在他身後的幾排座位之後有個老頭，再過去還有個帶著書包的年輕女孩。

他浪費了好幾分鐘瞪著窗外看，忐忑不安的心情就像被丟進烘衣機裡跟著轉動的芳香片。他很累，真的累壞了，隱形眼鏡不但完全乾透，而且好像還會永遠黏在他的眼球上。昨天他一大早就起床打包，安排臨走前的電話和電子郵件。所以，加上時差，到這個時候他已經連續醒著多久了？足足二十四個小時？

下決定的時間到了。再下去，不管做什麼都來不及了。他必須專注。他可以靠向安琪拉去求情……懇求……或是哀求她找個地方說話，也許找個地方暫時安身，直到他有機會打電話給隨便哪個政府單位的人員，把事情經過說出來為止。然後他可以請他們聯絡唐納文．普拉特，幫忙解釋他為什麼會「稍晚才到」。

否則，他就得在這列飛馳的電聯車上找到另一個人，然後說服——怎麼說服？

他當真以為自己會成功？

傑克往前排坐。他離安琪拉不遠，近到可以聞到她頭髮上的煙味，看到她後頸上滲出一層薄薄的汗水。

她一定能感覺到他的目光，因為她轉過身來，眼神銳利地看著他。

「你他媽的有什麼問題嗎？」

傑克往後靠向椅背。「我需要妳幫忙。」

她嘆口氣，轉了回去。「兄弟——或是傑克，或隨便你叫什麼名字都好，俱樂部裡的事不必在外面談。」

「這很難解釋，但是我可以發誓，我如果不是已經走投無路，也不會來麻煩妳。」他看著她的後腦勺說話。她一動也不動，說不定是在聽他說話。「我能不能解釋一下呢？我知道這聽起來可能很離譜，我自己就覺得很荒唐。但是假如妳能夠稍稍地信任我，一點點就好，那麼妳就可以救我一命，我說的是很真實的拯救人命。」她的肩膀動了動，調整坐姿，但是沒有起身離開。這才是關鍵所在。到目前為止，她都在聽。「昨天晚上我在機場酒吧裡遇到了一個女人，她把某種追蹤裝置傳染給我……」

安琪拉轉身看他。她瞇著眼睛，雙唇微開，彷彿在心裡自問：**什麼**？

「簡單來說，這個裝置害我不能獨處，否則我會死。」

她緊閉雙唇，眼睛更瞇了些。接著，她舉起右手。

「我知道這聽起來很瘋狂，但是……」

她壓下防身噴霧劑上的開關。

噴霧劑直接射進他的雙眼，但是他一開始甚至沒有發現，只覺得臉上的皮膚像是突然遭到汽油彈攻擊的叢林，他的臉頰、鼻子和前額一片刺痛。他往後縮起身子，但是哪兒也去不了。他的後背已經緊貼在座椅上，所以他一寸一寸地往下滑到地板上，放聲高喊：「妳這個賤貨！他媽的……**妳竟然用噴霧噴我！**」

他全心全意地叫喊，他雖然沒仔細聽，但是隱約之中還是能聽到她喃喃地說：「渾蛋！」

火辣辣的刺痛沒有減弱，他愈是叫喊扭動，就愈感覺痛。

更慘的是，他**看不見**。

安琪拉在哪裡？她還坐在原來的位置嗎？她是不是一邊看著他在骯髒的捷運列車地板上扭動，一邊嘲笑他？

傑克，站起來。站起來伸手摸。找出方向。快呀，老兄，站起來，弄清楚你和其他人的位置，趕快靠過去，否則你會死。

「**安——琪——拉！**」他扯開喉嚨嘶吼。

現在他的眼睛……喔，他現在感覺到眼窩的刺痛了。他的隱形眼鏡可能被酸液燒成了脆片，毒素蔓延到他的眼球裡。噴霧劑隨著他的淚水擴散，他敢發誓，毒劑已經流進他的鼻子和喉嚨裡，他吞了下去……

移動。

現在就動。

找到別人。

活下去。

先別管臉上致命的痛楚。

傑克心裡雖然不清楚，但是他摸索著車廂往前走，和坐在他後面的老頭擦身而過。這個男人可能是全費城最後一個每天頭戴軟呢帽的人了，他帶著困惑的表情抬頭看傑克。這年頭的人究竟是怎麼一回事？為什麼這個小伙子非得在清晨五點的捷運上邀約女士不可？方法不對吧。如果要他發表意見，他會說：這人活該被噴得滿臉。

帶著書包的女孩坐在椅子上，向窗邊滑了過去。

這時候，安琪拉靠在車廂的另一扇車門邊，拿出手機撥打緊急求救電話。十五區的大多數員警都看過她撫摸自己的模樣，這代表她很快就會得到熱情的救援。等列車到達終點站之後，這個渾蛋傢伙絕對逃不掉。

但是，如果他膽敢朝車廂的這個方向過來，她也會飽以老拳。

她準備好了。

雖然，她並不想挖掉他的眼珠。

傑克撞到車廂另一側連接門上的玻璃，他伸手摸索，想找出把手。他知道自己在第一節車廂裡，說不定其他車廂裡的乘客比較多。他可以想辦法處理灼痛的眼睛和臉，與人群坐在一起，一路坐到列車終點站。希望到時候他的視力已經恢復，然後他可以跟著某個人下樓梯，跟著人走到計程車招呼站。

門把動了，連接門打開，傑克急忙穿過去，結果絆了一下。他伸出雙手，握到了油膩的粗鐵鍊。

他感覺到血液翻騰，整個頭都在抽痛。

列車馬上就要停下來了。尖銳的煞車聲在他的腦袋裡刮擦出聲響。門把。轉動門把，開門，把門打開。

傑克一腳踏空，原本該是車廂外側平台的地方竟然什麼都沒有。他的腳往下直直落，落，落……

凌晨五點二十分

寇瓦斯基踏上月台，列車門正好要關上。稍早他在投幣旋轉門前花了些時間。哇靠，搭一趟捷運要兩塊美金？捷運服務處一名臃腫的員工指著車站另一頭的購票機要他去買票。瞧這傢伙肥胖的程度，恐怕只有堆高機才能抬得動他。沒錯，他有的是時間去買票。寇瓦斯基塞了張十塊錢鈔票給胖子，要他不必找零，留著去買減肥代餐。接著他為了省點時間而跳過旋轉門。

列車門正要關上。

他及時衝進車廂裡。

幾乎成功。

他的左手臂被車門夾在車外。

那隻手提著裝有艾德腦袋的露營袋。

「靠！」寇瓦斯基咒罵。

「佛藍福高架捷運線列車每站停靠，下一站：教堂街。」

車子往前開動。如果他不想辦法將提著袋子的左手抽回來，就會撞上月台尾端的金屬柵欄。再過，喔，再過個幾秒就要迎面撞上了。這一撞可能會折斷他的前臂，不過也許不至於完全折斷。不管如何，絕對會讓他痛徹心腑。更慘的是他會弄丟艾德。他整晚都帶著艾德，一點也不想讓他流落在某個高架捷運線的月台上。

列車加速。

「**我死定了！**」寇瓦斯基再次咒罵。

他不是那種隨便把「我死定了」這幾個字掛在嘴上的人。

寇瓦斯基把袋子瞄準車頂，朝空中往後一扔。他的手腕痛到無以復加。這一痛使寇瓦斯基突如其來地覺得自己好像認得這些車廂。幾年前，他曾經在韓國搭過相同的捷運車廂。他猜想費城可能向韓國購買二手車廂，然後重新烤漆——或是根本沒烤漆。

重點在車頂。車頂中央位置的冷暖氣系統外箱有個足夠的空間，剛好可以容納裝著人頭的露營袋，就像緊握著棒球的手套一樣大小適中。

寇瓦斯基之所以知道，是因為他曾經在不得已的情況下爬上韓國捷運車廂的車頂。這是好幾年前的事了。啊，那段輝煌的美好歲月。

但是這也可能純屬推測，畢竟他又不是捷運車廂的專家，說不定車廂的型號完全不同。

寇瓦斯基在千鈞一髮之際從兩扇門之間抽回左手，車門上的橡膠防護墊磨得他皮膚發燙。月台尾端的金屬門一閃而過。他穩住腳步，望向窗戶，看袋子有沒有從車頂往下滑落到金屬軌道上，被對向來車輾過，像個塞滿乳酪的氣球一樣爆開來。

凌晨五點二十一分

傑克用雙手抓住沾滿油污的鐵鍊，勉強在掉到軌道之前先站穩腳步。軌道上的車聲轟隆隆作響，他的頭愈來愈痛，兩相比較之下，他真不知道哪個比較糟。到裡面去，找個人靠過去，**現在**就行動。

他握住把手往下轉，車門隨之打開，傑克直接往下一個車廂衝。

他還看不見，只覺得肩膀撞到了一個軟軟的物體。

「嘿！」

他伸出雙手摸索，想握住固定在座位和車廂天花板之間的鐵製扶手，結果卻摸到了一個軟軟的東西。正確的說法是：兩個東西。上面有一層棉布，而且很溫暖。

有人尖叫。

接著有人揮來一拳，正中傑克的肋骨。

他痛得幾乎要彎下腰，但是這比預期要好太多。他的身邊有人。歐森姊妹花鳴金收兵，從他的腦子撤退，這才是最重要的事。要踢就踢，要打就打，他們甚至可以對他啐口水。讓大家都來修理他，讓他的眼睛在眼窩裡燒焦吧，這都不重要，因為他還活著。

暫時還活著。

「你他媽的是有什麼毛病？」有人說話了。

但是傑克沒辦法分辨出聲音來自什麼方向。是在他身邊，還是在車廂的另一邊？

「我得先坐下。」傑克低聲說，一邊再次伸出雙手，想要摸到某個人，任何人都好，然後坐在他身邊。

但是，他只摸到了空氣。

他想要睜開眼睛，但是痛到沒辦法做到。他可以感覺到腳下地板的震動，這是列車行駛時的自然震動，還是大家紛紛走避？從他身邊跑開？

「幫幫我，求求你們。」傑克說。

列車減速時，他的頭又再次抽痛了。

凌晨五點二十二分

「教堂街。佛藍福高架捷運線列車每站停靠。」

很好，袋子沒掉下來——至少他沒看到袋子掉下來。這表示袋子好端端地留在車頂上。坐好了，艾德，我馬上來接你。寇瓦斯基拉開連結門，伸出腳踩在兩節車廂之間的平台上。他只要輕輕一撐就可以跳到車頂，這比在韓國時來得容易。現在想想，當年還真辛苦。

但是隔壁車廂的動靜吸引了他的目光。

正是他要找的人：傑克．艾斯里。

傑克雙眼緊閉，兩手在空中揮舞，活像嗑了藥的樂團指揮。車廂裡約莫有十多名乘客，這些人拚命閃躲，彷彿傑克是個瘋子，身邊有一圈肉眼看不見的瘋子力場。沒有人願意和一個神經不正常的人分享空間。

傑克在做什麼？

也許凱莉．懷特傳染給他的病毒終於讓他失去了理智，讓他得了失心瘋，隨機攻擊佛藍福高架捷運線上的乘客。說不定他馬上會長出爪子和犬齒，像隻狗一樣吠叫。就算真是如此，寇瓦斯基也不覺得驚訝。

車廂門再次關上。

好，等一下再去想傑克。他得先拿回袋子，反正傑克哪兒也去不了。

他往上一撐……

寇瓦斯基雙腳剛踩上車頂，列車便開動了。他蹲下身子，減低風阻。啊，艾德在這裡。不幸的是，他沒有落在冷暖氣系統的外箱，而是落在車頂正中央，像顆壓扁在平底鍋上的李子。而且袋子正在滑動，滑—滑—滑向左後方去。

寇瓦斯基撲上前去。

列車加速前進，顛顛簸簸地向右轉。車廂左上方出現一棟巨大的灰石教堂，高架軌道先是直直往教堂衝過去，接著像突然喪了膽，趕緊轉彎。

袋子愈滑愈快。

寇瓦斯基的肋骨撞到了鐵皮車頂。媽的王八蛋。他朝左邊伸出左手——也就是沒受傷的手，真要感謝老天爺了，伸長了指頭。他的指尖擦過袋面。好，再伸過去一點，手開始有點痛。沒拿到。**幹！**

寇瓦斯基站了起來，穩住身子。已經開始發燙的金屬車頂燙傷了他的手掌。

可以了。

他準備滑行到車廂邊緣。

寇瓦斯基探出身子，用兩隻腳當作支架撐住金屬車頂，擺出衝浪般的姿勢，然後往前彎下腰去。

他抓住袋子的提把。

拉住你了，艾德。

他站直身子。

下一個車站就在前方，和每次進站前一樣，列車開始猛烈搖晃。自從費城在一九九〇年代重整軌道，並且在二〇〇〇年從韓國人手中買下他們剩餘的車廂之後，佛藍福捷運列車就失去了一九二二年剛興建時的流暢。雖然程度還不至於造成車禍，但也足夠讓乘客體驗到沿途定點提供的猛烈跳動。

於是，車頂上的邁可·寇瓦斯基被震到距離地面兩層樓高的半空中，重重撞向某棟早已停業的舊店鋪三樓的加厚玻璃窗上。

他頭下腳上地撞入窗內，左手還緊緊抓著露營袋。

寇瓦斯基一路滑過老舊的木地板，好似被憤怒孩童往外猛摔的玩偶。

凌晨五點二十三分

列車跳動了一下，傑克跌進座位，坐到某個乘客身上。這人身上有貓的味道。他抓到衣服，但一雙胖嘟嘟的手立刻將他推到通道上。「你幹什麼？」有人在怒斥，傑克覺得自己彷彿聽到玻璃碎裂的聲音，這讓他有些困惑。難道是出車禍了嗎？他是不是拉到了緊急煞車之類的裝置？

不是。列車速度減慢是為了要進站。到終點站了嗎？傑克完全搞不清楚。

但是，沒關係了。有好幾隻手抓住他，有的拎住他的衣領，有的拉扯他的手。起碼有十多隻手。他們帶著他，協助他。終於有人願意伸出援手。

幫忙他走出車廂，走進月台。

「滾出去。」有個人怒吼。

傑克踉踉蹌蹌地撲進了潮濕的空氣當中，膝蓋在水泥地上摩擦。他放聲嘶吼。

這種死法太不上道了。

「**列車關門，請小心安全。**」耳邊傳來預錄的廣播。

凌晨五點二十五分

他首先看到一張機器人的塑膠臉。這個藍色機器人有方正的下巴，臉部用模仿鉚釘的塑膠釘栓住。在他的右手邊，一個滿身橫肉的壯漢人偶被玻璃碎片割破了胸膛，傷口滲出粉紅色的黏液。然而，壯漢的塑膠臉孔仍然不受影響。這真是把堅毅不拔的毅力發揮到極致，幾乎稱得上鼓舞人心。

寇瓦斯基虛弱地躺者，身邊散落一地沾滿灰塵的玩具。這些玩具喚醒了他的童年記憶。七〇年代的風格，這家店應該就是在那個時候關閉的。寇瓦斯基瞇起眼睛，看到豎在角落的木製招牌，上面寫著：辛德玩具店。

真可愛。

他的身邊都是玩具，有拳擊機器人、橡膠拳擊手，還有電視影集《無敵金剛〇〇九》（*The Six Million Dollar Man*）主角史提夫．奧斯丁及其他角色的玩偶。寇瓦斯基小時候無視於必須要先有火箭墜落事故，還要以電子生物義肢來替換受損肢體的前提[1]，一直希望將來有朝一日能成為這位無敵金剛。**我們握有高科技，可以重建你的身體**[2]。

呃，現在他同樣也發生了墜落的事故。被疾駛的捷運列車甩下來。他的皮膚被劃開一道道的傷口，右腳至少有兩處骨折，手腕也折斷了。他的頭皮上有一道嚴重的撕裂傷，可以感覺到血水從髮梢往下滴，浸濕了滿是灰塵的地板。仔細一想，他臉上濕漉漉的東西恐怕也不是汗水。

這會兒，電子生物義肢在哪裡？

奧斯卡又在哪裡？

喔，對了。去年他為了某個銀行搶匪的妹妹，甩掉了他自已的奧斯卡。

---

1 影集中的主角原是太空人，在任務中受了重傷，經由手術將電子生物零件植入體內後，再度為政府單位工作。

2 這句話是影集中史提夫．奧斯丁的直屬上司奧斯卡的經典台詞。

凱蒂。

真是夠了。媽的，快站起來。寇瓦斯基翻過身，伸手抓住一塊破爛木地板的邊緣，把自己往前拖了六吋左右就不得不停下來。他開始頭暈。他的腿痛得不得了，一定是落地的姿勢不對。他推開面前的玩具：洋娃娃、白色的大理石球、四分五裂的塑膠犀牛、迷你縫紉機、丑角名人卡、機械太空人、缺了包裝盒的桌上遊戲，還有麥當勞玩偶。這裡到處都是這種東西，他從窗外飛進來的時候一定是碰倒了置物架。他覺得自己像是貼著一片粗糙的地毯爬行，以前他父母的起居室用的就是這種地毯。他繼續推進了一點，發現自己與麥當勞玩具吉士堡市長四眼相望。他從前也有個吉士堡市長，這種玩偶有人的身體，腦袋卻是一個吉士漢堡。他一直不知道玩偶最後怎麼了，說不定它最後被丟到這裡了。也許他將要步上玩偶的後塵，又或許他已經死了。他是不是被拋入空中，然後降落在童年幻想中的天堂，回到一九七七年的聖誕節，回到父母家中的起居室？

停。

他花了十分鐘才爬到房間的另一頭，裝著艾德．杭特腦袋的露營袋掉在這個位置。袋子後面有一面閃閃發光的玩具鏡子，效果和錫箔紙不相上下。但是寇瓦斯基看到了自己的臉。

他看到了。

接著他放聲嘶喊。

他的身體開始搖晃，彷彿在宣洩對自己的怒意。

他右手握拳拍打地面，用左手受傷的指頭摳抓木板。

他一直很善於掌握情況，因為他是個訓練有素的專業人員。這種人不容易受到外界的影響。但是，他仍然是把玩吉士堡市長的那個男孩。男孩已經長大成人，愛上一個女人，還讓她懷了兩人的孩子，但是現在母親和孩子都丟了性命，全因為他不在場，無法拯救他們。現在，看看他，全身是血，臉頰嚴重割傷，一邊耳朵還少了一小塊。但是他的雙眼，喔，沒錯，自從一九七七年的聖誕節早晨開始，這雙眼睛就沒有任何改變。這雙眼睛向他看了過來，一切了然於心。

這雙眼睛知道：被困在一個怪物的體內，會有什麼樣的感覺。

凌晨五點三十分

終於，凡妮莎可以動了，病房也逐漸清晰。她試著蠕動指頭，感覺自己碰到了布料。接著她動了動手肘，輕輕轉動頸子，感覺自己的頭好像有千斤重。但是她能動了，雖然幅度不大。

操盤手站在她旁邊低頭看。「妳醒著，對吧？」

凡妮莎想說：「操你媽的！」但是她還沒辦法完全控制自己的嘴巴，只感覺到一絲口水從嘴角淌了下來。這個念頭讓她覺得好笑。她咳了一聲，接著繼續咳，突發的動作為她的身體帶來了一波波痛楚。

「安靜下來，妳動得太厲害了。妳得休息。」操盤手看向打開的房門。「妳先等一下。」他在她眼前消失。她的手是不是被綁在床上呢？她沒有束縛的感覺，但是她也沒辦法舉起手臂。她聽到房門咔噠一聲關了起來，接著他又出現了。「我們需要一點隱私。」

「操……操……」凡妮莎出聲咒罵，手指摳住了床墊。

「噓，金髮女郎。妳知道嗎，妳現在的模樣實在不太好看，但是妳最近的表現實在讓我不得不表示佩服。妳這個焦土政策真的是非常、非常之大膽。而且也很巧妙。我一開始也沒有發現妳在機場來來去去。機場什麼都有，二十四小時都會有餐廳營業，有很多商店可以買T恤，廁所裡永遠都有人。妳可以在機上睡覺，吊個心甘情願的男伴，然後到旅館開房間過夜。我不見得完全正確，但是在過去一個星期左右，妳至少和五個男人上過床。我的PDA上有名單，妳等等。」

她愈是舒展手指，活動力就愈強。她把注意力放在這個動作上，她告訴自己：左手，讓左手動起來，先讓手和手腕活動，接下來是前臂，然後想辦法找個尖銳的東西。

「好，找到了。唐恩．摩爾，他好像是個投資銀行家，老喜歡強調名字裡『恩』這個尾音。怎麼著，唐尼不夠好聽啊？蠢才一個。好，接下來是誰？吉米．卡爾卡諾，他是個律師。亞倫．華德，又是一個律師，但是沒有吉米那麼低俗，手上有好幾個銅臭味十足的客戶。妳知道嗎？只要侵入資料庫裡搜尋，就能找出這些資料。這位亞倫似乎很虛榮，專攻公司法。我敢說他一定很變態，話雖然不多，心裡卻有鬼。好，下一個是誰？編劇羅伯．歐姆斯比，這個好。最後是賽門．史密斯，他有個專為精品店服務的網頁設計公司，多愜意的工作啊。」

凡妮莎不想聽到這些名字，不願意想起這些名字所代表的男人。她只想擺動左手的指頭，一次又一次地動。

「但是我不覺得妳是個蕩婦，金髮女郎。我知道妳有別的意圖，妳想引大家注意，對嗎？」

「對……」她回答。她的聲音漸漸恢復了。

「對……要引大家注意，對不對？」操盤手嘲笑她說話的方式。「哇，誰是最可愛的男人殺手呢？這就對了，我的小……小凡……妮莎。」

「操……你……」

「妳倒真的是操得滿頻繁的，對吧？」

操盤手用外套的袖口擦掉她下唇邊的口水。她撇著嘴。接著他抓住她的臉，然後湊了過來。

「妳是不是這樣傳染給他們的？幹這些男人？幫他們口交？妳也知道，光是親吻就可以讓他們丟了性命，妳根本不必一路玩到底。更何況，妳從來沒用那些招數伺候過**我**。」

這是怎麼一回事？當初在愛爾蘭的時候，壞男孩操盤手麥特．席佛曾經溫柔地將她的臉帶到他的褲襠邊，但是凡妮莎拒絕，最後她只好心不甘情不願地親吻他的頸子，想要安撫他。他以為點幾支香氛蠟燭，放張「謎」樂團（Enigma）的唱片，就可以讓她心旌搖曳，幫他口交？

「妳現在嘴巴不太行，是嗎？我敢說妳現在沒什麼力氣反抗。要不要再來一次？」

操盤手捏她的臉頰，然後鬆手，隨後便離開了她的視線範圍。她轉動眼珠想看，但仍然看不見。於是她輕輕把頭轉向右邊，但是整個房間開始天旋地轉。

「我的愛爾蘭小蕩婦，事實上，」操盤手說，「是我想要妳出門去見見其他的人。」

去他的。嫉妒是操盤手的基本情緒。還要加上羨慕。從會議室一路到臥室，這兩種情緒主宰一切。

「是真的。當然了，妳不可能身邊隨時都有人。妳說不定會砰一聲暴斃，然後世界上就再也沒有凡妮莎．瑞登這個人了。但是，我知道妳會為了報復存活下來。而且妳會聯絡**許多**人。不過，我倒不知道妳會一路又幹又吸地來到聖地牙哥，然後往回走。」

她的左手現在可以動了。她鬆垮垮地握拳，放掉，然後再握，再放掉。

「我說過『近距監控裝置』必須存活在人類宿主的體內，而且會吞噬血球和血液中的廢棄物，妳還記得嗎？呃，我**騙**妳的。這些東西在地球上的各種液體中都可以存活，它們會進入休眠狀態，直到再次進入另一具人體為止，接著以和野兔繁殖一樣快的速度自我複製，將ＤＮＡ序號透過衛星上傳到我們的電腦系統裡。」

凡妮莎停止握拳。他在說什麼？歐森姊妹花的原始安全設計，就是需要以人類做為宿主。宿主灑泡尿，這些裝置在幾秒鐘之內就會死掉。因此，除非在近距離之內，否則它們無法自我複製……喔。

近距離監控。

他從一開始就是這樣設計。

這個瘋狂的渾蛋。

「這要歸功於妳，多虧妳環遊各地，才能傳染給一萬四千多人。凡妮莎，願老天保佑妳。妳替我完成了最困難的部分。」

操盤手回到她的視線範圍，把手上ＰＤＡ的液晶銀幕湊到她面前。上面有個數字一次以十位、百位數的幅度跳動。

「看看妳啟動了什麼？」

反擊時刻

傑克森覺得好笑：「他好像認識妳。」
金髮女郎冷笑著回答：「認識我的人多得很。」
——戴伊．金恩（Day Keene）

早上六點零一分到六點四十六分

費城東北區，十五區警察局

吉米．麥卡當警官在換班前一個小時接到電話：佛藍福高架捷運線有狀況。直到那一刻之前，這個緩慢的夜巡任務還算寧靜。稍早幾通比較刺激的電話，都與布萊茲堡地區一輛被人棄置在湯姆森東街上的九四年道奇轎車有關，是方向盤被破壞，車子遭到手動啟動的案件。他暫時不打算處理，想等重案組來接手。的確，在那個地區是可能有人懶得打電話叫計程車。但是，除非去採指紋，否則誰也說不準。所以他打算坐著等。

接著，電話響了。

「這裡是捷運警察。瑪格麗特–東正教捷運站的月台上有個眼睛看不見的男人在大聲嘶喊。」

眼睛看不見的男人在大聲嘶喊。

這個好欸！麥卡當心想：早就該猜到會出這種事。

麥卡當穿過托瑞斯達爾街來到瑪格麗特街，他讓警車的警示燈亮著，但是沒有鳴警笛。一分鐘之後，他就抵達高架捷運線的車站。除了滿臉噴霧劑之外，這傢伙看起來再平凡不過了。捷運警察表示這傢伙本來一直在胡言亂語，但是這時候已經安靜了下來。麥卡當宣讀了米蘭達警語[1]後，把他送進警車的後座，並為冷氣不夠強而向他致歉。從他值班到現在，除了冷氣之外，手提電腦也跟著故障。

1 Miranda，警方逮捕嫌犯時，必須告知嫌犯有權拒絕說出對自己不利的陳述，並且保持沉默。

「我不在乎冷氣，」這傢伙靜靜地說，「隨你怎麼做都好，就是別丟下我一個人。」

看來，他應該是折騰了一個晚上。

「我帶你回警局，好嗎？會有人陪著你的。」

到了哈比森和雷維克街的交叉口之後，他陪著這位傑克．艾斯里先生走進第十五區警察局，上到二樓東北區警探辦公室。這個辦公室的深藍色牆面上裝飾著金色的線條。

接著，這傢伙又開始語無倫次，這讓麥卡當十分驚訝，因為他在來警局的一路上表現得都很溫和。現在卻又大聲嚷嚷，說不能留他獨自一人，他必須立刻找人談，否則會有很多人喪命——瘋子的老詞了。麥卡當很高興，因為他馬上就要擺脫這個大麻煩。

「交給你們處理了。」他說完話隨即下樓。再過半個小時，他就可以下班了。

但是不知怎麼地，他留在辦公室裡沒離開。他在零錢箱裡丟了幾個銅板，打開隊上冰箱的鎖，拿出一罐健怡可樂。他喝了一點，享受手中冰涼的感覺。這一整個晚上他都待在悶熱的車子裡。

隊上同事互相開著老掉牙的玩笑：

「你感冒了。」

「過來抱一個。」

「你一天到晚感冒。」

「沒辦法，我就是喜歡滑雪。」

麥卡當雖然累，但是他實在很好奇。於是他喝完可樂，扔掉空罐，又跑回二樓看看艾斯里那傢伙究竟出了什麼事。他站在單面鏡後面看著那傢伙和薩克奇安警探談話。

剛才還在嘶喊的男人說：「……把一切說出來，但是你必須答應我一件事：你不可以把我一個人丟在這裡。隨便派什麼人來陪我都可以，警察局長也好，或是派個警員、祕書，通通都好。要不然你也可以帶個流浪漢進來。」

「我就在這裡。」薩克奇安告訴他。

「我知道這聽起來很不可思議，但是請你相信我。假如你把我獨自留在這裡，等你再回來就會發現，我已經死了。」

「傑克，我不希望你傷害自己。請你把事情的經過告訴我。」

「你要相信我，我真的想說。也許你可能會聽出什麼道理來，也許你可以幫我弄清楚。因為事情再繼續發展下去，會死不少人的。」

「嘿，別這麼說。」

「我不是在威脅。」

「冷靜一點。」

「我冷靜得很。」

薩克奇安等他鎮定下來。

「嘿，可不可以請你幫我的眼睛找點東西來？眼藥水之類的東西？我的隱形眼鏡乾掉了，但是如果浸泡一下，也許我能看得比較清楚。」

「先把事情說來聽聽，然後我再派人去買藥水。」

「好。可是……」

「從頭開始說。」

「我連怎麼開始的都不知道……」

「你說事情是在九個小時之前開始的，是嗎？試試看，從那時候開始說。」

「我當時坐在費城國際機場的酒吧裡，然後遇到了一名金髮女郎。她對我說的第一句話是……」

他開始敘述。他的故事真是詭異到了極點，麥卡當沒有完全聽懂。老實說，恐怕連一半都沒有。這傢伙顯然很害怕獨處，因為有某種殺人衛星會將致死的電波發射到他的血液分子當中——真是夠弔詭了？——然後讓他在十秒之內暴斃。

警探分成兩派意見。有人想惡搞，讓他獨處個二十秒，好證明他是個瘋子。另一些人則認為這是自找麻煩，如果他過度驚嚇痙攣發作，死在偵訊室裡怎麼辦？假如真是這樣，那大家全都沒好日子過。

但是薩克奇安對這種事果然很有一套，他開始旁敲側擊。

「艾斯里先生，你也有妻子、女兒。當你在捷運上攻擊那女人時，你有沒有想到她們？」

「我沒有攻擊她，」愛嘶吼的男人回答，「我是想要和她說話。」

「你的妻女知道你和其他女人說話嗎？」

「如果她們知道我出了什麼事，一定不會介意。」

「那麼你究竟出了什麼事？」

「我剛剛告訴過你了。我感染了一種追蹤裝置，如果身邊沒人，我就會死。」

「你為什麼不回家去找老婆和女兒？」

「我不能。真希望我可以。」

經過幾通電話查證之後，警方取得了一些基本資訊。

艾斯里昨天晚上飛抵費城。他是芝加哥某週報的記者，但他並非為了公事而來。

大約在凌晨一點五十七分左右，一名旅館的房客聽到他房間裡有一男一女打鬥的聲音。接著旅館保全主任查理．李．文森前去調查。

就在離艾斯里房間不遠的地方，文森遭到不明人士攻擊。他只記得房裡有另一個女人。稍後，文森陪著艾斯里下樓到旅館大廳。

剛過凌晨三點，艾斯里就失蹤了。

根據兩名觀光客：克麗絲汀．杜貝和莎拉．法藍奇的說法，就在同一個時間，旅館外有個「激動的渾蛋」搶走她們招到的計程車。

大約在凌晨五點十六分左右，艾斯里出手攻擊安琪拉．馬奇歐奈，後者在多明尼克的小義大利餐廳擔任女侍。安琪拉對他噴了防身噴霧劑，他瘋狂地穿過車廂，走進另一個相連的車廂裡，然後在瑪格麗特—東正教站下車，在那裡遭捷運警察逮捕。

艾斯里沒有身分證，也沒有皮夾。他聲稱皮夾掉在春日花園街的一家夜總會裡。

不過警方在喜來登櫃檯的入住資料中找到艾斯里駕照的影本，證件上有地址和電話。他們打電話到他家，但是沒有人接電話。

不管如何，這個故事肯定是很精采，麥卡當心想：有好戲可看了。

麥卡當看著幾個警探走回偵訊室，繼續和艾斯里談了一會兒，想要他談談妻女，以及他為什麼要來費城。但是這傢伙十分固執，而且非常瘋狂，不停地吵著要見聯邦調查局或國土安全局的幹員，而且拚命懇求大家不要丟下他一個人。

最後，薩克奇安做了決定：

我們留給他一點私人空間吧。

早上六點四十八分

當你接受這個想法，承認自己是怪物之後，所有的運作都會變得相對容易。你體能上的自我比較能包容各種傷害，願意貼近原有的本性。因為，這副軀體之下畢竟沒有人性。藉由這個力量，寇瓦斯基拖著身體從地上站起來，試圖把自己逼回人形。怪物都是這樣做的。

他環顧四周，早已遺忘的童年記憶散落在地板上。

寇瓦斯基提醒自己：在最理想的行動中，工具通常會自行出現。

首先，他在迷你縫紉機的零件組裡找到針線，接下來他可以用繃帶和衣物遮住身上的撕裂傷。但是他的臉怎麼辦？他的臉需要下點工夫。衛生條件？趨近於零，但是怪物怎麼會在意？貨架的金屬支柱？可以當作支架固定他的腿，有電影《衝鋒飛車隊》（*Road Warrior*）的風格。只要能撐得住身體的重量就好，他可以晚一點再處理骨折的問題。

利用從員工洗手檯取來的水，他甚至可以整理身上的衣服，清除部分碎玻璃、灰塵和木屑，撫平縐折，順便洗掉傷口——上面的縫合線有紫色也有粉紅色——旁邊的血塊。

四十五分鐘之後，當他離開玩具倉庫時，怪物已經回復了尚堪入目的人形。他用另一家店面的玻璃窗檢查自己的外表，他的臉色蒼白，但是已經看不到血跡。人們只要看到血，就會慌亂失措。反之，他們什麼事都能應付，連他那張縫線明顯的臉孔和生鏽的腿部支架都不是問題。

他向路人問了幾個問題，得到他想要的答案。沒錯，有個大喊大叫的詭異傢伙被警察上了手銬帶走。

他的好傑克。

至少在遭到逮捕之前還活著。

最近的警察管區是十五區警察局。他攔了一部計程車直奔警局，對著修．薩克奇安警探亮出折射防偽老鷹圖紋的國土安全局識別證，距離近到讓他分了心，沒去注意他的紫色縫合線和生鏽的腿部支架。寇瓦斯基告訴他，傑克．艾斯里是他目前手上案子裡的關係人。不，他不是恐怖分子，是個嚇破膽的線民。

「他還活著，對吧？」寇瓦斯基問道。

「是啊，」薩克奇安告訴他，「但是我們打算嚇唬他一下。」

寇瓦斯基利用這個機會問：「他是不是求你們不要丟下他一個人？」

薩克奇安臉色一變。「對耶，這究竟是怎麼一回事？」

寇瓦斯基翻了個白眼，做出「老兄，你不會想知道的」這類表情，然後指向偵訊室。「你不介意我進去找他吧？」

他走進偵訊室的時間，正好是早上六點四十八分。

從傑克的臉色看來，還真是一點也不遲。

他的頭正在抽痛。

早上六點四十九分

「我剛才還以為自己就要死了。」

「你沒事的。我是邁可．寇瓦斯基，國土安全局幹員，捍衛美國的安全，好讓本國渾球——而不是外國流氓——來惡搞公民之類的，」他說，「但是，在你這一晚的經歷之後，這些都不重要了。」

「你是誰？」

傑克仔細打量眼前的傢伙。說也奇怪，儘管他臉上有紫色和粉紅色的縫線，但是他看起來很面熟。這是怎麼一回事，難道醫院用來為大人縫合傷口的手術線都用完了嗎？

等等。

這傢伙。

旅館房間。

差點掐死保全主任的就是這個傢伙。

「喔，不。」

寇瓦斯基跛著腳走到偵訊桌邊，滑坐到椅子上。他伸手握住傑克的手。寇瓦斯基戴著一副緊到快綳裂的白手套。就算傑克只是迅速地看了手套一眼，但是他敢發誓其中一支手套靠近手腕處印著麥當勞的標誌：彎彎的金色字母M。

傑克感覺到寇瓦斯基緊緊握住他的中指。「這會痛。」

接著，寇瓦斯基扭他的指頭。傑克從來沒想過人體關節可以用這種方式彎曲。傑克放聲大喊，坐在椅子上痛苦地扭動身體。疼痛似乎波及到他的每一根骨頭。

另一個房間裡，薩克奇安在單面鏡的前面對麥卡當說：「**你難道不想這麼做？**」

「喔，媽的，你說呢。」

「我敢打賭，他連個痕跡都不會留下。」

「我在追蹤凱莉·懷特，」寇瓦斯基說，「她把某種東西傳染給你了，我要你詳細說來聽聽。」

「媽的！喔，老天爺啊，放開我的——哎！」

「愈詳細愈好。告訴我那玩意怎麼運作，還有你為什麼不能獨處？」

寇瓦斯基將傑克拉近，金屬椅腳刮過塑膠地板，這時候寇瓦斯基稍微放鬆傑克的指頭。「在我耳邊低聲說。」

這下子，傑克和他靠得很近，以致能清楚看到寇瓦斯基臉上的縫合技術實在不怎麼理想。粉紅色的縫線附近滲出深紅色的血水，並且開始凝結出血滴。

寇瓦斯基的鼻側還有一片銀色的玻璃碎屑，插進了皮膚的表層。

傑克心想：說不定這個傢伙**真的**在國土安全局工作。

如果不是，那麼國土安全局也該僱用他，因為他似乎一點也不在意個人身體上的不適。

傑克還能怎麼做？反駁他嗎？

於是傑克開口娓娓道來。

他從如何遇見凱莉開始，但寇瓦斯基一點也不想聽，反而是催他講稍晚在旅館房間裡的事。傑克盡力回想歐森姊妹花，說這些東西的設計者稱之為「近距監控裝置」。追蹤裝置進入血液之後，再與衛星連線。只是，凱莉身上的裝置出了致命的差錯。寇瓦斯基點頭，要傑克講出奈米追蹤裝置的更多細節。她是這麼說的嗎？**奈米追蹤裝置**？天哪，這傢伙好像真的相信他。也許他早就聽說過這種東西了。

「還有，」傑克說，「她對我下毒，不，是一種發光性毒素。」

「發光性毒素，嗯。」

「對！就是這個！她說，我會在……」他看看手錶。「媽的。大概九十分鐘後，我就會死。」

「聽起來很嚴重。但是我相信我們可以處理。」

寇瓦斯基放開傑克的手指，接著用同一隻手搔自己的下巴，指頭下意識地避開下巴上兩道長長的刮痕。「嗯……我來試試看。」寇瓦斯基起身拎起他帶進偵訊室裡的露營袋。他把袋子放在傑克的腿上。「拿著一下。」

「這是什麼？」

「別擔心。」寇瓦斯基起身，跛著走向門邊，金屬支架隨著他的腳步嘎吱作響。他在門上敲了兩下。

「等等，你要去哪裡？你沒聽到我剛剛說的話嗎？如果我一個人留下來，我會……」

「是啦，是啦。你就順著我吧。對了，還有，不管你要做什麼，千萬別放開那個袋子。」

「這袋子的味道很奇怪。」

寇瓦斯基走出去，偵訊室的門砰一聲關上。

早上六點五十五分

一，二，扣緊鞋。三，四，關上門。

五，六，撿樹枝。七，八，排整齊。

九，十……胖母雞。

為了保險起見，寇瓦斯基繼續等了幾秒鐘。

他打開門，發現傑克臉色蒼白，滿身大汗地坐在椅子上扭來扭去，但是他還活著，露營袋也還放在他的腿上。「你做了什麼事？」他喘著氣問，「我怎麼還活著？」

傑克體內的追蹤裝置似乎感應到了露營袋中艾德胖腦袋裡的裝置。宿主不一定要是活人，只要十呎的距離內——關於這點，傑克說的沒錯——有相同的裝置就可以了。

這是個有用的資訊。

基本上，他也只需要知道這一點。接下來他只要拿回露營袋，把這傢伙留在這裡，要他的好兄弟薩克奇安讓傑克自己坐一會兒，好讓他去辦事……啊，不對。這招不高明。萬一凱莉．懷特死了怎麼辦？活著的證人總是有派上用場的一天。至少，在他弄到CI—六的行動計畫，並且摸清楚他們在做什麼之前，這麼做是沒錯的。

他得承認，過去他從來沒有在行動進行到一半的時候，被要求退出。這讓他很受傷。

所以，好，新計畫如下：把這傢伙帶在身邊，找到凱莉．懷特——假如她還活在人世。接著把這傢伙塞進衣櫃裡，祝他一路好走，要他順便向吉士堡市長問好。

如果凱莉．懷特已經一命嗚呼……那麼，好，找個藏身之處，在找到律師之前先保持緘默，然後準備面對風暴。因為CI—六可能會決定和邁可．寇瓦斯基先生分道揚鑣。

他不能坐視這種事發生。再怎麼樣，也要等到他為心愛的凱蒂復仇之後。

「你準備好了嗎，傑克？」

「準備做什麼？你沒聽到我剛剛問你的問題嗎？」

「有，有，聽到了。但如果我是你，我不會浪費時間。發光性毒素很不好處理。而且根據你的說法，你只剩下不到兩個小時的時間了。我們得帶你到醫院去。」

他再次亮出了印有折射防偽圖紋的識別證，只花了幾分鐘的時間，便把艾斯里改押在自己的身邊。

正當寇瓦斯基填寫假資料的時候，他注意到牆上貼了兩張通緝犯的海報。其中一個是狡猾的前任警察。據信，這名員警和另一名嫌犯一起逃亡。後者正是差點成了寇瓦斯基大舅子的傢伙。世界真小。寇瓦斯基真希望能把實情告訴聯邦調查局，幫他們減輕一點煩惱。告訴他們那名前任警察早就埋進了紐澤西州康登的好幾千噸水泥之下。寇瓦斯基當然知道這一點，因為當初把他丟進水管裡的人正是寇瓦斯基本人。

至於差點成了他大舅子的那個傢伙，就另當別論了。寇瓦斯基想要把他留在那裡等死，但是又下不了手。他在凱蒂的生命中曾經占有一席之地，雖然是同父異母，但仍然是手足，很可能也是她僅存的親人。

所以啦，寇瓦斯基畢竟不是個怪物。如果他是，就會任那個傢伙自生自滅。

早上七點三十二分

賓州醫院，八〇三號病房

寇瓦斯基亮出識別證，立刻問出半夜推進來的無名女病患在哪間病房。國土安全局欸，**喔，捍衛美國國土安全**。醫院櫃檯那名梳著刺蝟頭的金髮女郎似乎十分欽佩他。這些人真的愛極了折射防偽老鷹圖紋。他帶著傑克來到八樓。而傑克呢，則是一直緊張地看著腕錶上的時間。這傢伙以為他要去毒物控管中心去處理發光性毒素的問題。可笑！這傢伙難道沒看過《死亡漩渦》[2]這部電影嗎？他愈來愈欣賞凱莉．懷特了。

凱莉躺在床上，身上接了一台機器。她的背拱著，雙眼在眼皮下快速轉動。但是她並非獨自一人。一名髮量稀疏的高瘦男人俯身看著她，手上還拿著一管針筒。他說，「你是來拯救凡妮莎的嗎？」

「事實上，」寇瓦斯基說，「我是來吃早餐的。我到處都找不到香腸餡餅。」

凡妮莎，好欸。

男人挺直脊背，露出微笑。「被你抓到了，我下了麻醉藥讓她昏睡一晚。我們打算去度個週末長假。只有我們兩個人。」

「聽起來不錯。」寇瓦斯基一邊說話一邊靠向病床，腳上的支架嘎吱作響。「打算去熱帶地區嗎？」

「想去曬一曬。」他回答。

他們像極了兩頭互相打量的怪物。寇瓦斯基在這高瘦傢伙的雙眼裡，在他熊寶寶般的假面和稀疏的金髮之下看到他的本性。這雙眼睛……沒錯，洩漏了一切。他一定看過，也做過許多骯髒事。

「看來你是輕裝旅行，」寇瓦斯基說，「說不定你會想借用我的袋子。」

「裡面好像已經裝滿了。」

「其實沒多少東西。看一眼吧。」他把露營袋往病床上一扔，剛好落在凱莉的雙腿之間。

髮量稀疏的男人看著寇瓦斯基的身後。「你這位朋友是誰？」

「我們要在四月結婚。我一直想在春天娶個新娘。動手啊，打開袋子瞧瞧。」

「他會不會叫床？你的臉看起來很恐怖。」

---

2 *D.O.A.*，一九五〇年上映，電影內容為廣播電台的評論員向警方報案自己遭人下毒，原因是他在俱樂部裡遭人以「發光性毒素」下毒。

「他很粗野，但沒關係，反正我們不相愛。」

髮量稀疏的男人不準備打開袋子看。這個怪物夠聰明，不會做這種傻事，他絕對不可能分心。

然而他還是分心了。

凱莉的雙眼突然睜開。她揮動左手，一把抓住操盤手握著針筒的那隻手，然後往下推。針頭刺進他的小腹，命中肚臍下方幾吋的位置。男人的嘴巴張成一個完美的圓形。

「**去你的！**」凱莉惡狠狠地說。

寇瓦斯基迅速地靠上來，空掌拍向男人的鼻子，但是髮量稀疏的男人似乎完全沒有受到影響。於是寇瓦斯基反手一拍，這次的力道很重。

操盤手從凱莉身下抽出手，抓起架子上的心臟監視器，直接摔向寇瓦斯基的臉，監視器後面還拖著好幾條纜線，像極了髮絡。寇瓦斯基踉蹌後退，撞倒了擺放金屬器材的桌子，器具跟著四處紛飛。他還沒倒地，就已經感覺到臉上的鮮血直流。他的雙手無法控制地抽動。喔，**死定了**。

早上七點三十四分

傑克茫然地望著眼前的激烈打鬥，彷彿正在觀看一場可怕的車禍，心裡直想著：這和我無關。不是我。事情在那裡發生，而我在這裡。重點是，我還活著……**我還活著**。

傑克望著手錶。

已經過了七點半，而我還活著。

發光性毒素個屁！

她騙我。

莫非一切都是謊言？

早上七點三十四分十秒

凡妮莎想要再去拿針筒，這次，她要刺得更深，要劃破他的肚皮，直接刺進他該死的脊椎。但是他迅速地移開。他說：「妳還真是個大嘴巴，是不是啊，凡妮莎？」

操盤手把手掌貼在她的右臉頰上，將她的頭壓回枕頭上，不讓她動彈。他根本不必用多少力氣，說不定用一隻指頭就能固定住她。

「遊戲結束了。」

他拉下病床後方的緊急呼叫繩。

早上七點三十四分三十秒

寇瓦斯基被拽著拖行，他聽到腿上生鏽的金屬支架沿路刮擦地板。他臉上粉紫兩色的縫線迸裂開來，怪物正在解體。今天早上的重重一摔耗了太多元氣，讓他有了弱點。現在，比他更大的怪物控制了場面。剛才他怎麼會以為隨手一拍就能壓制住他？

警鈴大作，震耳欲聾。走廊上的燈光全都亮了起來。

大怪物把他舉了起來。

大怪物朝他的臉揮來一拳。

他眼前一黑，大怪物跟著消失。

早上七點三十四分五十五秒

「你，」髮量稀疏的男人指著走廊說，「滾出去。」

傑克跌跌撞撞地來到走廊，差點被半昏迷又滿身是血的寇瓦斯基絆倒。男人跟在他後面走出來。走廊上一片混亂，護士往後退開，坐在輪椅上的病人露出害怕的表情，兩名安全警衛朝他們跑過來。撂倒寇瓦斯基的男人從外套的內側口袋裡掏出一張識別證，嘴裡吼著「國防部」之類的話，然後要警衛站到病房門口。「一個小時內不准讓任何人進去。**任何人都不行**。這攸關國家安全。」他表示自己要呼叫支援人手，但是：「不准**任何人**進入病房，聽懂了嗎？」

警衛點點頭。他們懂，喔，不准任何人進去。

接著，男人順著走廊繞過轉角。

喔，不對。傑克想：這渾蛋不能就這樣離開，尤其在他經歷了這樣一個夜晚之後。

傑克需要該死的答案。

早上七點三十六分

操盤手來到走廊，從堆放在金屬桌上的罩袍當中抽出一件。他按下電梯下樓的按鈕，用罩袍遮住下腹。她的確刺中他了。他感覺到血順著褲襠往下滴到了四角褲的褲頭。

但是，沒關係。他只需要縫個幾針就可以了。

而且，到了現在，「近距監控裝置」早該完成了任務，凡妮莎應該已經一命嗚呼。他真希望能夠親眼目睹。

甚至錄下來。

「等等！」有人喊道。

操盤手轉過身。出聲喊叫的是剛才和打手一起來到病房裡的男人。

「你是誰？」男人問，「你怎麼認識凱莉・懷特？」

稍早，在病房裡，操盤手沒把這個男人當一回事。他不具威脅性，也沒有採取任何行動。他的朋友才是令人擔心的對象——雖然事實證明那個傢伙也不堪一擊，顯然他早就被痛宰過一頓，所以撂倒他是出乎意料之外的簡單。

但這傢伙到底是**誰**？

但是，他想想，媽的，誰在乎？他身上有傷口必須縫合，還要跑好幾個地方去兜售武器……

「滾開。」操盤手說。

「不，」男人回答，「我偏不**滾開**。你很清楚凱莉血液裡的裝置，對吧？那些歐森姊妹花？」

喔，這個稱呼。

操盤手嘆了一口氣，抬起膝蓋撞向男人的胯下。

真是的，這真的不是他該做的事。

他應該走出去，讓世界各國臣服在他的膝下，而不是抬腳修理這個無名小卒。

早上七點三十七分

凡妮莎對兩件事大惑不解。

首先是：我為什麼還活著？接著是：那個露營袋裡究竟裝了什麼東西？

然後，有人撞開房門。

早上七點三十八分

他臉上淌血，右手腕抽痛，右腿以劇痛抗議著。他沒時間威脅，也沒時間亮出超炫的鷹紋折射防偽證件給醫院的保全人員看。

於是寇瓦斯基一掌擊向身邊警衛的胸口。這掌的力道足以讓警衛踉蹌後退，但不至於擊碎他的胸骨，讓碎片刺進心臟。警衛倒退幾步往後跌。他可能以為自己心臟病發作，這個招數本來就是為了這個目的而設計的。

另一名警衛的喉嚨被寇瓦斯基用手刀劈中。這一劈同樣不致命，只會讓人喪膽。第二名保全跪倒在地，伸手去摸喉嚨，好像以為這樣就可以修復傷痛。

寇瓦斯基拖著腳經過兩人身邊，撞開門，可憐兮兮地跛行到床邊，還差點撞倒病床。然後，他倒了下去。剛才的幾個動作所耗費的力氣，遠遠超過他的想像，他的身體高喊著：**停，停，停下來休息**。等我死了再說吧。

寇瓦斯基往上伸出手，抓住了床單，然後摸到扶手，把自己拉了起來。

「嗨。」他搖搖欲墜地站了起來，低頭看著一臉困惑的凱莉。裝了艾德腦袋的露營袋就擺在床上。恰好就在昨晚艾德夢寐以求的位置。

這下好啦，兄弟，任務完美達成。

「我不是沒禮貌，只是，我得去逮妳的男朋友。」

「沒——關——斯係。」凱莉說話的方式依舊有些怪異。

但是寇瓦斯基一聽就懂。他從洗手檯旁邊的桌子裡找到他要的東西。「希望你們兩個沒有太親密。」他取出一個注射筒，然後拉開露營袋的拉鍊。他找到理想的位置——頸子的根部——用力將針筒刺進去，然後將活塞往回抽。

「我要拉上袋子的拉鍊，妳得答應我別看裡面的東西，而且把袋子放在這裡。相信我，不會錯的。」

凱莉抬起手，指頭碰到了他的下巴。她瞇起眼睛，彷彿在說：喔，你看起來好痛。

「妳真好。我馬上回來。」

早上七點三十九分

傑克．艾斯里現在的姿勢完全符合他的想像，今天早上他本來就該是這副模樣：跪在地上，護住睪丸，承受生命中最沉重的痛苦。

只除了他沒有跪在唐納文．普拉特的面前，而是面對著一個頭髮稀疏的健壯渾球。這個人可以把事情解釋給他聽，告訴他歐森姊妹花和假毒藥的細節，釐清他長達十一個小時的夢魇。

儘管傑克一向認為自己不崇尚暴力，寧願誠懇地談話也不願意訴諸體力的抗衡——暫且不提他在今天凌晨曾經揮拳痛毆一位漂亮小姐的肚子——但是，他終究還是面臨了逆境中的轉捩點。對這個站在他面前的男人無法講理，因為他顯然是個熱愛施暴的人。

所以傑克揮拳，直接攻擊他的小腹，也就是稍早凱莉刺傷他的部位。

喔，他的哀嚎真是響亮。

傑克太愛這個聲音了，於是再補上第二拳。然而，那男人早就先用雙手護住受傷的部位了，所以傑克這一拳落在他的指關節上。不過，傑克的拳頭多少還是有些威力。男人痛苦地喊叫，踉蹌往後退，一屁股坐了下去。傑克試著想站起來，但是胯下的劇痛讓他雙腿無力。

「幹得好，傑克。」他背後傳來了一個聲音。是寇瓦斯基。「主場球隊再添一分。」

寇瓦斯基跛著腳從他身邊經過，靠向走廊上那個髮量稀疏的瘦子。寇瓦斯基一手放在背後，手上握著注射筒，拇指按在活塞上。針筒裡裝的是深紅色的液體。

傑克幾乎要為這個髮量稀疏的男人感到難過了。

早上七點四十分十秒

剛開始，寇瓦斯基對準那個渾球的喉嚨揮出軟綿綿的一拳。而他以眼角餘光看到寇瓦斯基的攻擊。不出所料，髮量稀疏的渾球壓低身子，出腳掃向寇瓦斯基的腿，然後像個霸凌的小學生一樣，正面壓制住寇瓦斯基。

接著寇瓦斯基將針頭刺入渾球的頸子，拇指按下活塞。

髮量稀疏的渾球滿臉困惑。他感覺到刺痛，但是不知道原因。他轉身摸到插在頸子上的針筒，驚訝地瞪大了雙眼。

寇瓦斯基大可發表長篇大論的感言，但是他想了想，還是沉默的殺傷力最大。

於是他露出微笑，小小的、無聲的微笑。

他盯著那渾球看。不，正確的說法應該是他在傳送心電感應：大男孩，你知道裡面是什麼吧？

髮量稀疏的渾球一把拔出脖子上的針筒，傷口冒出細細的血絲。他高高舉起針筒，齜牙咧嘴地打算用盡全身的力量，將骯髒的針筒戳向寇瓦斯基的臉，刺穿他的皮膚和骨頭，直搗大腦。

寇瓦斯基用好手加上壞腳撐住身體，把針頭用力往下戳。

在危急的一刻，寇瓦斯基使盡全力將腳往前抽，擋住渾球的手。彎曲的弧度大到他幾乎可以親吻到自己的膝蓋。

接著寇瓦斯基施展出這輩子最精采的一次單腳踢蹬。

髮量稀疏的渾球往後仰翻了出去，撞破身後的玻璃。

他搖搖晃晃地跌出破碎的窗框。

早上七點四十一分四十五秒

呼——呼——呼哈——

寇瓦斯基只想好好躺下來，順一順呼吸，讓肌肉和骨頭從多次碰撞中恢復過來。但是他聽到了笑聲。刺耳的嘲笑聲間歇出現，彷彿出自於一個熱中校園霸凌、剛度過青春期的惡棍。哈，哈，哈啊的笑聲從外面——破碎的窗戶外——傳進來。

傑克小子有沒有聽見？寇瓦斯基翻個身抬頭看。對啦，看來傑克也聽到了。他還緊張兮兮地護著自己的睪丸，但是同樣也朝窗外看過去。

他媽的渾——

他爬到窗邊，還好，碎玻璃沒落在這一側的地板上。他的身後出現一波騷動，護士、醫生、警衛，也許還要加上神父、修女、瘋癲病患和天使、政客，全都圍了上來。

他先伸出一隻手——沒受傷的那隻手。在全身所有的傷口中，他的右手腕痛得最厲害。這是甜心凱莉送給他的禮物。

起來，雙腳著地。戰士，你這不是成功了嗎。繼續加油。好，往下看。從八樓往下看，看看你會發現什麼。

啊哈，那個髮量稀疏的渾球攀住了兩層樓下方堅固的冷氣機金屬架。

他直直瞪著寇瓦斯基看，輕蔑地笑。這渾球一直在等他。

「**事情沒有那麼簡單。**」他喊道。

兩層樓之下。寇瓦斯基仔細衡量距離，是了，大概沒錯。

「你知道你怎麼了嗎？」寇瓦斯基問道。

髮量稀疏的渾球一臉困惑的樣子。接著他縮了一下。也許他現在才開始明白，也許他的頭開始痛了。

寇瓦斯基注入他體內的，不只是一、兩個歐森姊妹花。艾德腦袋的血液中滿是這些裝置。這些東西不必自我複製，數量就已經多到可以立刻執行工作。

「你離我超過十呎。」

寇瓦斯基高興地發現自己是唯一從窗口往外看的人。因為，接下來的場景實在不適宜出現在一般觀眾的面前。

爆裂。

鮮紅色的血水從他的嘴巴、鼻子和眼睛往外噴，彷彿水管灑水一樣，噴濺在建築物的外牆上。攀在冷氣架上的手指開始滑動。

他的身體往下掉，落到下方具有歷史意義的墓園裡。

早年，在殖民年代，下面的墓園埋的是無法醫治的病人。在那個時代，人們會死於天災，而不會為了流竄到大腦的奈米追蹤裝置而喪命。

寇瓦斯基一直看到滿意為止。他沒看到那個渾球痙攣，也沒看到令人訝異的復活。他以前不是沒看過這種事。

沒有。什麼動靜都沒有。

他轉過身去，順著牆壁滑坐到地上，伸出沒受傷的手從口袋摸索國土安全局的證件。希望鷹紋折射防偽設計能夠發揮最後一次作用。天哪，接下來要大費唇舌來解釋了。

早上七點五十分

接下來的幾分鐘之間，寇瓦斯基盡力擺平狀況。最困難的部分在於他必須向稍早遭受他攻擊的保全警衛道歉，還要說服他們站在八〇三號病房門口警戒，等待支援。警衛同意了，這兩個人真是上帝的好子民。當然啦，他們之所以會同意，主要是因為寇瓦斯基指稱躺在墓園裡的那個死人是個國際恐怖分子。他們如果同意幫忙，說不定可以獲頒勳章之類的狗屁東西。

警衛驅開醫院員工，讓他們四個單獨留在病房裡。

寇瓦斯基依著牆站。

凱莉躺在病床上。

傑克倒在訪客椅的皮墊上。

艾德的腦袋——還在愛迪達袋子裡，就放在門邊的角落上。他真的快要熟透了。

「你還好嗎，傑克老兄？」寇瓦斯基問道。

「好得不得了。」傑克說完話，看向凱莉。她蓋著被單，雙眼緊閉。「雖然我很希望我能早點——在十一個小時之前——就知道我沒有被下毒。」

寇瓦斯基譏笑他：「發光性毒素？那是從電影《死亡漩渦》來的。經典老片，不是後來重拍，梅格．萊恩主演的那個爛版本。」

「我看過這部電影，但是我從來沒聽過什麼見鬼的發光性毒素。」

「兄弟，她給你洗了腦。我在旅館時檢查過她的袋子，她給你吃的是治療酒精中毒的戒酒硫，一顆五百毫克。這東西無臭、無色、易溶解，加在啤酒裡會讓你頭暈、嘔吐，但是要不了你的命。」

「戒酒什麼東西？」

「戒酒硫，又稱為安塔布司。給酒鬼吃的藥。或許是她從別人行李中摸來的。我說的對嗎？」

凱莉虛弱地微笑，仍然閉著眼睛。

「那麼另一件事呢？」傑克問，「歐森姊妹花也是編造出來的，對嗎？」

「恐怕不是。」

「好極了。」

「聽著，待在我身邊，我們會想辦法解決。我真的是政府幹員，為某個不能說的單位工作。我會為你和凱莉安排輸血，如果還不能解決，就再繼續輸血。這裡是賓州醫院，是美國最古老的醫院。我們一定可以找出解決之道，就算得回到水蛭療法，也要讓你們恢復正常。」

老實說，這不太可能。

但是你總得給人一線希望。

他終究得把凱莉．懷特——或凡妮莎，如果這是她的真名——帶離醫院。最糟的狀況，也不過是抽一管艾德的血保存在注射筒裡。他的血液中全是歐森姊妹花和他的DNA。只要凱莉把注射筒帶在身邊，她就會安然無事。這不是什麼大不了的麻煩，還有人得拎著糞袋四處跑呢。

接下來，他得安排交通工具好離開此地，還要釐清CI－六在這件事裡的角色。

說到這裡……

寇瓦斯基拿起病房裡的電話，用預付卡撥打南西的電話號碼。

她接了電話。

「我拿到妳要的東西了。」

「什麼意思？」

「我說過，我會想辦法辦到。」

「邁可……喔，不。邁可。」

她直接稱呼他的名字。她從來不曾這麼喊他。

「有哪裡不對嗎？」

「你在做什麼？對你來說，這項任務早就已經結束了。」

「我從來不失手，妳也知道。」

「你這次就失手了。你在哪裡？有別人和你在一起嗎？」

「比方說什麼人？」

寇瓦斯基聽到身後有人咕噥了一聲，但是他沒有注意。他必須聽她親口說出來。這事她究竟涉入多深？她是不是兩面倒？

「你有沒有碰到阻力？」他的管理人問。

「我剛剛問妳，比方說**什麼人**？是不是某個髮量稀疏的傢伙啊，好南茜？」

有個東西打中了寇瓦斯基的肩膀。那是個暗粉紅色的塑膠杯，醫院用品。

他媽……

他一轉身就發現了。

傑克和露營袋一起消失。四個剩兩個。

他看向凱莉，她的雙眼圓睜，嘴巴打開，手指著門口，臉上的表情似乎在說：我一直想告訴你。

「我一會兒打給妳。」寇瓦斯基說。

會議

早上七點五十八分

十七街與桑頌街口，索菲特旅館

穿越市區到索菲特的車程並不遠，唐納文．普拉特之所以會選擇這個華麗的地點碰面，可能是為了要仗勢嚇唬他。旅館的門僮穿著整燙得宜的制服，前方的大門將費城鬧區的喧囂阻擋在外。嘿，知道嗎，這招竟然奏效。傑克穿過前門走進旅館，覺得自己有點抬不起頭。還沒來到費城之前，他在家就讀過這家旅館的資料，知道不少到訪費城的運動選手和音樂家都很喜歡在這裡落腳。根據他讀到的八卦報導，歌手比利．喬最近才下榻此處。哦！**比利．喬！**傑克和泰瑞莎在婚禮上就是伴著他的歌曲〈讓你感受我的愛〉（To Make You Feel My Love）起舞。結果呢，他這會兒來這裡和她的離婚律師見面。在上帝的安排之下，他們兜了個大圈子。

當傑克走進大廳後方的餐廳時，離約定的時間還剩下兩分鐘。

普拉特坐在桌邊，桌面鋪著象牙色的桌巾。

傑克的妻子泰瑞莎也在場。

這兩個人雙手緊握。

傑克覺得胸口一陣冰涼，寒意沿著肺臟延伸到他的胃。

他心裡最深的恐懼終於得到證實。

分居之後，他仍然對泰瑞莎保持忠誠。

但是，她沒有。

傑克坐下，把愛迪達提袋放在腳邊，讓自己隨時可以碰得到。如果有人想拿，他會立刻知道。

「誰負責照顧卡麗？」

「我妹妹。」泰瑞莎說話的時候沒有看著他。

「照顧多久？」

「幾天。」

「我們該談正事了。」普拉特說。

「談哪個層面的正事，唐納文？」

「傑克，你聽在耳裡可能會覺得不舒服，但是我要你先想想，怎麼做才會對你的女兒最好。」

「去你的，**唐納文**。」他轉頭對妻子說，「泰瑞莎，這是怎麼一回事？」

泰瑞莎仍然不願意看他。

「傑克，聽我們把話說完。」

我們。

就在這一刻——他們還互相交換眼神——傑克拿定了主意。沒錯，他對工作的確是太投入，投入到看不見泰瑞莎所謂每週末到托雷多探望母親的行程，其實都是費城之旅。當然啦，她會把卡麗帶在身邊，然後把她留在外婆家。傑克的岳母一直都知情，不但沒有責怪，甚至可能還鼓勵她。

「你搞我老婆多久了，唐納文？」

「傑克。」泰瑞莎說。

「傑克，你必須有所選擇。你可以聽我們說話，並且保留一部分探視女兒的權利，或是你可以**不要**聽我們說話。任何法庭都會將監護權完全判給泰瑞莎。在費城，特別是**我**認識的法官都會做出相同的裁決。」

寒意來到傑克的胃，然後完全爆發。失去卡麗，是他最懼怕、連想都不敢想的一件事。

他本來以為自己不必操這個心，也想說服自己：泰瑞莎不是那種女人，不管他們的關係到最後惡化到什麼程度，她都不會否決掉讓女兒見到父親的權利。泰瑞莎自己的父母早早就離了婚，她發過誓，絕對不會讓自己的女兒經歷相同的痛苦。

「我給你的建議是，」唐納文還在說，「你先聽聽我的提議。否則，等你女兒來這裡和我們同住之後，你將會很難再看到她。」

「到費城住。」傑克說。

「沒錯，說得確切一點，就住在布雷茂爾。那裡有一流的學校。」

傑克看著妻子。「費城。」

她終於抬起眼睛看他。「傑克，就算你人在家，你的心也從來不在家。別再裝了。」

「這樣做對卡麗最好，」唐納文說，「放下你的驕傲和憤怒，你才會看得明白。你將來就會知道。而且，我知道你是個好父親，不會讓自己的感情阻礙卡麗的前程。」

費城。

侍者走了過來，但是唐納文抬起手要他走開。他伸手到左邊拿出一個深藍色的文件夾，上面有他事務所「普拉特暨克拉克」的燙金字樣。他將文件夾遞給傑克，傑克接過來放在面前的餐巾上，然後翻開來，看到裡面有各式文件和同意書，上面寫著他和卡麗的名字。另外，文件上也有金額以及「旅行津貼」幾個字，但是他的眼睛就是沒辦法盯著這些文件看。文件夾的側袋上夾著一枝深藍的筆，不但鑲了金邊，還有金色的「普拉特暨克拉克」金字。

你的心從來不在家。

別再裝了。

傑克發現唐納文沒錯。的確有件事阻礙了他女兒的前程。

「這份協議很厚道，傑克。如果你讀了左邊的第一頁——」

「首先，」傑克說，「我有個要求。」

「說吧，傑克。」

「我想和我的妻子吻別。」

「我一點也不覺得這——」

「閉嘴，**唐納文**。」傑克起身繞過桌子來到泰瑞莎身邊。

「別這樣。」她說，眼睛直瞪著前方。

傑克還是彎下了腰，嘴唇貼住她的嘴。她伸出冰冷的手推開傑克的臉，但是他堅持不離開，把舌頭伸進她的嘴裡。她的樣子就好像嚐到了苦澀的咖啡。他將她推回椅子上，用雙手捧著她的臉再一次吻她。

「看在老天的分上……」

傑克放開泰瑞莎。

「再見，泰瑞莎。」

然後他拿起愛迪達提袋，轉身離開。

「你這個渾球，艾斯里，你給我滾回來。別對你女兒做出這種事。」

傑克轉過身來。

「唐納文，你要好好把握她，」他說，「像她這樣的女人，你不會想讓她獨處的。」

一天後

下午五點十七分

伊利諾州，古爾奈，佛恩伍德

泰瑞莎的妹妹看到傑克，掩不住她的驚訝。她以為回家的人會是泰瑞莎而不是他。「你這個週末不好過吧。」她結結巴巴地說，看來她已經聽說會議的結果了。

「打電話問問妳姊姊。」傑克建議。

漫長的車程把他累壞了，要回伊利諾州不是件簡單的事。如果機場的安檢人員看到愛迪達露營袋裡的東西，絕對大為驚嚇。當然，這並不表示傑克發現裡面的東西時，還能保持鎮定。還好，他是在速食店的廁所裡查看袋子的內容物，而且還勉強壓抑住尖叫。

所以，他不能搭機。

租車也不行，因為他放駕駛執照和信用卡的皮夾不在身邊。

所以，如果不搭巴士，就得坐火車。而且火車比較快，只要比一天多一點的時間就到了。傑克打電話給報社編輯，說服他匯錢到費城給他買車票。他表示他以後會解釋，而且這個故事絕對很震撼。

他不會公布在報紙上，他沒那個膽。

但是他要把故事寫成白紙黑字，放在保險箱裡，還要複印個十份，如果他死了，就要發送到美國和英國的各大媒體。當然，他還附上了實質的證據：一管從人頭上取來的血。

傑克不知道自己是否還會再見到邁可．寇瓦斯基，但是他想預先做好準備。

他覺得寇瓦斯基會欣賞這個做法。

傑克聽到樓上傳來腳步聲，接著他看到女兒蹦蹦跳跳地下樓。「**爹地！**」

她獻上熱情的擁抱，像條大蟒蛇一樣擠壓他，幾乎壓爆他的心臟。

世上沒有比這個更美好的事了。

「我好想你。」

他真希望自己能永遠抱住她，永遠把她留在身邊。

這不也剛好可以解決問題？

這當然是不可能的事。所以，他親吻她的頭頂，帶她回床上睡午覺，然後告訴泰瑞莎的妹妹：對，他很好；不，他不知道泰瑞莎什麼時候會回家，但是從現在起由他接手照顧女兒，感謝她的幫忙（心裡一面想著：妳很清楚妳姊姊在哪裡，畢竟唐納文．普拉特是妳們的家族老友了）。傑克提起愛迪達露營袋和一大袋他在工具賣場裡買來的東西，走進地下室去處理那顆頭。他得盡量不去看那張臉，然後盡可能將血液裝瓶。

工作結束之後，他拿著袋子上樓，到後院裡挖了一個淺淺的洞，把袋子踢進洞裡，然後蓋上鬆軟的土壤。

傑克想著要幫卡麗買個鍊墜。愛心的形狀會很恰當，還得挑個內嵌玻璃瓶的墜子。和他掛在脖子上的小瓶罐一樣。

誰曉得？

這說不定會讓他們更親密。

雨天之後

晚上九點五十七分

費城南區，亞德勒街和克利斯堤安街路口

寇瓦斯基透過夜視鏡瞄準目標的頭部。沒錯，這絕對不好清理。

那傢伙的腦袋被一個職業殺手鎖定，卻仍然毫無所覺的又吃下另一片披薩——這傢伙只吃這種東西嗎？不過，肥仔這回不喝法奇那橘子汽水，改喝健怡可樂。難道他以為這會有用？

回到行動崗位真好。沒錯，有很多事尚待釐清，但是他當然可以一邊思考，一邊掃蕩費城的義大利黑幫分子。

他們偷走了原本屬於他的未來。有凱蒂，有孩子的未來。

所以，他也要取走他們的未來。

一個也不留。

穩住了。

食指扣住扳機。

設定角度，確認可以造成血流成河的效果。

還有……

寇瓦斯基受傷的大腿——終於裝上適當的支架了——開始震動。

他換了新手機。稍早在醫院裡，他把原來的手機丟進裝醫療廢棄物的垃圾桶裡。這支和原來的一模一樣，又是一支超薄型手機，配備了專門為運動員設計的套環。只有一個人知道這個號碼。寇瓦斯基把耳機貼向耳邊。

「你在忙嗎？」

「還好，」寇瓦斯基說，「妳呢？」

「我好像睡了一整天。」

「那好。」

確認她的狀況穩定之後，寇瓦斯基將凱莉——他查過了，她的真名是凡妮莎．瑞登沒錯——移到一個沒有登記的藏身之處。即使CI－六也不知道這個地方。

喔，至於偕同「操盤手」——也可以稱他為墓園爆頭男麥特．席佛——一起賺外快的南茜呢？CI－六向他保證過，他的這位前管理人兼前女友絕對會遭到懲處。不過，CI－六的助理祕書在他的傷口上灑了一把鹽，表示他在週四夜的任務完全不屬於公務調派。事實上，他接到的指令全都出自操盤手，只不過是經由南茜轉達。

不，絕對沒有，助理祕書並沒有因此責怪他。寇瓦斯基怎麼可能會知道呢？南茜套用了正確的程序，而寇瓦斯基只不過遵循指示，不是嗎？

是沒錯。只是……

助理祕書突然對歐森姊妹花有種貪得無厭的興趣：「這些裝置怎麼運作？自我複製，是嗎？你該不是要說……」這個態度讓寇瓦斯基開始擔心。如果有哪個十五歲小鬼突然對戰鬥步槍起了興趣，他也會同樣感到憂心。

這些他媽的鬼裝置，一定得斬草除根。

尤其是如果凡妮莎告訴他的資訊屬實。

據她表示，這種裝置潛伏在至少一萬四千個人——而且人數還在增加中——的血液當中。只要某個衛星一聲令下，就可以控制操縱。

助理祕書還不知道這件事。

寇瓦斯基刻意延緩情資傳達的速度，他需要時間擬定策略。他沒有說出在聖地牙哥有一份證物。他只告訴他們，當凡妮莎．瑞登狀況穩定之後，會帶她出面。

但是他們的耐性逐漸耗盡。再過不久，他們就會派人追蹤他。

和凡妮莎。

「你現在在做什麼？」她問道。

「打理一些事。對了，我想問妳一件事。」

他的步槍依然鎖定肥仔，他快喝完健怡可樂了。寇瓦斯基可以從他脖子往後仰的角度看出他正在汲取最後幾滴咖啡因。

「什麼事？」

「想不想去吃晚餐？」

「我應該可以出門見人了。你不會了解好好沖個澡對女人可以發揮什麼作用。」

「當然是戴著項鍊沖澡。」

「永不離身。」

當時，他們在醫院裡弄丟了艾德的腦袋，寇瓦斯基束手無策，不知該怎麼處置凡妮莎。她仍然不能獨處，輸血也不見得有效，只要有一個奈米追蹤裝置殘留在她的血液裡，就足以自我複製出成千上萬個歐森姊妹花。另外，到樓下的墓園砍下操盤手的腦袋也不太可行，因為整個現場到處都是警察和急救人員。

所以，寇瓦斯基提出的解決之道，就是讓自己也感染，然後將血液裝在小瓶罐裡戴在頸子上。和當年的驚世夫妻安潔莉娜．裘莉和比利．鮑伯．松頓一樣。如此一來，兩個人都安全了。

「你願意這樣做？」當時，她這麼問。

「我真是有風度，對吧？」他玩笑以對。

他原本建議刺手指取血，結果她伸手拉下他親吻，親吻他的嘴、傷痕和瘀青，問題輕鬆解決。

「那麼，你要帶我去哪裡？」她現在問了。

等等。

肥仔在移動。這胖子調整褲襠，準備稍稍運動一下。也該是時候了，不是嗎？步槍瞄準器隨著目標移動。

「我在想……」

穩住了……

食指扣住扳機……

「……去聖地牙哥。」

砰

砰

砰

致謝詞

如果沒有Meredith、Parker和Sarah，以及Allan "Sunshine" Guthrie、"Marquis" Marc Resnick和David "Hale" Smith，不可能有《金髮毒物》這本書。

作者藉此機會，也要感謝Ray Banks、Lou Boxer、Ken Bruen、Angela Cheng Caplan、Bill Crider、Aldo Calcagno、Michael Connelly、Paul Curci、Carol Edwards、Luke Elijah神父、Loren Feldman、Nancy French、Greg Gillespie、Mckenna Jordan、Jon、Ruth和Jen Jorden、Deen Kogan、Christin Kuretich、Terrill Lee Lankford、Joe Lansdale、Laura Lippman、Emily MacEntee、Donna Moore、Kevin Burton Smith、Mark Stanton、Shauyi Tai、David Thompson、Dave White、St. Marin出版社旗下Minotaur的好朋友、《費城城市報》、作者的朋友家人，以及世界各地的金髮人士。

同場加映：

紅髮女郎

籲請讀者注意：

〈紅髮女郎〉是《金髮毒物》的續篇，而《金髮毒物》就編排在這本書的前半部，請各位務必先行閱讀。

如果讀者買了這本書，想要從結尾來破解整個故事，請容我直言：回頭是岸，從頭開始看。立刻照我的話去做！因為書裡會提到某些詭異的名詞，諸如「歐森姊妹花」、「CI－六」、「操盤手」等等，讀者必須讀過完整的前篇，才能享受到續篇的樂趣。否則，〈紅髮女郎〉的第一行可能就壞了各位的讀興。

所以，請立刻翻回最前面開始閱讀。感謝各位的合作。

（我要把這篇故事獻給Terrill Lankford。至於原因，他自己知道。）

杜安・史維欽斯基

「對一名紅髮女郎來說，這相當有深度。」

——聯邦執法官馬特・迪倫（Matt Dillon）

「我是頗具深度的紅髮女郎。」

——凱蒂・羅素（Kitty Russell）

話很早就傳了開來，據稱，他們逮到了寇瓦斯基，而金髮女郎已經喪命。

寇瓦斯基搭乘AH—六四阿帕契戰鬥直升機，隨時可能抵達。

金髮女郎的無頭屍體目前還在聖地牙哥南方，在某個離邊境不遠的小型醫學機構裡解剖檢驗。由於當地販毒集團活動猖獗，機構裡的幾個傢伙都不想多做停留。而且當地治安極差，斬首事件幾乎成了家常便飯，沒有人想要蹚混水。

反正，擔心金髮女郎的人不多。

他們要的是寇瓦斯基。

他才是掌握情資的人。

他們的心情就像家有五歲幼兒的家長，首次為學齡前子女邀請玩伴來家中參加生日派對。他們準備了一處祕密監獄，除了直升機停機坪之外，自然也少不了偵訊室。有個職員驚訝地在偵訊室角落發現殘留的血跡和骨頭碎屑。而他可以發誓，幾天前，他才仔細清掃過整個地方。

照明設備經過檢查，該換的全都換過。重點是，嗡嗡作響的閃爍燈泡必須保持一定的數量。椅子全都就定位，房間後方的金屬孔也裝上了一個嶄新的掛肉大鉤，提示意味十分明顯。

政府在國內各地都設有這種祕密監獄，全都選在不起眼的角落。這一間祕密監獄位在賓夕法尼亞州的斯坎頓和威克斯巴爾之間，最近的鄰居住在一哩之外。他們以為這個地方專門回收舊書來打紙漿。其實，這是用來掩飾尖叫聲。如果有人問起，他們可以拿機器聲響尖銳刺耳做藉口，但是，從來沒有人過問。

阿帕契直升機在凌晨四點四十六分降落。寇瓦斯基被推了下來，他仍然穿著平時的外出服，只是多了頭套。當然，他被搜過身，沒有攜帶任何看得見的武器。

他們扯掉他的頭罩，他瞥見彷彿曇花一現的亮光之後，立刻被推進霉味刺鼻還鋪了鐵板的門廊，走進位在最內側的房間。

他們刻意帶著他迂迴前進，想要混淆他的方向感。

隨後，他們剝掉他身上的衣服，連斷腿上的鐵製支架也沒放過。他們最後才取下掛在他脖子上的小血瓶，還進一步發現裡面裝的是幾個月前、最早期的血液。果然值得研究。

警衛伸出大手，一把扯下寇瓦斯基脖子上的小瓶子。

這下子，他非得仰賴**這些人**的陪伴了，否則他性命難保。如果他們想殺他，只要把他鎖進房間裡，等個十秒就可以看到結果。寇瓦斯基的方圓十呎內如果沒有別人，奈米裝置便會湧向他的大腦，然後爆裂。這一點也不費事，簡單得很。

目前，他的身邊還有兩名警衛。他們可以稍後再解決他，先得到需要的資料再說。

接下來是最後一項安全檢查了，他們灌他喝下某種讓他反胃的東西。

而他也的確吐了。

這些人重複同樣的程序，然後檢查他的嘴巴和肛門。

他們將他毒打一頓之後，要他坐在金屬椅子上。

他們沒把他吊起來，這招應該是要留到稍晚才用。

「嘿，」寇瓦斯基問，「我的大舅子在嗎？」這是自從他在墨西哥被捕之後說的第一句話。

他們什麼都沒說。

其他的人隱身在光纖攝影機後方看著他。

寇瓦斯基等著。

□

過了一會兒，有人打開房門走了進來，寇瓦斯基猜想這傢伙應該是偵訊員。兩名警衛退了出去。

偵訊員並不起眼，但是這種人才真值得特別留意。

他沒有報上姓名，只流露出近似無聊的表情。

「老實說，」偵訊員說，「我只想趕快進行到下個階段，把你吊在掛鉤上，一塊塊割下你的皮肉。而且，我要從你的肛門開始下手。」

「你們這夥人對我的屁眼還真感興趣。」

「可以開始了嗎？」

寇瓦斯基說：「我全都招。」

「見鬼了。」偵訊員說。

「接下來，」寇瓦斯基抬頭看著天花板說話，「你們全都會死，一個接著一個。」

偵訊員精神來了：「喔，是這樣嗎？」

「一個也不留。」

偵訊員露出一個大大的笑容。「你說了算，小滑頭。聽著，你繼續扯，我會當你是放屁，接下來我們才有得玩。」

「我早就想到你們這群渾蛋會玩什麼把戲了。」寇瓦斯基瞪著天花板的一角。監看他的人對此十分佩服。寇瓦斯基似乎清楚知道隱藏攝影機的位置。

「但是不管你怎麼說，」偵訊員說，「你還是進到了這裡。」

偵訊員站起身，伸手到長褲口袋裡掏出一支黑柄薄刃小刀，取下刀刃上的硬紙套。顯然，為了寇瓦斯基，刀子特別消毒過。

「放馬過來吧。」

「我們先到了洛杉磯。」寇瓦斯基說。

偵訊員嘆了口氣，坐下來聽寇瓦斯基說出故事的始末。

□

「我們到洛杉磯吧。」他這麼跟金髮女郎說。她的真名是凡妮莎，在過去幾個星期之間她受了不少折磨。現在，她睡覺的時間減少了，也恢復了大半的記憶，只是心情依然相同，不但沉溺於悲傷之中，還亦趨嚴重憂鬱。但是，只要想想她在幾乎喪命之前還扮演了好幾個星期的連續殺人犯，這個結果也就不足為奇。多數有同樣經歷的人到最後不是送了命，就是進了精神病院。

「你之前不是說聖地牙哥，」她說，「也就是我存放隨身碟的地方？」

「好啦，洛杉磯比較好玩。我帶妳到好萊塢大道上的慕梭法蘭克餐廳去吃牛排，然後我們再開車南下，到聖地牙哥去。」

「我不吃紅肉。」

結果，他們還是決定到洛杉磯。寇瓦斯基當時在費城的工作已經進入尾聲，黑心謀害他未婚妻的犯罪家族成員所剩無幾，最後的兩個餘孽不過是跑龍套的角色，不值得他費心。空出來的地盤馬上由俄國人和波蘭人補上了。寇瓦斯基心想：就讓他們稱霸吧。就算他從此再也見不到費城，他也毫不在乎。如果恐怖分子用核子武器攻擊這個城市，說不定他會回來，在燃燒的廢墟上灑泡尿。

他應該放下狹隘的本土觀，開始放眼全球。

比方說，來場不分國界的全球啟示錄。

根據記憶，凡妮莎把自己對於近距監控裝置所知道的一切全都告訴了他。核心資料存在USB隨身碟，放在聖地牙哥。但是，光是她所知道的內情就足以引發恐懼。這些該死的小小歐森姊妹花彷彿流浪漢一樣地複製，不但迅速、狂猛，而且完全不需要經過思考。倘若如今缺了首級的渾蛋操盤手所言不假，那麼，在這個時候，歐森姊妹花正在北美大半人民的血液當中忙碌地流竄。他們在費城鬧區的離奇經歷距今已經好幾個月了，歐森姊妹花有足夠的時間壯大聲勢。

在同一個時候，寇瓦斯基的雇主——CI－六，也如同把玩著特百惠玩具[1]的孩童一樣，逐漸拼湊出一切。畢竟他們不蠢，只不過龐大笨拙了些，和其他政府單位沒有兩樣。

寇瓦斯基認為他和凡妮莎沒有多少時間可以逍遙，他們會找上門，而且不會留情。也許，在這個星期結束之前就會出現。從他打電話查詢新任務的時候，就可以感受到這股氣氛。莫名的寒意讓他知道事有蹊蹺。

前往洛杉磯是他的上上之策。

她同意配合他的計畫。

他們租了一輛車，到費城北側郊區納沙麥利的賣場採購必需品，寇瓦斯基買了小行李箱、衣物和幾本犯罪小說，凡妮莎則添購了化妝品。

寇瓦斯基用手指輕彈購物紙袋，問道：「裡面是什麼？」

「我的皮膚對加州陽光適應不良。」凡妮莎說。她的愛爾蘭口音完全恢復了。她在美國境內各個

1 Tupperware shape toy，是一種讓小孩把三角、正方、圓形等幾何形狀的塑膠積木放入相合孔洞的玩具。

機場之間飛來飛去的時候，一直假扮成面無表情的中西部人，現在已經沒有這個必要。

「妳的皮膚好得很。」寇瓦斯基說。

凡妮莎彈了彈他的塑膠袋。「裡面是什麼？」

「我的心情正適合讀羅斯．麥唐諾[2]的推理小說。」

「怎麼著，你身邊的愛爾蘭人[3]還不夠啊？」

她本來想開個玩笑，但是兩個人都沒笑。

他們開上賓州收費公路往東走，經過紐澤西收費公路，然後在紐約的紐華克機場搭機離開。

□

「是啊，我知道。」

「你知道什麼？」寇瓦斯基問道。

「我當時也在紐華克機場，親眼看到你們。通知洛杉磯駐地人員的就是我。」

「胡扯。」冰涼的金屬椅直接貼著寇瓦斯基的屁股和睪丸，他挪了挪身子。他知道這些人為什麼要把他剝個精光，因為這會讓人感覺脆弱。但是這對寇瓦斯基完全沒效，他根本不鳥這個招數。對他來說，這只是不舒服，而且讓他更加火大。

「我是說真的，」偵訊員說，「說來，這也許不是我的專長，但是我就坐在三排座椅之外，你本來想讀平裝版的《某些人的死法》[4]，但是眼光卻離不開身邊的金髮友人。她看起來魂不守舍，可能還有些哀傷。」

「她是嗎？」

「別放在心上。我對自己的工作很在行，你馬上就會知道的。」

「呃，你們洛杉磯的人員可真是糟糕透頂。」

偵訊員咧嘴笑開來：「是啊，他們真是遜斃了，對吧？」

□

在洛杉磯機場裡，寇瓦斯基看見他們就在登機口的幾呎之外。他沒有告訴凡妮莎，因為除非必要，否則他不想讓她操心。

結果是，根本也沒這個必要。

出了租車處之後，寇瓦斯基避開幹道，一路疾駛開上辛尼卡大道，並且在殷果伍德附近擺脫那些人。寇瓦斯基希望他們不是CI—六吸收的新手。CI—六到校園裡挖掘新人，招募之後，在這些年輕人的腦袋裡灌輸些垃圾思想，然後拍拍他們的屁股，直接推他們上場。如果他們沒具備實際的街頭經驗，絕對會被生吞活剝。不過，這不是寇瓦斯基的問題。

「這就是洛杉磯嗎？」凡妮莎問道。「天哪，這裡也不過是種了些棕櫚樹的貧民窟罷了。」

「其實，樹都半死不活的，」他說，「某種真菌感染。再過不久，這裡就只剩下貧民窟了。」

「也許歐森姊妹花早一步找上了這些樹。」

寇瓦斯基邊開車邊看著她。凡妮莎撫摸掛在項鍊上的小瓶子。她的瓶子和他掛在頸子上的瓶子是

2 Ross Macdonald（1915-1983），本名肯尼斯．米勒，在同為推理小說作家的妻子鼓勵下，執筆創作，知名作品是冷硬派私探陸．亞傑系列。

3 Macdonald為愛爾蘭人常見姓氏。

4 *The Way Some People Die* 是麥唐諾一九五一年出版的推理小說，也是陸．亞傑系列的第三本。

成對的，她的瓶裡有他的血，他的瓶子裡則放著她的。這兩個小瓶子保住了兩人的性命。

四十分鐘之後，他們來到了藏匿的地點。

這個坐落在好萊塢的套房公寓，可謂是最甜蜜、最理想的躲藏地。屋主是個編劇，也是寇瓦斯基的朋友。這個編劇友人在九〇年代初期，老愛泡在帥哥辣妹聚集的熱門酒吧裡。在那幾個星期之間，寇瓦斯基和這個好伙伴性致高昂，不但大肆荼毒自己的腦細胞，也沒忘記加足馬力，勾搭力圖出頭的女演員。如今李．麥寇斯北上到溫哥華拍攝他的首部大成本電影——翻拍八〇年代的超暴力電視影集《開腸剖腹》（*The Eviscerator*）。過去這幾年當中，寇瓦斯基和李一直保持聯絡，每次到洛杉磯來，也會帶著牛排和啤酒來拜訪這個朋友。結果這些友好行動換到很不錯的好處：偶爾借用李的小窩。

CI—六完全不知道這個地方。

同時，李的這個小窩還很有名。或者該說，對於喜歡《漫長的告別》[5]的影迷來說，「還算」有名。在片中，艾略特．顧爾德所飾演的偵探馬羅就住在李的這間公寓裡。另外，英國導演肯尼斯．布萊納的驚悚片《再續前世情》（*Dead Again*），也把場景選在這地方的樓上。

這兩部電影凡妮莎都沒看過，所以算是可惜了這房子的盛名。

就公寓本身來說，情況也差不多。

她不曾看向窗外。

窗外景觀真的很漂亮，連寇瓦斯基都這麼想。起伏的綠色小山丘夾雜著幾抹棕色，模型般的百萬豪宅點綴在其中，遠處還能看見鬧區的燈火閃爍。如果哪個人非到洛杉磯逛逛不可，那麼這個地點絕對是夢寐以求的首選。

凡妮莎一點也不想看嗎？

「我要去沖個澡。」她說。

寇瓦斯基決定來瓶啤酒。

浴室在臥室的另一側。一如往常，凡妮莎花了很長的時間待在浴室。寇瓦斯基閒來無事不禁開始幻想，她究竟在浴室裡做了些什麼事。當然，他自有想法。在他的第三瓶 Sierra Nevada啤酒正喝到一半時，她裹著一條毛巾走進了廚房。

「啤酒好喝嗎？」她帶著微笑說話，彷彿真的想知道答案。

寇瓦斯基順著她光潔的雙腿往上看到毛巾，以及露在毛巾外的身子，接著看到她的臉，最後是她的頭髮。

紅髮。

我的老天，她把頭髮染成紅色。

「怎樣？」她充滿防禦地問道，「我受夠了我原本的模樣。」

凱蒂也是紅髮。

凱蒂，他懷有身孕的未婚妻已經過世，只等他安排好相會的時間，準備在來世為他生下孩子。

「呃。」他吞下啤酒。

這時候，有人現身了，準備取他們的命。

□

5 *The Long Goodbye*，雷蒙．錢德勒筆下偵探馬羅系列的小說，初版於一九五三年上市。一九七三年由勞勃．阿特曼改編成電影。

「你不得不承認，第二組人馬的身手還算不錯。」偵訊員說。

「是嘍，」寇瓦斯基說，「他們的確很有一套。」

□

這組人馬包括：

蒙哥馬利女士，又名「麻痺安娜」。

布朗先生，又名「外科醫師」。

麥區太太，又名「骨鋸手」。

這幾個人的技巧相輔相成，因此也成了他們無聊暱稱的由來。然而，他們同時也是精準的襲擊團隊，專精於超乎尋常的制裁行動。因此，如果任何人想要殺害某個對象，又不想啟人疑竇，那麼這些人是最佳人選。

所以，這就對了。具備外科手術攻擊技巧的襲擊團隊，各自有名符其實的別號。CI－六就喜歡玩文字遊戲。

骨鋸手喜歡自己的綽號，其實，她根本嗜痛如癮。

外科醫師幾乎不說話，讓旁人很難確認他對自己的外號作何感想，說不定，他根本不覺得自己可以表達看法。他喜歡玩數獨，以簡單的「對」字來回應大多數的問題。

麻痺安娜有精神障礙，她聲稱，只要將相同程度的折磨加諸在他人身上，就可以擺脫自己的痛苦。如果有人朝她的腿開槍，那麼在她對**你的**腿開槍之後，她就可以立刻恢復。對於這項說法，CI－六的專家找不出任何生理學上的根據，只能說她是個瘋子。她自己倒覺得這是一種超能力。他們戲稱她是好妄想的「麻痺安娜」。她則對專家們回嗆惡言，稱呼他們**賤人**或**屎蛋**，以便讓自己相對舒坦。說來說去，這就是她之所以能堅不可摧的理論根據。

她率先進門。

□

要走進李．麥寇斯的公寓只有兩個方法，不是搭乘「高塔」（此建物的大名）裡的密閉電梯，就是爬盤旋而上的水泥樓梯。電梯不但會發出碰撞聲，還會隆隆作響，這麼一來，無異是公開宣布：**各位好啊，我上來殺你們啦！**於是，安娜選擇爬樓梯。

她跳越保護公寓住戶隱私的白色矮牆，蹲下身子，然後悄悄來到玻璃門邊。

她沒帶任何武器，因為她喜歡就地取材。

陽台上有一張小型金屬桌，上面有個玻璃菸灰缸，裡面丟了幾個可樂娜特級啤酒的瓶蓋。

她清掉桌上的東西，掀起桌子朝玻璃門一丟。

接著，她直接走了進去。

□

凡妮莎的新髮色讓寇瓦斯基完全分了心，因此，當陽台的玻璃門突然破裂，一個乖戾粗魯的少女衝入室內時，他沒有及時反應，失去了制敵機先。

少女一把將凡妮莎推倒在地，使她裹身的毛巾鬆了開來。這景象又令寇瓦斯基多停頓了一秒。在兩人同住的這段時間裡，他從來沒見過凡妮莎的裸體。

少女衝過來，用自己的前額衝撞寇瓦斯基的腦袋。他雙眼一翻，搖搖晃晃地退進了廚房。他很難保持平衡，因為他的腿上還裝著支架。他手上的啤酒滑脫，在地板上砸成碎片。

少女咧嘴笑開來。

透過模糊的視線，他將她看得清楚了些。好吧，也許她已經不算少女了。但是不管怎麼說，她的五官——小小的嘴，翹翹的鼻尖——怎麼看都很年輕。而且她深色頭髮的前方正中央還有一撮極淺的藍髮，只有想要惹惱家長的青少年才會這麼做。

她伸手掌摑寇瓦斯基的臉，彷彿想吸引他的注意。

接著她對準他的嘴巴迅速出拳，力道大到令人吃驚。這一拳打落了他兩顆牙齒。

寇瓦斯基反擊她的樣子彷彿在拍蒼蠅。這一瞬間，他實在看不清楚，站在他面前的似乎是三個少女。他嚥下自己的血水。血水中混雜著啤酒，這個口味不值得推薦。

真該死，現在這是什麼狀況？

三個少女再次激動出拳。寇瓦斯基擊中了中間那個少女某種廉價又骯髒的東西，她咧開了嘴。

她眨著眼，嘴唇發顫，看來就要放聲大哭。天哪，他竟然痛毆一個小女孩的臉蛋。

接著她對準他的嘴巴，重新展開攻擊。這招的確厲害，寇瓦斯基感覺到自己的兩顆牙順著舌頭往後滑。他的牙齒尺寸不小。

少女的臉孔有了改變，眼淚消失，現在綻放出聖誕節早晨的明亮光彩。

「哈！」她高喊。

她是哪裡有毛病？寇瓦斯基一邊想，一邊試著不要吞下自己的牙齒。

還有，他們怎麼會找上這個地方？

□

「你們怎麼會找上哪個地方？」

「你自己帶的路。」偵訊員說。

「這麼說，我並沒有在殷果伍德甩掉第一組人馬？」

「不，你成功擺脫了他們。他們甚至還遭到兩個少年犯罪集團的成員槍擊，引發了一段有趣的逃亡插曲。這幾個人到現在還在挨罵。」

「那麼，你們究竟是怎麼找到我們的？」

偵訊員頓了一下才露出微笑。「你真的不知道，是嗎？看來安娜下的手比我想像中還來得重。」

寇瓦斯基低頭看著桌子。他的視力還沒有完全恢復，自從頂著一撮藍髮的少女撞擊他前額之後，他就喪失了雙眼二．〇的標準視力。賤婆娘！

□

「賤婆娘！」凡妮莎邊罵邊拿起不銹鋼茶壺敲向少女的腦袋。

女孩撲倒，雙手雙膝著地，尖聲哭叫，聲音聽起來和沸騰作響的茶壺沒有兩樣。寇瓦斯基趁勢踹她的後背，女孩趴倒在啤酒瓶的碎片上。

寇瓦斯基抬頭看凡妮莎，她竟然有三對乳房，六個乳頭。

天哪，他的視力這下子毀了。

以後再想這些。寇瓦斯基轉身，朝水槽吐出血水。一顆牙齒落在白磁水槽裡，另一個順著出水孔流進了水管。

「媽的。」他說。他從前掉過上門牙，但是沒掉過下排的牙齒。這排牙齒一向是他的驕傲，雖然不顯眼，但總算是個優點。**可惡的王八蛋**。他拿起水槽裡的牙齒，用右手緊緊握住。

地上的少女這會兒開始大聲啜泣，她的呼吸急促，手指顫抖，雙眼緊閉，血水順著她的下唇滴落地面。

「嘿，」凡妮莎蹲下身子對她說，「好了，別哭了。」她伸手碰觸女孩的腿。

「等等，」寇瓦斯基說：「她是……」

他慢了一步。

少女一腳踢向凡妮莎的胸口，使得她整個人往後飛進廚房，撞倒桌子，後腦勺正好撞倒桌腳。如果不是疼痛到難以承受，這個場景還真逗趣。

少女撐著跳起身來，完全不介意這個動作會讓手上的碎玻璃刺得更深。她仍然狼狽，嘴角掛著血絲，臉上躺著淚水，但是狂亂的表情卻顯得十分快樂。

凡妮莎低聲呻吟，掙扎想穩住呼吸，指頭緊緊按住塑膠地板，似乎下面藏著止痛藥。

「妳的乳房很敏感，我感覺得到。」女孩邊說話邊看向廚房流理檯上放的螺絲開瓶器。那是寇瓦斯基在超市買紅酒時，順道買的開瓶器。少女迅速思考了一下，確認開瓶器足以符合她的需要。

她伸手去拿。

寇瓦斯基用右手環住她的脖子用力擠壓。

這是寇瓦斯基的招牌動作。他自比為電玩版「星際大戰」裡的垃圾怪物，被鎖定的目標除了靠該死的「原力」才能掙脫之外，別無他法。

偏偏少女的動作非常迅速，已經把螺絲開瓶器拿在手上。

夕陽下，該死的原力和從超市買來、值三．九九美金的螺絲開瓶器就要展開一場你死我活大決戰。

她劃破他的臉頰。寇瓦斯基側開頭，繼續用力勒。她轉身攻擊他腰側，刺破他的皮膚及贅肉。媽的，她還真靈活。

他繼續勒她的脖子。

到少女終於失去意識的時候，寇瓦斯基的腿上、背上、臉上和手臂──別漏了他右側腰間的贅肉──全被劃得皮破血流。

他放手讓她倒向廚房的地板，接著坐下來整理思緒，評估自己的傷勢。他的傷口不少，算算總共有二十二處嚴重的傷口。他用舌頭輕觸口腔內側，檢查是否還掉了別的東西。

在廚房的另一頭，凡妮莎用手臂把自己撐了起來。

「該死，我還指望你帶了槍。」她說。

「我還指望我的牙齒有保險呢。」寇瓦斯基說。他張開右手掌，低頭看帶著血的牙齒。

凡妮莎伸手拿毛巾。寇瓦斯基這才發現免費演出已經結束，而他居然沒能全神貫注欣賞一番。他想騙誰？再怎麼說，他也不會容許自己這麼做。

「妳還好嗎？」他問道。

「近期內，我不會想帶任何小女孩出門去玩了。」她用毛巾重新裹好身子。

「我們得到聖地牙哥，立刻就走。」

「我也這麼想。」

他們迅速地收拾行李，兩個人都沒說話。

□

「你還是想不通，是吧？」偵訊員樂在其中，開心程度不亞於玩弄小刀的樂趣。說到刀子，那究竟是什麼刀？是他從自家廚房帶來的東西嗎？是不是他老婆從名牌廚具展售會上買來的？

「欸，」寇瓦斯基回答，「我明白了。第一組人馬迫使我們不得不到特定的地點租車，而你們早就派人守在那裡了。我們租來的福特轎車上有定位系統。」

偵訊員搖搖頭，嘖嘖作聲表示不贊同。「她竟然說你是她合作對象中最聰明的一個。」

他不必說出名字。光是「她」這個人稱，就足以刺穿他的護身甲冑。

「不過，」偵訊員繼續說，「她已經不再是我們的成員。」

寇瓦斯基沒說話。

「至於你的推測呢，不對，我們沒在轎車裡動手腳。我們有別的方法。」

寇瓦斯基仍然不作聲。

接著他頓悟。喔，媽的，當然是這樣。笨透了！也許他的腦袋**真的**被揍到短路了。

他知道狀況，但是沒料到時間會那麼早。

「外科醫師認為他的裝置滿有用的。」

□

外科醫師看著目標走下公寓的樓梯，一下出現，一下又看不到。不過，沒關係，透過攜帶式追蹤器就可以知道他們的位置。兩個紅點慢慢地在定位方格裡移動，不可能錯失。

因此，他多少放鬆了些，抽起寶馬牌香菸。洛杉磯現在幾乎找不到可以抽菸的地方，但是在這間閒置公寓裡就沒關係了。也許租屋公司的職員會聞到一絲菸味，不過那時候他早就已經離開了。

事實上，他只預期在這裡繼續待個幾分鐘。

也許，六十秒就夠了。

他簡短地打了個電話（去他的網路——外科醫師是個守舊派人士），問出李·麥寇斯的車庫是左手邊的第三個位置。這些車庫簡直是石器時代的產物——爛泥山丘邊上砌了一個個正方形的水泥箱，還搭配波浪狀的鐵門。一般中型房車都停得進去，比方說，福特Taurus就可以。

再簡陋的車庫都會有個門把。

他輕輕鬆鬆就設下了陷阱。他把「那個東西」放在右側口袋，手上拿著一疊超市傳單，先走到公寓大門去發傳單，然後在回頭的時候迅速戴上手套，再把「那個東西」覆蓋在把手上就大功告成。

「那個東西」極好用。布朗先生只要一有機會就會拿出來表現。皮膚接觸到「那個東西」，就會致命。不是立刻死亡，是大概在十五或二十分鐘之後，人就會失去意識，永遠醒不過來。

而且，「那個東西」無跡可循，連中央情報局也不知道它的存在。

於是布朗先生藏身到對街公寓裡監看、等待，順便抽抽菸。他還撕開一包薄荷錠，每抽完一支菸後含個一小把，以消除口中的尼古丁氣味。女人對這種事都很吹毛求疵。

也許任務結束後，他可以到日落大道上去找個對象約會。

這些車庫最大的好處是寬度都很窄，一次只能容納一個人通過。開車的人必須擠進駕駛座裡，然後倒車出來，讓乘客在拉下車庫鐵門後才跳進車內。

這也就是說，一定會有人握住車庫的門把。先是司機，接著是乘客。

瞧，他們這不就出來了嗎。兩人朝著車庫走去，正思索著如何才能順利逃脫。

對。

蒙哥馬利女士沒能夠解決這兩個人，令外科醫師有點驚訝。一般而言，她算是個好手。他希望她不至於賠上性命。

但是話說回來，他樂於賣弄「那個東西」。

□

寇瓦斯基伸手拉車庫門。

「等等。」凡妮莎說。

「沒有人躲在裡面，」他說，「我做過記號。如果有人在這幾個小時內打開過車庫的門，我絕對會知道。」

「做什麼記號？在角落上貼膠帶嗎？」

寇瓦斯基沒說話，因為他的確是這麼做，在車庫門上方的角落貼了塊膠帶。膠帶還在原處。

「我會很快地拉開門，」他說，「如果爆炸，我們可以立刻跳開。」

凡妮莎看著他。「胡說八道！」她彎腰握住門把，將車庫門往上拉。車門沿著生鏽的凹槽往上滑，一路嘎吱作響，接著停在她的上方。

沒有爆炸。

沒有槍擊。

什麼都沒有。

寇瓦斯基白了她一眼：看吧！

「好吧，那我們走。」她說。

□

「命中一個。」外科醫師低聲說，又吞了一把薄荷錠。

但是，眼前有個問題。女郎死定了，但是男性目標——就是那個寇瓦斯基——側身擠到車邊準備坐進駕駛座。這也就是說，他根本不會碰到門把。

還好，他有備用工具。

而且更高段。他在距離車庫門六呎之外貼了一道與門同寬的膠帶。

這種特殊的膠帶對壓力會有反應。踩在膠帶上面，或是用盡全力踏都不會有影響，情況和一般的絕緣膠帶沒有兩樣。但是如果重量與汽車相當的物體壓在上面，那可要小心了。

砰！

所有的鑑識檢驗分析都只會顯示一個結果：爆胎——不知怎麼著，難以置信地——引爆了油箱，引燃一發不可收拾的大火。而且，這是唯一的可能。而且，膠帶早就被大火燒得一乾二淨，沒剩下任何能分析的東西。

外科醫師看著男性目標發動汽車，又吞下一顆薄荷錠。

接著，他按下遙控器，啟動膠帶。

□

寇瓦斯基發動汽車。他有種奇怪的感覺，毛毛的，好像有什麼不對勁。事情進展得太快。不到一個小時，他們就豎起白旗，被迫離開藏身地——而且這還是他所知道最安全的地方。這不像CI－六的作風，他們沒有這麼精幹。他原來以為自己還有充裕的時間來做好準備，如果能有一個星期就好了。

他最不爽的是啤酒還留在李的公寓裡。老天，這真讓人火大。

寇瓦斯基伸手拉排檔桿，但是沒碰到。他試了第二次才摸到排檔桿。

他的胃有些燥動。他的胃幾乎從來沒有痛過。

寇瓦斯基嘆口氣，熄掉引擎。他走出車外，覺得熱血衝向腦門。他從車旁擠了出來。

「妳得開車。」他說。

他把鑰匙丟給紅髮女郎。

她穩穩抓住鑰匙。「我不知道在美國該怎麼開車。」

「我們會一直沿著五號公路走，只要保持在同一條路上就好了。妳辦得到。」

「老實說，我不會開車。完全不會。」

「簡單得很，開在兩道白線之間就可以了。」

這是個謊言，凡妮莎顯然也知道。但是他們沒有別的選擇。無論寇瓦斯基如何控制自己的呼吸，他的暈眩仍然嚴重，恐怕光是坐在乘客座上都很難保持清醒，更何況手握駕駛盤。

凡妮莎沿著車身擠進駕駛座，發動引擎。寇瓦斯基往後退，心想：如果她能把車子完整地開出車庫，就是好預兆。

她將排擋桿移到倒車檔，將車子退出車庫。

□

外科醫師用雙手環住自己。

他似乎可以預見爆炸的威力轟掉男性目標的腦袋，頭顱彈到車窗，燒得血肉模糊。對。

□

凡妮莎設法不去撞倒寇瓦斯基，把車子開到他身邊，踩下煞車。轎車頓了一下。

「要不要上車？」她問道。

□

「搞什麼鬼？」

他看到了。車子碾過膠帶。**直接碾過膠帶**。

他的裝置從來沒出過差錯。

從來沒有。

還好，他有第三項工具。

□

她不是說自己不會開車嗎！寇瓦斯基扣上安全帶，一個禿頭的矮胖男人從門口搖搖晃晃地走了出來，手上還拿著槍。他朝他們跑過來，槍口對準兩個人。

「開車，」寇瓦斯基說，「現在就走。」

矮胖男開了一槍，擋風玻璃應聲破碎。凡妮莎驚叫出聲。

「踩油門，」寇瓦斯基說，「使勁踩。」

她依言猛踩油門。在她提起雙腳踩住煞車之前，車子已經往後爆退了十呎。福特轎車搖搖晃晃的，矮胖男再次舉槍瞄準。

寇瓦斯基將點菸嘴從儀表板上抽出來。

矮胖男開槍。

這發子彈射高了。

凡妮莎踩下油門，引擎轟隆作響。

「排到前進檔。」寇瓦斯基說完話立刻打開車門，將點菸嘴拋向矮胖男的腦袋，結果正中他的嘴巴。這雖然沒什麼不好，但寇瓦斯基瞄準的其實是他的眼睛。矮胖男雙唇顫抖，似乎想忍住噴嚏。寇瓦斯基伸手往下握住排檔桿打檔，說：「現在踩煞車！」凡妮莎照做，接著他排入前進檔，還沒來得及開口要她踩下油門，她已經踩了下去。

福特轎車猛然向前衝，直接撞上矮胖男。

「走！」寇瓦斯基說。

矮胖男飛了出去。

轎車疾駛，衝下了小山丘。

□

外科醫師做了最後嘗試，開槍射擊女郎的臉，但是這時候他已經翻到了半空中。他按下扳機，射偏了子彈。

偏得一塌糊塗。

直接射到地上。

而且直接命中橫貼在第三個車庫門前的絕緣膠帶。

踩過、踏過都不會有事。在正確的啟動之後，只有重如汽車的壓力才能引爆。

當然啦，無論有沒有啟動，還有另一樣東西可以引爆膠帶。

疾速前進的子彈。

對，而且成果非凡。

因此，外科醫師的身子還沒落地，爆炸的威力又將他轟到半空中，他至少騰空翻了兩個筋斗，接著一頭撞上了幾分鐘前他還在從裡往外望的窗戶。

就某個觀點而言，外科醫師稍早預見的景象並沒有錯。在那一瞬間，燒焦的人肉夾雜著血水噴濺到玻璃上。

玻璃應聲碎裂，外科醫師飛進窗內。

□

「那傢伙剛剛被炸上天了！」凡妮莎說。

「開車。」寇瓦斯基說。

「他為什麼會被炸飛？」

「妳只管開車就好。」

「邁可。」

「什麼事？」

「他為什麼會被炸飛？」

「開車！」

「天哪。」她嘆口氣。

「向左轉。」寇瓦斯基說。

□

爆炸使得安娜醒了過來。

她的眼皮抽動，一張開眼睛隨即感到一波痛楚席捲而來。美好的痛楚。她可以運用這波痛楚。但前提是，她得先站起身來。

哦。

她站不起來。

那兩個狗娘養的其中一人——不是缺牙瘸子就是光溜溜的婊子——砸碎了她的膝蓋骨。除了性器官和眼睛之外，這個部位可能是人體最敏感的地方。膝蓋骨的創痛是立即性的，而且是直通腦部的痛覺神經。

因此，膝蓋骨的創傷會造成難以承受的疼痛。

安娜不需要行走。她可以用手肘和剩下的另一個膝蓋爬行，去懲罰下手的人，讓他們承受同樣的**痛苦**，以茲懲罰。

她坐起身子。

或者說，她試圖盡量坐直。

但是她的雙手被固定在腦袋的上方，銬在馬桶底座。

不，不，不。

這表示痛苦會與她同在，沒有機會傳遞出去。這讓她無法接受。因為，如果有什麼事是麻痺安娜沒法承受的，那就是：**痛苦**。尤其是這種程度的痛苦。

安娜尖聲哭喊，懇求解脫。

任何形式的解脫都好。

喔，這真是太**痛**了！

□

寇瓦斯基必須小解。但是他打死也不想讓偵訊員知道。

他暗自思忖，是否乾脆就在這個地方直接尿出來，灑在水泥地板上，讓和體溫相當的液體噴濺在偵訊員的鞋子上。

「說來聽聽，」寇瓦斯基說，「你們是怎麼找到她的？」

「她來自首。」偵訊員說。

「什麼？她知道你們的地址？」

「先打住，方向錯誤，應該是我開口問**你**問題才對吧。遊戲規則你也知道，假如你不回答，我會切下你一塊肉，放到那裡面去。」他指著一個放在角落裡的金屬桶子。「如果你還是冥頑不化，我會拿那些肉餵你吃下肚。」

「我是在回答你的問題啊。」

「我知道，渾蛋東西。」

偵訊員玩弄小刀的紙套。

「那好，我們繼續：聖地牙哥。」

「聖地牙哥。」寇瓦斯基重複這個地名。

「聖地牙哥。」

「**聖地牙哥**！」寇瓦斯基怒聲嘶吼。

□

在開車前往聖地牙哥的整段路程當中，他們完全不知情。

不知道第三號殺手事先擦拭過車庫門把，清除了絕緣膠帶。這全是為了惡搞外科醫師（那個自大的渾蛋傢伙）。

他們不知道她手持CI—六提供的攜帶式追蹤裝置，緊跟在後。

她的外號不少，包括刺客、殺手，還有瘋子。

但是真正讓她亢奮的是CI—六用的暱稱：**骨鋸手**。

光是聽，就夠難受的。而她就喜歡這調調。

她的專長十分特殊，與大家偶爾在新聞裡讀到的隨機殺人事件似乎沒什麼兩樣。當然啦，另外也有媒體會注意到詭異的**連續殺人事件**。三不五時還會成為電影的題材。重點就在這裡。警察和記者追捕的是一個獨行瘋子，沒人想到她會是一名政府人員。

這點也讓骨鋸手頗為高興。

其實，她以前用的名字十分嬌柔優美，叫做莫妮卡．麥區。噁，這簡直讓她作嘔。她對**莫妮卡．麥區**從來沒有感覺。打從孩提時代，她就一直覺得自己像是……呃，一把骨鋸。

他們鮮少派她出任務，因此她才會親手排除外科醫師這個阻礙。

她想要在他們面前表現自己。她有一籮筐的新手法。昨天晚上她閒來無事，在手提電腦上就寫出了四十二種方法。

殺人的方法。

這天早上，骨鋸手起床迎向燦爛的加州艷陽時，將方法縮減到六種。她啜了口冰咖啡，用力咬著嘴唇反覆思索這些方式。血水混進了咖啡，增添了少許的鹹味。她喜歡。這個感覺幫她做出了決定。

她隨身帶了一盒注射筒。她在盒子裡墊了些棉花，這樣才不會在背包裡叮噹作響。而且，棉花一向好用。

□

「他們不會罷休，對吧？」

寇瓦斯基盯著她看。他眼中有好幾個她。這絕對是腦震盪，光是轉動眼睛就想吐。所以，他只好把頭轉了過去，看著車窗外飛逝的樹木、建築物、雲朵和其他車輛。慘的是，這讓他更加暈眩。

「他們派了兩個人，」他說，「所以，第三個可能也已經上路了。絕對不會只有兩個人，如果一個人搞不定，他們會派兩個後備人手。」

「我指的是之後。」

「什麼之後？」

「在我們把事情公諸於世之後。」

「那要看妳在聖地牙哥藏了什麼法寶。」

凡妮莎曾經告訴他，在她離開都柏林實驗室之前，她把能找到的資料都存在USB隨身碟裡。她相當確定自己看到了一些Excel檔案，裡面可能是財務紀錄。如果這些金錢往來讓CI－六和奈米近距監控裝置扯上邊，那麼這幾個渾球就絕對會萬劫不復。沒有人逃得過那些檢查，就算再機密，或是隱藏得再好也一樣。

如果有人膽敢資助一個藉由衛星控制就足以毀滅大半個北美的計畫，就得做好永世不得翻身的心理準備。這種事一定會出現在履歷表上。

之前，寇瓦斯基遲遲沒有動身前往聖地牙哥，是擔心急著前去會引人側目。

現在看來，這似乎已經不重要了。

但是他沒有說謊。CI－六的行事模式可以預期，他們不可能只派出兩名殺手。但是，奇怪的是，通常他們都會讓場景看起來像是意外。第一個人的嘗試看來像是隨機入侵住宅，這個他可以理解，但是第二個殺手竟然乾脆拿把槍朝他們開火。媽的，這究竟算是哪門子的細膩手法？

說不定第三個殺手也會這麼顯眼好認。

這是他的希望。

「我繼續沿著五號公路南下？」

「看到索拉娜海灘的路標時叫醒我。」

「假如我沒先撞車的話。」

「如果撞車，也記得叫醒我。」

□

「現在要進入有趣的階段了，」偵訊員說，「來，站起來。」

「什麼？」寇瓦斯基問道。

「痛苦時刻，還記得嗎？那個桶子啊？一塊塊切下你的皮肉來上菜。」

「嘿，我回答了你每一個問題。」

偵訊員微笑著說：「我**知道**你沒有全部說出來。而且我也知道你不會就這樣坐在這裡，丟出最後一張牌。沒這麼簡單。」

「丟」這個字讓寇瓦斯基想到自己的尿意。他沒辦法憋太久了，得解放一下。

「來吧，」偵訊員說完話，把自己的椅子往後一推，「我們用最簡單的方式把你掛起來，好嗎？你得把力氣留到最後的精彩節目。」

「你想知道USB隨身碟裡有什麼東西嗎？我可以告訴你，甚至還可以幫你寫出來。」

偵訊員站起來，低頭看手上的小刀，然後望著寇瓦斯基。

「你知道嗎，這真是他媽的不公平。據他們說，你很難搞。難道你不能配合演出嗎？」

「我能怎麼辦呢？一看到你，我就想和盤托出。」

寇瓦斯基直視室內的一個監視攝影機。「授權購買近距監控裝置的人是大衛·墨菲。第一筆款項在七月十二日匯入，銀行代碼是四九八七B……」

「欸，你真是無趣到了極點。」偵訊員說。

□

沒人試圖在威斯汀酒店外面狙殺他們；當他們走到櫃檯領取要交給「歐森姊妹」的包裹時，也沒人給他們眨個眼之類的特殊表情。同樣地，在電梯裡沒人拿刀襲擊他們，更沒有人躲在房間的衣櫥和浴室裡。甚至在寇瓦斯基從一個穿著黑T恤的胖子身上偷走筆記型電腦iBook的時候，都沒人發現。

兩人一進到房裡，凡妮莎立刻決定再沖個澡。

「我得洗掉胸口上的鞋印。」

寇瓦斯基無話可說。他希望自己能洗掉腦袋上的鞋印，但是印子似乎烙在上面，再也洗不掉。等他知道隨身碟裡面究竟藏了什麼資料之後，也許他可以偷閒盡早睡個好覺。

「如果有人闖進來想殺我們，」她說，「記得在門上敲三下。」

「祝妳洗澡愉快。」

寇瓦斯基私下認為她躲進浴室裡只是想獨處，好好哭一頓。她花在沖澡的時間很長。

他以前也經常這麼做，那是在凱蒂走了之後的事。

他啟動電腦檢閱Excel文件。隨身碟裡有不少垃圾文件，他只要找出他認識的檔案名稱就好。加油，給我來點可用的資料吧，寶貝。

有個東西扎到他的脖子。

「噢！」他伸手摸脖子。至少他以為自己伸出了手，其實他的雙手定定地停在鍵盤上。

「噓，沒事。」他耳邊有人出聲。

媽的，該死了。

第三號殺手登場。

蓮蓬頭的水打在磁磚上，營造出寧靜美好的背景音響。在他耳邊說話的是個女人，音調幾乎同樣地美妙。

「我在你的脊椎神經上插了一根針，你從頸部以下全身癱瘓。我現在要把針往內推一點，你會失去所有的感覺。你**可能**還能夠眨眼，但是我不太確定。」

「等……」

她沒有等待。

他很幸運，仍然能眨眼睛。這算是了不得的狀況了。

女人把他放到角落的椅子上，讓他能看見整個房間。他聽到撕裂膠帶的聲音。她可能要用膠帶固定住他頸部的針頭，難道她以為他能靠眨眼就把針頭震開嗎？

她彎腰繼續動作，胸前風光在他眼前展露無遺，他還聞到她身上有一種酒精擦拭過的味道。

她蹲在他的面前說，「我一直在問自己，究竟該讓誰扮演受害者。我想，應該是那個紅髮女郎吧。你的背景不單純，而她的殺人經驗還很淺。」

妳怎麼會知道她的事？他想問話。

他當然沒辦法開口。

她伸手到腳下的背包裡拿東西。寇瓦斯基沒發現地上有個背包，媽的，他甚至沒有察覺她出現。他漏了什麼地方沒檢查到？窗簾後面嗎？該死，他應該更敏銳的。一定是腦震盪的關係。

是啦，當然是這樣，全推給腦震盪吧。

承認吧，怪物，你鬆懈了。

否則你一開始就不會被打到腦震盪。

「像你們這種人，」她繼續說話，「血液裡流動著致死的病毒……足以讓人送掉性命。」她抬抬眉毛，拿出一個白色的紙盒給他看。老實說，她美得驚人，就算是她掀開盒蓋給他看盒裡的東西時也一樣。

滿滿的全是注射筒。

「嚇到了吧，寇瓦斯基。你以為自己救得了她，一次抽一小瓶血，假如你從她身上抽出來的血夠多，就可以幫她擺脫掉病毒。是不是這樣？你不停地抽，抽到她昏昏欲睡為止。你把抽滿血的注射筒在牆上排列出愛心的形狀，因為你知道，在這幾個月之間，你已經愛上了她。就是因為這樣，你才會想療癒她。這是因為你愛她，寇瓦斯基。你愛她，對嗎？」

鬆懈又遲鈍的怪物。

「然後，你發現這個治療方式不可能奏效，因為她失血過量送了命。你只剩下最後一條路：坐在椅子上，用剃刀劃破自己的喉嚨。你是個受過專業訓練的好手，你知道下手該多重。」

浴室裡，蓮蓬頭的水已經關掉了。

「當然了，那是在你砍掉她腦袋之後的事。」她低聲說。

寇瓦斯基聽過CI－六這類殺手的故事。這些嗜痛如癮的怪胎專挑神經系統下手，不是讓人癱瘓，就是凌虐折磨人到無法忍受的地步。這些人都很聰明。他們必須如此，但他們也全都是該死的瘋子。

他看著她後背貼著浴室的那面牆壁，手上拿著針筒，準備在凡妮莎踏出浴室的時候出手攻擊。她確切知道該在哪個部位下手，才能讓她立刻癱瘓。

接著，她會開始抽血。

浴室門開了，水蒸氣飄散出來。凡妮莎喜歡用熱水淋浴。

嗜痛如癮的怪胎對著寇瓦斯基眨了眨眼。

接下來，有個圓形的白色物體從角落上飛過來，砸中了嗜痛怪胎的臉。

凡妮莎走出來，拿著馬桶座墊再次狂敲。

嗜痛怪胎手上的針筒掉了下來，戳進地毯。她跟著倒地。在她跌倒的那一刻，寇瓦斯基看見她的臉已經被毀了。他成了最後一個目睹她美貌的男人。

凡妮莎的身子全乾，還圍了條毛巾。她根本還沒開始淋浴，剛才不過是個障眼法。

「我一直很好奇。」她說。

寇瓦斯基眨了眨眼。

「你這個職業殺手為什麼沒**帶槍**？」

除了眨兩次眼，寇瓦斯基完全無法做出其他回應。

他希望她能看懂他的意思：要不然妳想怎麼樣，咬我啊！

一會兒之後，凡妮莎才弄清楚狀況。她一開始的反應是：你有什麼問題啊？幹嘛動也不動。而寇瓦斯基則是用盡全力使眼色：看，看看我的後頸，有沒有看到膠帶啊？不，不對，在後面。

凡妮莎終於了解他的暗示，朝他的後頸看了過去。「天哪。」她說。她只能單向問些像是「你是不是癱瘓了？」「是不是這支針讓你癱瘓？」的問題，而他也只能用眨眼一次表示「是」，眨眼兩次表示「否」來溝通。最後，她終於問道：「你要我把針拿掉嗎？」**媽的，當然要**。寇瓦斯基想要大聲嘶吼：我當然要妳把這支該死的針頭拔掉。這個做法也許會讓他終身癱瘓，但是，沒關係，他至少可以不停眨眼，一直到凡妮莎了解他想要安樂死為止。

「別動。」她說。一邊靠過來，這才發現自己剛剛說了什麼話。

她忍不住放聲大笑。

「對不起。」

一開始的確有點痛，寇瓦斯基以為自己真的會一輩子不能動。但是他慢慢恢復知覺，神經末稍的每一吋肌肉也開始跟著抽痛。

「她死了嗎？」他一能開口，立刻這麼問。

「還沒。」

「那好。拿著那盒針筒。」

□

「你讓我們的三名人員活了下來，」偵訊員問，「為什麼？」

「三個？」

「對，三個。」

「炸飛的那傢伙呢？」寇瓦斯基問道。

「他也留著一口氣。到死之前，他可能沒幾天就得動一次手術，不過那是以後的事了。另外，安娜為她的膝蓋骨很心煩，骨鋸手對自己的臉蛋也很不滿意。但我的重點是，你沒有趕盡殺絕。這不是我們所認識的寇瓦斯基。究竟有什麼內情？」

寇瓦斯基想了想。告訴偵訊員應該沒什麼大礙吧。

「凡妮莎殺人殺膩了。」他說。

「哈，講的跟真的一樣。」

這是真的。凡妮莎．瑞登或許飛遍美國，以意圖勾搭的罪名殺害不少男人，但她還是有所區隔。當時，她的身分並不是凡妮莎．瑞登，而是凱莉．朵蕾絲．懷特，而且是麥特．席佛一手打造出來的人。席佛一心想帶她上床，想娶她，到最後還打算殺了她。凱莉．懷特有能力殺人，因為謀殺是打從她來到世上的那一刻起就知道的事。

但事到如今，席佛迸裂的腦袋早已落在費城鬧區的醫院旁邊，凱莉．懷特逐漸消失。凡妮莎．瑞登重新出現，對於自己缺席這段期間所發生的一切，她的感覺絕對不只是小小的訝異。

「所以，她不想殺人，」偵訊員說，「包括那些奉令去殺她的人。」

「大致上就是這樣。」

「這足以說明一件事。」

「什麼事？」

「她在墨西哥殺害了十七個人。」

□

羅薩里多是唯一合理的去處，不但離邊界不遠，而且寇瓦斯基相當熟悉這個地方。一九九五年，他曾經在在此地住了七個月，當時他在一次失敗的任務中受傷，待在這裡療傷。這是個休養生息的好所在。他沒花多少錢，在羅薩里多海灘的南側租了間小房子。要進到那個地方只有區區幾條路，因此很容易發現敵人的行蹤。另外，附近的觀光客不少，他不至於太顯眼。

此外，寇瓦斯基有一盒用塑膠袋包裝的武器，埋在幾年前他租用的住處。除非有人在他藏了武器之後把東西挖出來，否則這包武器仍然埋在海灘上。

最重要的是，寇瓦斯基認識一名技術精良但是收費不高的墨西哥牙醫，他可以幫寇瓦斯基將撿回來的牙齒裝回嘴裡。

他還不打算放棄那顆牙。

兩人在黃昏時分穿越邊界，一路上沒碰到麻煩，尤其是他們稍早已經換掉了那部擋風玻璃破碎的轎車，換成同樣是米灰色的福特Taurus轎車，因為凡妮莎表示自己只對這種車型有把握。剛過邊界，她立刻表示自己飢腸轆轆。寇瓦斯基告訴她，再過不到半個鐘頭，他們就可以坐在道地的墨西哥餐廳裡享用美食，但是她還是向他要了一塊錢，向路邊的孩子買來一袋麵包。咬了一口之後，她馬上感到後悔，把剩下的麵包丟在乘客座和駕駛座之間的置物箱裡。

墨西哥的路況比美國境內的國道五號公路來得有挑戰性。線道之間有區隔線？對，說得好。但是路面上的坑洞大小和兒童游泳池的規模不相上下。

「該死的爛路況，」她說，「比洛杉磯還糟。」

寇瓦斯基有好一陣子沒來，因此，一下子摸不清該走哪條路才能到達羅薩里多。難道在他離開之後，馬路移動過位置？

也許是腦震盪作祟，但說不定是稍早的癱瘓帶來的影響。

不管怎麼說，夜色都沒能幫上忙。

一會兒之後，他們似乎又看到了同一座加油站、同樣的破屋子和毫無道理可言的路標。寇瓦斯基想要閉上眼睛。但是不可能，至少暫時如此。

最後，他們終於看到了「狐狸套房」的路標。

大導演詹姆士．柯麥隆曾經為了拍攝《鐵達尼號》，而在此地興建過一座巨型貯水槽，從此之後，不少拍攝大型水景的電影都會來到這裡。寇瓦斯基在貯水槽完工之前就已經離開了，但是根據記憶，他知道他們就快到達目的地了。

「我們到了。」他說。

「感謝老天爺，」她說，「我快餓死了。」

「我們得先到海邊去。」

「什麼？」

「一天到晚抱怨我沒槍的人是妳。」

幾棟海濱套房仍然在原來的位置，只是通往海灘的路口多了個警衛。凡妮莎使盡渾身解數和警衛搭訕，好讓寇瓦斯基潛進他過去租用的房子。那棟房子現在當然有人使用，所以他只好手腳並用匍匐前進。幸好，沒有人會想在這個地方安裝攝影機。盒子就在三呎之下。當他終於碰到深綠色的金屬盒時，手指頭已經紅腫破皮。房子裡完全沒有聲響，唯一聽得到的只有他自己的呼吸聲，以及海浪拍打上岸的波濤聲。

他考慮是否該把整個盒子拿走，但是這在入住旅館時可能會引發問題。所以他抓起必要的物品。

一把九厘米的魯格手槍。

一把九厘米貝瑞塔「准將」，這是給凡妮莎用的。

以及，兩個人都會用到的幾盒子彈。

最後，他取出四十厘米的M－七九榴彈發射器和幾發高爆彈以及霰彈槍圓鉛彈，以便千鈞一髮時逃脫之用。

他打了個招呼，凡妮莎轉身走人，丟下困惑不解但性致正高昂的警衛。

「再過去一點，有個附設餐廳的旅館，」寇瓦斯基說，「大概再十分鐘車程。」

「我們穿越邊界的時候你也這麼說。」

寇瓦斯基伸手從褲袋裡掏出貝瑞塔，遞給凡妮莎。

「生日快樂。」

「哇！」她說。

「開車吧。」

他們往北開了十分鐘，來到羅薩里多海濱度假旅館兼酒吧，重點當然是後者。這個地方並非完全針對觀光客營業，但是來到此地的觀光客多半也不介意。除了便宜的墨西哥食物之外，他們只想喝到腦袋發暈。

寇瓦斯基把M－七九留在後車廂裡，拿起魯格手槍，還要凡妮莎把貝瑞塔放在她的袋子裡。此外，他還帶著筆記型電腦和隨身碟，裝在和筆電一起偷來的電腦專用提袋裡。最後，他沒忘記拿起自己的牙齒。

一切備妥就緒，他們可以去吃晚餐了。

餐廳裡用餐的客人不太多。這個時間吃晚餐太晚，喝酒則嫌早。寇瓦斯基看著窗外，在空無一人的泳池後方有個搭了頂篷的超大露台。頂篷下方有一大群人在跳方塊舞。沒錯，一群亞洲觀光客在跳方塊舞。如果不是這樣，那就是他的腦震盪更嚴重了。

他們點的雞肉玉米餅、酥餅、莎莎醬玉米脆片和冰涼的當地啤酒還沒上桌，一個陌生人先走過來和他們同坐。

她的衣著和一般觀光客沒有兩樣，白色的連帽衫袖口有流蘇裝飾，右胸口印著可樂娜啤酒的字樣，下面搭配牛仔褲，頭髮則用髮夾往後夾起。

怪的是，她是個紅髮女郎。

□

「她供出了一些近距離追蹤裝置的技術，」寇瓦斯基說，「就是這樣，你們才掌握到我們的確切行蹤。」

「『確切』這個字眼非常精準。」他伸手到長褲口袋裡掏出一個配備液晶顯示器的小型儀器。他展示給寇瓦斯基看，顯示器上有一頁北美地圖，在賓州的東北角上有個跳動的紅點，另一個點的位置在聖地牙哥。

「你看，我會說，她正朝著我們的方向來。」

「她身上有金髮女郎的DNA，直接從都柏林實驗室取來的。我們把你的DNA也給了她。」他低頭看手上的儀器。「奇怪，凡妮莎雖然死了，但是還存在紀錄上。」

「是啊，真奇怪。所以，她是怎麼找到你們的？」

「她沒有找上門，」偵訊員說，「她離開原來的崗位之後想要聯絡你的，嗯，前任女友。我們攔截到訊息，所以有了聯絡，然後把她帶回來。她把我們該知道的全都說出來了。」

「然後你們派她來追蹤我們？」

「呃，倒也不完全是這樣。說起來，我們算是被她耍了。我們要留你們活口，但是她要的是去那裡懲罰你們。」

「沒錯。」

「這就是我們這次見面的原因，邁可。我們必須知道她的下落。根據旅館員工的說法，你是最後一個見到她的人——那是在你的金髮小女友第二次瘋狂殺人之前的事。」

「聽我說——」

「先等一下。你別想唬弄過去，先仔細思考。因為你一說出口，我們就會查證，如果你的說法不是事實，就得賠上一條小命。」

「聽我說，她——」

「噓，先別講，噓——你不想再多活一下？還是你以為我們會讓你活到說出實話為止？」他玩弄手上的小刀。

寇瓦斯基笑了。「你忘了我說過的話。」

「什麼話？」

「要送上小命的人是你。我一個活口都不會留。」

□

「你殺了我哥哥。」陌生人說。她伸手拿起寇瓦斯基的啤酒喝了一口。

啤酒是他唯一能下嚥的食物，因為他的牙齒糟到咬不動牛排，很難咀嚼脆餅，而他又討厭吃軟糊糊的麵餅捲。這一來，菜單上他唯一能選的大概就只剩啤酒了。稍晚，他就會去找牙醫，拿些止痛藥。他點了東西，只是為了免除凡妮莎的罪惡感。

「那是我的啤酒，」寇瓦斯基說，「誰是妳哥哥？」

「你所知道的名字是麥特．席佛，」她說，「他迷戀這女人有段時間了，他曾經透過電子郵件告訴我關於她的事。」她轉頭瞪著凡妮莎看。「我哥把妳形容成老古板。妳難道不能行行好，幫他吹個蕭，讓他好好爽一下？」

「你哥哥是個碎嘴子娘炮。」凡妮莎說。

「妳瞧瞧，我們本來可以當好姊妹的。」

「頭髮染得和真的一樣。」

「兩位女士——」寇瓦斯基假意調停，暗地裡伸手掏褲子口袋裡的魯格手槍。他握住了槍柄。

同一個時間，陌生的紅髮女郎把自己的黑皮包放在桌上，接著打了開來。

動手。

如果真有需要，寇瓦斯基打算從褲袋內側開火。這一槍或許會射得她肚破腸流，但至少可以阻止得了她。

然而陌生女郎並不是要拿出武器。相反地，她掏出了一個配備液晶顯示器的小型塑膠儀器。螢幕上有一頁北美地圖。就在南加州半島的墨西哥熱食和兩瓶冰啤酒之間，有兩個跳動的紅點。

「我協助我哥架構了近距監控裝置系統，」她說，「我們還在喬治亞理工學院的時候常會拿這個開玩笑。一年前，這個計畫終於實現，我是他從未出面的伙伴。」

「小姐，妳總有個名字吧？」寇瓦斯基問道。他們一直在尋找的財務連結點可能就是她。

她露出微笑。「瞧瞧，我們有個席佛，以前還有凱莉．懷特，不是嗎？你們就叫我布雷克[6]小姐好了。」

「我**才**不叫妳布雷克小姐，這太荒謬了。」

「那就喊我露西雅。」

寇瓦斯基開始回想。**露西雅，露西雅，露西雅**……Excel檔案上有這個名字嗎？倒也不是說這有多重要，真的。他們可以制服眼前這個女人，要她從實招來。她會把他們必須知道的事全說出來。他這會兒雖然有點遲鈍，但是還使得出幾招。他知道如何製造疼痛。

「自從我聽說事情的經過之後，」露西雅說，「我搭飛機到我哥哥的實驗室去，蒐集到足夠拚湊出整個故事的資料。而且，也找到了追蹤儀器。」

她再次展示塑膠製的小盒子。

「我們能幫妳做什麼，露西雅？」寇瓦斯基問道。

「我本來想和你們在洛杉磯見面，但是你們實在太忙。我沒想到他們這麼快就派人追殺你們。」

「我們現在不都在這裡？妳究竟想要什麼？」

「不要在這裡談。我們找個安靜一點的地方。」

穿過貼著壁磚的走廊，他們來到空無一人的宴會廳，這裡就是個安靜的地方。宴會廳裡掛著一張巨大的油畫，主題是一支被刺上三支矛叉的公牛。寇瓦斯基踢開門擋，油壓門弓發出嘶嘶聲響，在寇瓦斯基進門之後關了起來。

寇瓦斯基對凡妮莎使了個眼色，兩個人掏出手槍瞄準露西雅。

他完全不知道凡妮莎是否會用槍，但這至少能達到嚇阻的效果。

他們都瞄準她的頭。

「我沒帶任何武器。」露西雅說。

---

6 席佛、懷特、布雷克的原文分別是代表銀色、白色、黑色的silver、white、black。

「妳當然有。」寇瓦斯基說。

露西雅迅速按下塑膠儀器上的幾個按鈕。「寇瓦斯基先生，你最好趕快後退。」露西雅向凡妮莎靠了過去。

「嘿！」凡妮莎說，「不要動。」

有個東西嗶嗶作響。

「否則怎麼樣？妳會開槍嗎？妳不會動手的。因為如果妳開槍，妳就沒辦法取消我剛剛對妳做的事。」

「妳做了什麼事？」寇瓦斯基問。

她轉過身，揚起眉毛。「寇瓦斯基先生，說真的，退後！至少退十呎。」

寇瓦斯基的頭開始嚴重抽痛，這也許是腦震盪，或是他剛剛喝的啤酒，也說不定是聖地牙哥那個嗜痛怪胎美女的癱瘓針頭出現了副作用。他的脈搏每跳一下，頭痛就更嚴重，好像腦子裡有個東西不停地膨脹，要把眼珠從他的眼窩裡往外推。

「媽的。」他本來想往後退，結果卻往前跌。

這使得他的頭痛**更加劇烈**。

見鬼的**老天爺**。

難道這就是歐森姊妹花吞噬大腦前的感覺嗎？

「退後，寇瓦斯基先生。退後是指另一個方向，動作快。」

「**妳對我做了什麼事？**」凡妮莎尖聲問。

他總算退到了她指定的距離之外。痛楚似乎減弱了些，但是他仍然作嘔。

「我重新設定了妳的奈米裝置。凡妮莎．瑞登，妳現在是真正的殺手了。如果有任何人走進妳的方圓十呎之內，妳就會啟動他們血液中的近距監控裝置，讓他們腦袋開花。」

「妳……」

凡妮莎伸手想碰觸露西雅的肩膀。

「我嗎？」露西雅說道，「甜心，我可是免疫的。我在飛來墨西哥之前就已經處理掉我血液中的裝置了。我注射了一種會吞噬近距監控裝置的反裝置，就算喝下妳的血，我也還是安然無恙。」

寇瓦斯基心想：這真是棒透了，有其兄必有其妹。

「妳真不幸，」她繼續說話，「到了現在，美洲大陸上大半的人都已經感染了奈米裝置。我猜，這個旅館裡面的人也不例外。」

凡妮莎渾身打顫，手上的貝瑞塔掉了下來。寇瓦斯基猜想，她自己恐怕還沒有發覺搶掉了。如果能將身子縮進自己的體內然後消失無蹤，凡妮莎恐怕就正想這麼做。

「妳是個兇手，凡妮莎，而且妳無能為力。」

寇瓦斯基舉起魯格手槍瞄準露西雅的胸口。

想當然爾，他根本不可能扣下扳機。

□

「簡直是變態。」偵訊員說完話，吐出一口氣。「哇！」

「可不是嗎？」

「我是說，老天爺啊，我的工作是拿刀刨刮別人的屁眼，但是連我都覺得這未免太過分。就算是報復也一樣。」

偵訊員繼續玩弄他的小刀，接著似乎從中得到了靈感。

「喔……我這下懂了。她不是真的想殺害那十七個人，對吧？他們是無辜的連帶傷亡。」

「可以這麼說。」

「老兄，這麼做，簡直是**冷血**到詭異的地步。我得會會這個叫做露西雅的小妞。」

「你們很登對。好了，我可以繼續說嗎？我得上個廁所，而且我們就快講完了。」

偵訊員把刀子放在桌上，兩手一攤。「請便。」

「等我站起身子的時候，凡妮莎已經離開了。她跑出了宴會廳。露西雅也是，而且是一路咯咯笑個不停。我頭昏腦脹，花了一番工夫才站起來。我想辦法走到停車場，但是車子已經不在了。是凡妮莎開走的。我不知道該往哪個方向追，因為她不認得這裡的路，有可能開著車子到任何地方去。

「不管如何，我還是找了一輛車扯斷點火線發動追上去。我的視力仍然不靈光，更何況當時已經是晚上。但是我還是繼續開車。

「幾個小時之後，我看到路邊有一具老女人的屍體。我把車子停在路邊走下去看，發現屍體的腦袋就像是被卡車碾過一樣。但是我知道，真實狀況並非如此。我以前看過這種迸裂的傷口。凡妮莎經過這個地方，老女人是太靠近她才會死。

「一個小時之後，我發現另外兩具屍體。這個海邊的小鎮沒有名字，我只能猜想凡妮莎會在這裡停車，是因為這地方一片漆黑，而且接近海邊。她可能想到海邊獨處，好好思考一下。

「我開車到鎮上繞了一圈之後又開出來，看到四處都有屍體。你們可能在那裡發現了大部分的受害者。可能有派對剛結束，大家一起出來之類的。我也不知道。我聽到幾個孩子口齒不清地用西班牙文說著：**紅髮女郎，紅髮女郎**。

「我想問出事情的經過，他們說，有個滿頭亂髮的瘋女孩大吼大叫，不停地要大家退後。她揮舞手臂，想要跑開。但是大夥兒還是靠了過去，想要幫忙。沒想到這些人不過走了幾步路，就跪倒在地上。

「幾個孩子大喊：她是瘟疫。

「我繼續開車，但卻沒有找到她。當時已經接近早晨了，她有可能到任何地方。所以，我回到旅館，希望她在冷靜下來之後，能找到回來的路。

「沒錯，我也知道這個念頭很荒唐，因為她絕對不會想要接近我。

「我們之前還沒有登記入住，所以我在大廳裡等她，一邊喝健怡可樂好保持清醒。

「過了兩個小時，太陽升了起來，她打電話到旅館來找我，我用館內電話接聽。

「她說，她在某個公共電話亭，要我不必找她了。她告訴我，她受夠了殺戮，不想再當怪物。她說她已經走投無路。我要她冷靜，讓我來幫忙，我們總是能想出個方法，就像當初在費城的時候一樣。她說，我真貼心，但是不用了。情況不可能改變，這回絕對沒可能。

「她向我道謝，因為我救過她一命。

「她感謝我努力嘗試。

「謝謝我給她一把貝瑞塔。

「接著，我聽到槍響。我手上的電話掉了下來。然後，我撥電話向你們自首。」

□

偵訊員站起身來開始拍手。

「太好了，」他說，「真**他媽的**好極了。」他轉頭面對天花板上的攝影機。「你們全錄下來了嗎？我說啊，現在立刻剪輯，然後送到影藝學院去。媽的，這絕對會得奧斯卡獎。」

偵訊員繞過桌子，走到寇瓦斯基身邊，彎下腰來對著他的耳朵說：「伙計，兩件事。你說她把手槍掉在宴會廳裡。用一把不在手上的槍來轟掉腦袋似乎不太可能。」

接著，他一把握住寇瓦斯基的下巴，用拇指翻開他的下嘴唇，露出他的下排牙齒。

「還有，你的牙齒全都在。後來你哪有的時間找牙醫？」

寇瓦斯基扭開頭。

偵訊員看似到達了高潮臨界點。「痛苦時間到了，邁可老弟。」

下一分鐘，正如寇瓦斯基的預期，警衛回到偵訊室裡為他戴上手銬，把他拖到房間後方亮晃晃的金屬掛鉤旁，然後把他舉起來，將手銬的鏈節套牢在鉤子上，再讓他的身子重重往下沉。手銬緊緊陷入他手腕裡。同一時間，偵訊員也拿起他的刀子。刀鋒在室內的日光燈下，映出森然的青光。

偵訊員靠過來。寇瓦斯基掛在高處，偵訊員的雙眼正好直對寇瓦斯基的乳頭。

「我再問一次，以便留下紀錄。」他說。

「沒問題，請說。」寇瓦斯基答道。

「露西雅．布雷克在哪裡？」

「我不知道。」

「**太好了！**」

偵訊員拿起刀子開始動作。寇瓦斯基沒料錯，偵訊員的第一個動作就是拉開寇瓦斯基的腿，想直接朝肛門下手。偵訊員向警衛比手勢：「你們一個人抓住他一條腿。」

這下子，絕對會很痛。

□

痛的不是他的肛門。

是他的嘴。

特別是他得再次把牙齒從牙齦往外推。

真的很痛。

偵訊員沒錯。從露西雅·布雷克在宴會廳重新設定近距監控裝置的那一刻起，寇瓦斯基根本就是一派胡言。

令人難過的是，最後一段卻是真的。

凡妮莎成了會走動、會說話的殺人機器。

但是，寇瓦斯基沒說的是，他在露西雅還沒來得及離開之前就先抓住了她。

凡妮莎的確是跑了。沒錯，她駕車離開，沿途不慎害死了十七個人，其中有不少美國觀光客。這不是什麼美好的景象，寇瓦斯基也沒打算欺騙自己。

他實在難以想像她會有多麼失措驚慌。

何況，之前有幾名好色的姦夫死在她手中，她還沒從這些驚嚇中恢復過來。

但是寇瓦斯基沒去追凡妮莎，而是直搗問題的核心。他逮住了露西雅·布雷克，施展出招牌動作，用手臂環住她的頸子，直到她失去意識才放手。

她在一個小時之後醒來，發現自己被綁在牙醫的診療椅上。

這張椅子的主人是寇瓦斯基的墨西哥牙醫朋友，在這個漫長的夜晚，牙醫灌了不少龍舌蘭酒。

寇瓦斯基要牙醫安心，從這個節骨眼開始，一切由寇瓦斯基來接手。

首先，他深深地親吻露西雅。

他要讓吞噬歐森姊妹花的反裝置進入自己的血液當中。

接著，他開始準備認真工作。

露西雅本來還有所抗拒，但等到寇瓦斯基用鑽鋸完成工作之後，她不但同意取消凡妮莎血液中奈米裝置的設定，又欣然告訴寇瓦斯基如何用她的攜帶式追蹤器重新設定，並且還透露了可口可樂的獨門配方和肯德基炸雞使用的十一種特殊香料。

她知無不言。

甚至連小時候，她老哥如何偷偷用手指狎玩她，都說了出來。

寇瓦斯基向她道謝後，用濕毛巾悶死她，這對她比較仁慈。之後，他會砍下她的頭，把她當作凡妮莎交給他們。神祕的金髮毒物如今是個紅髮女郎。

真正的凡妮莎**的確**打了通電話到旅館給他，哭著想結束一切——儘管這時候她手上已經沒有手槍。寇瓦斯基欣慰地發現她忘了轎車的後車廂裡還放了把榴彈發射器。

當寇瓦斯基向她保證她安全無虞，也不會再害死別人之後，他們再次碰頭，長談過去、計畫未來——用露西雅的攜帶式追蹤器重新打造他們自己的小計畫。他們終於研究出一個一勞永逸的方式。

一勞永逸。至少，目前看來是如此。

但是，這會先為他帶來一點折磨。

他們回頭再去找寇瓦斯基的牙醫。這時候，他應該已經清醒了。

「你要我**做什麼？**」他問道。

他僅存的醉意支撐他做完該做的事。

□

寇瓦斯基終於將鬆脫的牙齒吐了出來。

偵訊員咧嘴假笑：「少來了，我連碰都沒碰到你的臉。」

寇瓦斯基微笑以對，露出植在牙齦上的啟動裝置。裝置的正中央有個小小的紅色LED燈，閃閃發光。

一閃一閃。

一閃一閃。

啟動裝置重新設定了他血液中的奈米追蹤裝置。

但是距離並非設定在十呎之內。寇瓦斯基和凡妮莎經過討論，決定這個殺傷力不夠大。於是，他們利用露西雅的攜帶式追蹤器重新設定距離，唔，這樣吧，設定為方圓四分之一英里好了。

我得先讓自己被逮，寇瓦斯基告訴她。**然後，當我確定所有的鼠輩都聚集在一起，弄清楚他們知道些什麼資訊之後……他們只有死路一條。一個都不留。**

偵訊員目瞪口呆地瞪著寇瓦斯機的嘴巴看，到了最後一秒似乎才有所領悟。當然，他不可能全盤了解，但至少他發現寇瓦斯基早就預料到他們的每一步。還有，沒錯，他們全都會死，一個都不留。

寇瓦斯基用舌頭按下啟動裝置。

「再會啦。」他說。

□

警衛先倒下，接著是偵訊員。他們全都扯著喉嚨嘶吼。寇瓦斯基在心裡默數到九，然後……

這就對了。

兩道紅色血柱噴了出來。

接著是第三道。

寇瓦斯基前後擺動身體，直到衝力夠大，能一晃身就將手銬的鍊子從鉤子上滑脫下來。

他雙腳著地。

當務之急，他走到角落釋放出這輩子最滿足的一泡尿。

接著，他檢視監獄的每個角落。

□

他發現一個活口。他顯然屬於沒受到近距監控裝置感染的百分之一人口。

這不是問題。

寇瓦斯基用偵訊員的名牌廚具刀解決他的性命。這刀果然利。

其他的人全死了。

還好，他的大舅子不在這裡。他們應該是把他轉移到其他的監禁所去。要不然，就是他已經上場執行任務。這沒什麼好驚訝的，CI—六喜歡迅速行事。

寇瓦斯基邊走邊計數，到他停下腳步的時候，大約數到了五十出頭。屍體還真不少，應該比他過去見過的總數還要多。

現在，這些人一頭的大紅顏色。

□

接下來全是例行公事。銷毀過去十二個小時的監視錄影帶，收拾研究檔案資料，借用些衣服、武器、門禁卡、水、食物，以及偵訊員的小刀。

寇瓦斯基離開這個地方。他壓下牙齦上的裝置，解除奈米裝置的設定，如今已經用不著了。

賓州山區一大清早的空氣仍帶著些涼意，陽光還不足以帶來溫暖。不久前，暴風雨才剛剛掃過，因此，寇瓦斯基每踩一步，借來的靴子就陷在冰冷的泥地當中。真好，他可以再次伸展肌肉，他花了太多時間搭飛機、開車，或蹲伏在屋頂上伺機行動。他喜歡這種往前走去的感覺。

寇瓦斯基邊走邊享受清涼的空氣，沒忘了要想念凡妮莎。想他們如何決定分道揚鑣。永遠分開。

「我和你不一樣，」她告訴他。**「我不是什麼怪物。你辦得到，但是我不能。我是說，我的確是當了一陣子，但是往後不會再繼續。我想回到原來的生活。」**

就在這個時候，寇瓦斯基深深地給她一個吻，把他從露西雅身上偷來的反裝置傳給她。這是怪物版白馬王子的深情之吻。

「妳可以回到原來的生活了，」他說。

「不要找我，」她說。

「我不會，」他答道。

漫無目的地走了幾個小時之後，他坐在路邊，撕開一條從快餐室裡拿來的燕麥穀物棒。沒錯，就算是政府的祕密監獄，裡面也設有快餐室。

寇瓦斯基品嚐著黑糖肉桂口味的燕麥穀物棒，這是許久以來首次入口的真正食物。但是一片燕麥卡在他的牙齒和啟動裝置之間。他想要用舌頭把麥片推出來，但是沒有效果。

他想到自己可能在方圓四分之一英里範圍內所引發的狀況。他可以找出CI—六的所有祕密監獄，可以拜訪散布在世界各地的CI—六決策人員，可以在美國國會大廈的幾個辦公室稍作停留，在那裡推開開關，殺光所有人。死亡的微笑。他們會動用全球的所有資源來對付他，甚至會派出國民兵。除非他們能找到一個在四分之一英里之外還能百發百中的狙擊手，否則沒有人能夠阻擋他。

也許他真該這麼做，因為CI－六不可能罷休。這個監獄不過是個偵訊場所，組織裡一定還有別人知情。他們不可能放棄近距監控裝置這樣的武器。

也許他該繼續，直到這些人全死光為止。

寇瓦斯基又咬了口燕麥穀物棒。另一片碎片又卡在他的牙齒上。他掏出偵訊員的小刀，想掏出碎片。他還是可以感覺到啟動裝置的存在。所以他拿起刀子挑自己的下巴。這片野地之間沒有鏡子，他只能憑感覺挖。刀刃劃在他柔軟的牙齦上，他心想：甭理我，我不過是個坐在賓州荒郊野外，為自己動牙科手術的傢伙罷了。他挖掉了黑糖，現在，他的嘴巴裡有銅板的味道。但是麥片還卡在牙齒上。於是寇瓦斯基繼續挖，說也奇怪，當他愈來愈痛的時候，視力竟然愈來愈清晰。也許，是因為眼眶噙著淚水的關係吧。除了偶爾出現的鳥鳴和他自己的呼吸之外，這裡沒有任何聲響。這使得他可以專心動手。

最後，他發現下巴和偷來的襯衫上沾滿了血水。

但是啟動裝置也被他挖了出來，寇瓦斯基瞪著這東西看了好一會兒，感受吹拂在燥熱臉龐上的清風，隨後，他拿起一塊石頭砸碎了啟動裝置。

是啊，我是怪物，他心想。

但我可沒那麼怪。

□

他有些納悶，不知凡妮莎如今身在何處。